千水万壑走洛河

柏峰／著

陕西新华出版传媒集团
陕西人民出版社

图书在版编目（CIP）数据

千水万壑走洛河 / 柏峰著. —西安：陕西人民出版社，2020.12（2021.7 重印）
ISBN 978-7-224-13849-8

Ⅰ.①千… Ⅱ.①柏… Ⅲ.①纪实文学—中国—当代 Ⅳ.①I25

中国版本图书馆 CIP 数据核字（2020）第 230656 号

出 品 人：宋亚萍
策划编辑：张孔明
责任编辑：姜一慧　王彦龙
封面设计：杨亚强

千水万壑走洛河
QIANSHUI WANHE ZOU LUOHE

作　　者　柏　峰
出版发行　陕西新华出版传媒集团　陕西人民出版社
　　　　　（西安市北大街 147 号　邮编：710003）
印　　刷　西安建明印务有限公司
开　　本　787 毫米×1092 毫米　1/32
印　　张　10
插　　页　2
字　　数　240 千字
版　　次　2020 年 12 月第 1 版
印　　次　2021 年 7 月第 2 次印刷
书　　号　ISBN 978-7-224-13849-8
定　　价　42.00 元

拍岸涛声急，悬崖树色苍。

洛河，发源于黄土高原隐秘静穆的白于山南麓，由西北流向东南，至三河口注入渭河，途经黄土高原和关中平原两大地形单元。它是我国黄河北干流及渭河流域最大的河流，也是一条具有丰富历史文化与红色文化的河流，是我国古代文明和现代文明的重要发源地之一。

现在，我们一起走近洛河，走进洛河流域，打开这优美而神秘的画卷……

目 录

第一章　从远古走来的洛河

隐秘静穆的白于山

这是第三次登上白于山了。

初秋，天高气爽，白于山漫山遍野盛开着紫红色的荞麦花，洁白如玉的马铃薯花。站在地处定边白湾子镇白于山最高峰——魏梁上俯视，只见沟壑纵横，莽莽苍苍地延伸到天际。

图 1　白于山风貌

白于山，地处陕西北部，与宁夏回族自治区盐池县南部、甘肃省东南部环县、内蒙古自治区西南部边缘接壤。东西绵延近 200 公里，主要分布于定边、靖边、横山县(今榆林市横山区)南部与吴起、志丹、安塞县(今延安市安塞区)接壤地区,向西可延伸至宁夏回族自治区的盐边县东部。山体由砂岩、页岩构成,覆盖着深厚的黄土层及流水堆积物。受地壳运动和河流切割影响,形成长梁、残塬、沟壑、涧地相间分布的特殊地形。

地处白湾子的魏梁是其主峰。《山海经》里这样记叙白于山:

> 西二百五十里,曰白于山,上多松柏,下多栎檀……洛水出于其阳,而东流注于渭。

白于山属于黄土丘陵沟壑地貌,为东西走向的厚层黄土覆盖的梁状山地,主梁东西延伸130余公里,梁顶面较平缓,一道道横梁以墕相连,当地称崾崄。墕,指两山之间的山地。白于山里,有村庄地处墕里,有乔崾崄等名称。站在魏梁上,打量周边,约略可以望见白于山远处的黄土塬峁延伸到很远的地方,主要有马鞍山、花风子岭、大墩山山梁,莽莽苍苍,绵延起伏。

白于山南北两坡很不对称,北坡短,多土崖峭壁,南坡长,波浪式向南逐渐下降,多缓斜梁涧及残塬地。白于山北侧的三边洼陷地带,在白于山与毛乌素沙地之间,有几条向北延伸的低平梁地,将其分成定边滩、安边滩和靖边滩三个相对独立、各具特色的浅缓盆地——这几个浅缓盆地,是白于山重要的粮食生产区域。

白于山虽属于黄土丘陵沟壑,却对陕北黄土高原的自然环境起着极为重要的屏障作用，夏季阻挡南来温热气流，使北部山地更加干旱；秋冬季节阻挡北来的寒潮，减轻其南部冻寒危害；冬春季节阻挡强劲的西北风——所以，白于山从远古一直到史前，依据《山海经》透露出来的植被讯息，应该生长着森林，存在着草地，因此成为游牧民族理想的天然牧场。秦至明清乃至民国，其植被遭到程度不等的破坏——而破坏的先决条件是要有破坏的对象——那么，白于山先前的自然概貌是可以想象出来的。

由于特殊的自然风貌，白于山还是风力利用得很好的区域——现在，旋转着巨大风叶发电的风力发电设备，密布整个白于山塬峁之上，给古老而荒凉的白于山带来了现代工业的色彩——这种由巨大风叶组装成的风力发电设备，在陕北黄土高原比比皆是，这里遂成为我国利用风能发电的重要基地。

我已经是第三次登临白于山了。第一次，是去年春天，我独自驾车沿着由关中平原通往黄土高原的高速公路进发。那时候，吴起至定边的高速公路还没有通车，只好绕道进入榆林通往定边的高速公路，除过在延安西服务区稍事休息，一直马不停蹄，直到黄昏时分才到达定边。

那次的目的，是进入白于山，寻找洛河的源头。之前，做了大量的案头准备工作，查阅了关于洛河源头和白于山的相关资料，并在地图上标出路线。而定边县城南部的山脉，就是白于山的主峰所在地，也是洛河的源头所在地。所以此行直奔定边。

为什么寻找洛河的源头呢？因为想彻底了解洛河。要了解洛河，就必须先寻找其源头，然后顺流而下，追赶着洛河的足迹，同时感知洛河沿岸各地的历史文化及风土人情——与朋友们在一起聊天，曾经说过这样的话，一个人走完一座城市很容易，但是，走完一条河流就不容易了。先前，我曾经沿着渭河上行，在甘肃省渭源县的鸟鼠山，探访到了渭河的源头。鸟鼠山和白于山一样，说是山，其实就是黄土高原地貌纵横的沟壑。鸟鼠山山脚下的梯田里，胡麻快要成熟了，到处金黄一片。

渭河的源头，和想象的简直大相径庭，迎面直立着一通石碑，上刻“渭河源头”字样，但几乎没有见到泉水，而是干涸得类似一个小土坑。据当地人讲，这个小土坑有时候会冒出细小的水流，顺着山势流下去，而流下去的水流，不断汇聚沿途的小水流，直至山下，就汩汩成溪了，这就是渭河的源头——相信了当地人关于渭河源头的解说，正要返回之际，只见乌云密集，瞬间大雨滂沱，刚才还若有若无的渭河源头的小水流，顿时暴涨起来，浑浊的河水翻卷而下，真是领教了，源头之水，原来就是这样从天而来，以此就成了河流……

白于山上的洛河源头该是什么模样呢？不是抱着多大的希望，也不指望山间有不断流淌的山泉，只要能看见类似渭河的源头也就满足了，不虚此行而已。到达定边县城，已经是傍晚了，城市里灯火闪亮。天黑先投宿。恰好城边的一条比较宽阔的街道上，有一家可以停车的宾馆，于是，停车住宿。待收拾好行李，才觉一天到晚尚未用餐。借着街道明亮的灯光，信步走出店门。不远的地方，有一家小吃店，经营具有陕北特色的吃食，仔细看过菜单，选定了这里的风味小吃——羊杂碎。定边位居陕西、甘肃、内蒙古和宁夏相交接的“一地连四省”地带，过去，属于陕北著名的“三边”地区(定边、靖边和安边)，遇到荒年饥馑，陕北人背井离乡，所谓的“走三边”讨生活，就包含着定边在内的区域。现在来到了“三边”，竟然有强烈的“异域”感觉，从沙漠深处吹过来的夜风，显得硬硬的有点冷，干燥，却夹杂着草木的清香，毕竟是五月的天气了。“羊杂碎”是陕北的名小吃——是的，定边，乃至整个陕北黄土高原的风俗习惯，都带有游牧民族的色彩。这里由于自然环境因素的影响，沙漠、高原、风沙、干旱等，制约了农耕文明的发展，却积极促进了草原文明，表现在饮食上，就是以肉和奶为主要食材。刚进定边县城的时候，路边就有人推着简陋的自制的木质箱车叫卖酸奶。说真话，这酸奶真不赖，喝过后，余香满口。吃着“羊杂碎”，我的思绪依然在翻滚，黄土高原上的原住居民，为什么喜欢在小吃店的招牌上标志着“羊杂碎”，而不是类似关中平原上大受欢迎的“羊肉泡馍”呢？看来，这饮食习惯，应该有更深层的文化和习俗因素——也许，是因为“羊杂碎”甚为鲜美，和羊肉相比较价位又比较低廉吧，所以深受老百姓喜爱，成为陕北老幼皆宜的好吃食。

用过餐，小吃店里年轻俊俏的老板娘告诉我，沿着这条街道直行不远转弯，再走几百米，可以看见鼓楼。鼓楼？鼓楼，那是大城市才有的古代建筑，难道这边远的定边县城居然也有鼓楼？然而，确实有！夜晚的鼓楼灯火辉煌，高大壮丽。近前，鼓楼的南门梢，上书“玉皇阁”，哦，这鼓楼，既是楼又是阁。旁边的石刻文字介绍：鼓楼，初建年代无考，明代万历三十四年(1606)重修，清代光绪二十一年(1895)曾维修。而今的鼓楼是重新装饰过的，甚为雄伟。

第二天，离开定边县城，打开导航仪，沿着沥青公路进入白于山。虽然说白于山是洛河等河流的发源地，但是，这发源地究竟在何处呢？地图上并没有标识，只好先到达白于山再向当地人打听吧。定边县城距离白于山大约几十公里，公路两边偶尔能看见粗壮低矮的柳树，稀稀疏疏的，树桩皲裂，而枝梢却非常茂盛，给灰黄的原野涂抹上一团一团浓绿的碧色，沿途的田地里，庄稼刚刚泛绿。说也奇怪，以定边县城为界，北部属于沙漠，遍地生长着红柳、银翘，还有不知名的抽着枝条的灌木；而南部连接白于山的地带，却是可以耕种的土地。地里，去年收获过后的枯干的玉米茎秆，竖立在田头。还算顺利，按照导航仪的指引，我到达白于山最高峰魏梁所在地白湾子。白湾子是个集镇，人口相对还算稠密，一条主街，横斜着两三条小街道。

魏梁，有道路通往，驱车可以直接到达。这条还算平整的道路，紧紧贴着隆起的黄土沟梁，起起伏伏。小心驾驶着车子，转过几个弯，大约十几分钟，终于遥遥望见庄稼地里矗立的青色石头，正在地里转悠的一位牧羊人告诉我，那就是陕北最高峰的标志碑。这通碑，迎面雕刻着著名画家刘文西先生题写的“陕北最高峰”。青石碑的北部，有文字介绍白于山和魏梁，魏梁海拔 1907 米。站在魏梁这块青石碑前，请牧羊人拍了照片，心底里呼出一句话：“终于登上白于山了！”——说“登上”，有些勉强，分明是驱车上来的，不管怎么说，毕竟来到了白于山，来到了陕北最高峰。为了这一天，真是扎扎实实做足了案头工作，阅读了不少相关的书籍和资料，也查阅了白于山和洛河的地理与地形图，就连当地的报刊介绍文字也都仔细阅读过了。可以说，早已经在心里搭建起来虚幻中的白于山了。

真正亲临白于山，站在魏梁这处陕北最高峰上，似乎一下子还不能接受这个现实——白于山是山吗？这是心头大大的疑问。山，《说文解字》的解释是：“山，宣也。宣气散，生万物，有石而高。”可是，白于山呢？简直就是黄土高原上的沟壑。这条沟壑太大了，沟壑里是大小不一的小盆地，当地人称之为“涧”。涧，应该是山里边狭长而且有溪水的自然地势吧，在这里，却成了比较平坦的地方。涧里有村庄和集镇。山原上的植被甚是稀疏，高大的树木很少看见，坡地上种着庄稼。有村庄和集镇的地方，生长着柳树、椿树等树种。可能缺水吧，崖壁上的断截面裸露出干燥硬实的沙土。不管怎么，一下子把原来山的概念推倒了，尤其是惯常于横亘关中平原南部的秦岭巍峨印象，而白于山却是这般模样，这是始料未及的。对山的描写，莫过于李白。他的著名诗篇《蜀道难》这样形容秦岭山脉：

噫吁嚱，危乎高哉！蜀道之难，难于上青天！蚕丛及鱼凫，开国何茫然！尔来四万八千岁，不与秦塞通人烟。西当太白有鸟道，可以横绝峨眉巅。地崩山摧壮士死，然后天梯石栈相钩连。上有六龙回日之高标，下有冲波逆折之回川。黄鹤之飞尚不得过，猿猱欲度愁攀援。青泥何盘盘，百步九折萦岩峦。扪参历井仰胁息，以手抚膺坐长叹。问君西游何时还？畏途巉岩不可攀。但见悲鸟号古木，雄飞雌从绕林间。又闻子规啼夜月，愁空山。蜀道之难，难于上青天，使人听此凋朱颜！连峰去天不盈尺，枯松倒挂倚绝壁。飞湍瀑流争喧豗，砯崖转石万壑雷。其险也如此，嗟尔远道之人胡为乎来哉！剑阁峥嵘而崔嵬，一夫当关，万夫莫开。所守或匪亲，化为狼与豺。朝避猛虎，夕避长蛇；磨牙吮血，杀人如麻。锦城虽云乐，不如早还家。蜀道之难，难于上青天，侧身西望长咨嗟！

这首诗，极尽描写山势之巍峨、高耸，以及道路行走之艰难——说实话，山就该如此，不然，能算得上“有石而高”吗？但是，且慢，《国语》里也有这样的话来解释山：“山，土之聚也。”以这个概念来衡量白于山，那么，白于山之为山，倒也可以说得过去。白于山确实是“土之聚也”——山体未曾见石，而是黄土与细沙堆积而成的山塬与沟壑。对于黄土高原的形成，目前主要的解释是风成说，即是由蒙古高原上吹来的尘埃在亿万年的岁月里逐渐形成的，沟壑则是流水切割而成——那么，白于山应该是黄土高原堆积比较深厚的区域，加之流水的切割，终于形成了今天隐秘静穆的风貌。

白于山不是考察的主要目的，主要目的是寻找洛河的源头。根据资料，白于山几乎是陕北黄土高原上所有主要河流的发源地，除过洛河，还有无定河、延河——其他的河流暂且不说，洛河的源头究竟在白于山的什么地方呢？

洛河源头探寻

从白湾子魏梁即陕北最高峰下来后，心想，还是沿着白于山里通往吴起的公路走，因为，这条公路大致与洛河平行，顺着洛河一路到达吴起。主意拿定，于是按照导航仪出发。谁知道，这次导航仪发生了失误，把车导向一条曲折的羊肠小道，差点掉进深沟里去。现在回想起来，仍然后怕不已。这条羊肠小道是白于山钻井采油车辆来往的道路，并不是通往吴起的省道。由于大型油罐车的碾压，道路已经不成样子了，表面的浮土很厚，浮土下边是深深的车辙，小车根本行走不成。而我却不知道这个情况，相信导航的指挥，离开白湾子，走进这条道路。开始，这条小路还断续有沥青路面，走着走着，就成了纯粹的土路，再走，车轮就陷进深深的浮土里去了，加大油门，车子勉强艰难前进。到了一个急转弯，右边是陡峭的崖壁，左边是深沟，不想，车子陷进路旁边的深辙里去了，动弹不得。正在万分焦急的时分，迎面过来一辆小皮卡，停车询问情况，得知是定边县的巡路警察，幸得他们的帮助，费了好大的劲，深陷的车子才被拖了出来。也得到他们的指点，终于踏上去吴起的省道。

路过一处小桥，看见从两座山原的沟壑里流出细细而碧青的溪水，汇成一股，蜿蜒流向远处……沟壑里，长满了齐腰深的野草……桥边的公路上，有一块路标，指示由此通往吴起。在这里稍作停留后，看看天色不早了，未曾耽搁，即驱车离去。真是有缘，也真是无缘，费尽心力寻找的洛河源头，其实就是这里！只是当时并不知道，以为只是一汪流水而已。

知道这汪流水就是洛河的源头，那是第二次进入白于山的时候。这次，专门请教了当地熟悉白于山地理环境的专家，并且约定，一起去探访白于山洛河的源头。这次，已经是八月了，驱车离开炎热的关中平原，沿着高速公路前进，触目皆是进入黄土高原边缘的浅低的山原，迎面而来就是浓郁的绿云。这绿云一路相伴，从铜川开始一直到定边的白于山。前不久，有报纸专门报道了十几年来，由于党和国家大力提倡“退耕还林”，加之西北气候有了逐渐转为温湿的现象，先前黄土高原大部分还是荒野，风沙不时掠过这万千沟壑，亿万年来形成的深厚的黄土呈现出原始的面目，而今，却彻底改变了模样，绿色蔓延到蓝天白云高远的边际，陕北乃至整个黄土高原都绿了，就连毗邻黄土高原的毛乌素沙地也拉起了“青纱帐”，这是了不起的黄土高原植被变化。这变化，将会给黄土高原带来“革命”——不仅是气候，而且还将深远影响黄土高原的人文、经济和人居条件以及由此带来的整个社会变化，向着光明和幸福迈进。

由于有当地的专家引领，从定边县城轻车熟路又进入白于山，甚是顺利地沿着白湾子通向樊学以及吴起的公路，找到了洛河源头——石涝池。前边说过，上次无意识路经洛河源头，曾在此处短暂停留，观看那一汪细细的碧水。这次，到达洛河源头，不由得呼叫了一声：“哦，这就是洛河源头！”——是的，这就是洛河的源头！专家解说道，由于白于山的沟壑非常多，各个沟壑都有流水，这里，只是聚集了两支比较大的沟壑流出来的溪水，合股而成这一汪碧水。其实，洛河的源头，不

图 2　洛河源头之一石涝池

是单一的，而是众多的，此处就是目前认定的源头。不管怎么说，总算见识了洛河源头，洛河的“根底”就在这里。仔细打量周边，这一汪碧水依然清澈无比，青草萋萋，小桥旁边，有人围堵起水堰，形成了小小的“方塘”。看着这小小的“方塘”，忽然闪上来郭璞的《水赞》，曰：

川渎绮错，涣澜流带。
潜润旁通，经营华外。
殊出同归，混之东会。

这是郭璞《山海经图赞》里的句子。此时此际，觉得他写得太好了，也太美了，抓住了水的形成与流向，用来形容洛河源头也甚为得当。也许是上次路过这里，未曾用心观察，这次竟然发现，小桥的边上，有一通碑，上书“明长城遗址（石涝池堡)”，属于陕西省重点文物保护单位——哦，原来洛河源头石涝池，或者说，白于山曾经是明代修筑长城之地，从另一个侧面来说，白于山还具有非常重要的战略作用。而这里在遥远的年代，也曾是“堡”——“堡”是驻扎军队的营寨，或许，当时洛河源头这一带，由于有水源，可能有人居住，说不定还是人烟相对稠密的地方。如果算上这个“堡”，洛河从这里发源，直到进入关中平原的渭河流入黄河，这沿岸依河而建的城市很多，吴起、志丹、甘泉、富县等等，至于集镇就更多更多了。关于这个问题，后边将专门写到，这里先不提了。

话说回来。上次在白于山迷路后，得到当地警察的帮助，踏上正途，虽说一路曲折坎坷，总算是心神稳定，于是，一边行走，一边打量洛河景色。洛河在白于山中，并不称为洛河，而是名曰头道川。这头道川，从白于山一直到吴起 150 余公里，在大致是南北山原之间的涧里涓涓而流……这一路，洛河岸边的人文景点和自然风貌令人陶醉。

远古时候的白于山一带，并不是荒野之地，而是树木旺盛、百花盛开的地方，这甚是符合《山海经》的简单记述。《山海经》里讲，白于山“上多松柏，下多栎檀”——如果这个记述是确切的，那么，白于山之所以是黄土高原众多河流的发源地，就得到了合理的解释。不然，如果缺少茂密的植被存蓄丰富的水资源，这里就不会成为河流的发源地。松柏比较耐旱，然而，栎檀却需要湿润的气候和充足的水，不然是很难成长成林的。你看，山原上，松柏翠绿，下边则栎檀参天，整个白于山是一片绿色的林海。有关资料证明，白于山植被的改变，除过因为黄土高原的气候变化而外，还有人为的破坏因素。秦汉时期，实行“移民实边”和“屯田”开垦种植的政策，白于山的森林和草原被破坏。唐代，这里是重要的牧马地，同时，提倡开荒，不断扩大耕地，破坏森林草原，但当时仍有不少地方还存有较大面积的森林和草原。明代大力实行军屯——别的不说，就白于山深处的洛河源头石涝池曾经是“石涝池堡”即可见一斑，实行奖励垦田政策，加重了白于山脉的森林破坏，而清至民国，滥伐滥垦有增无减，草场风蚀沙化现象严重。前边说过，我三次深入白于山，除第二次外，第一次沿吴起至定边行走，而第三次，则是由吴起直接进入白于山到达定边。反复在白于山腹地行走，不断体察这座神秘而静穆的山脉，试图得到更多的感知。德国古典哲学家康德认为，感性可以认知客观对象，知性是主体的主动创造。离开了感性，知性没有了认识的基础。他强调“知性不能直观，感性不能思维，只有它们的联合，才能发生认识”。是的，要认识白于山，至少先过感性这个关口，才能有条件进入知性的领域，这是认识世界的客观规律。对于寻找洛河源头和认识白于山，只能采取这样的认识步骤。白于山乃至洛河源头，现存的有效历史资料非常有限，如果不去反复打量和体察，那么，行走洛河将只会成为“纸上谈兵”的“空话”而已。

第二次登临白于山，最大的收获是终于在石涝池又一次看见了洛河的源头之一，心情自然非常愉悦。当然，如果没有当地的专家引领，自己寻找肯定是要大费周章的。天色尚早，索性驱车穿过定边县城，去看据说是陕西境内最大的盐池。说到盐池，其实，在洛河的下游地区，也就是大荔县境内，在黄河西岸不远的洛河流域，有一个名叫“盐池洼”的大水泊，成为大荔的一处美丽的观光旅游去处。定边的盐池，确实非常大，平生第一次真切地看见了雪白的盐如小山般地在阳光下闪耀着，泛白的盐池埂上，有低矮的类似飞蓬的植物顽强地吐出点点嫩绿，给单调的盐池带来几丝生命的活力。当年三五九旅曾经在这里开采盐矿，盐池旁边的明长城墙体上，有连排的窑洞遗址，是战士们简陋的住宿营地——现在，已成为定边的红色教育基地。

河流与丹霞地貌

洛河，古称洛水或北洛水，为黄河二级、渭河一级支流，是陕西最长的河流。不过，这石涝池只是洛河的主要源头，并不是唯一的源头，还有中支的水泉沟和东支的乱石头川——后两个源头，由于交通实在不便，尚未亲临考察。这几支重要支流，在吴起汇流后称为北洛河。

说是主要支流，因为从石涝池这个源头至吴起，白于山的北麓，还有大大小小 48 条支流注入头道川，这是我亲自一条沟壑一条沟壑逐个统计出来的。我国古代哲学家荀子在《劝学》里说：“积土成山，风雨兴焉；积水成渊，蛟龙生焉。”用来说明白于山和洛河的形成甚为准确。如果没有其他两个源头和这 48 条细小支流，也就没有洛河这条贯穿陕西西北与东南部的河流。

水到吴起成大河。头道川流经吴起，与其他两支源头之水汇合之后，交汇于吴起，此时，才有了洛河这条河流的正式名称。吴起县隶属于陕西省延安市，位于延安市西北部，西北邻定边县，东南接志丹县，东北边交靖边县，西南边毗邻甘肃省华池县。地貌属黄土高原梁状丘陵沟壑区，境内有无定河与北洛河两大河流，地形有“八川二涧两大山区”之称，分别是指头道川、二道川、三道川、乱石头川、宁赛川、脚扎川、颗颗川、杨青川；周湾涧、长城涧；白于山区、子午岭山区。吴起有高速公路与延安相接，出高速口，至县城入口，映入眼帘的是一尊高大雄伟的青石雕刻的塑像，这就是战国初期的军事家吴起。显然，县城是以这位大将军而得名。据说，吴起曾经镇守此地。

成为大水的洛河，自西北向东南流经志丹、甘泉、富县、洛川、黄陵、宜君、澄城、白水、蒲城、大荔，至三河口入渭河，途经黄土高原和关中平原两大地理单元。河长 680.3 公里，流域面积 26905 平方公里。

洛河的河道特征：白于山的河源至甘泉为上游。这里为黄土高原丘陵沟壑区，地形特点是峡谷与川地相间，河谷曲折多湾，分布有独特的丹霞地貌。丹霞地貌，是我国矿产学家冯景兰 1928 年考察广东省韶关市仁化县丹霞山时，注意到了分布广泛的红色沙砾岩层，由此而提出的概念。这种红色沙砾岩层的形成年代很早，大约在白垩纪就已经形成了。白垩纪处于侏罗纪与古近纪之间，是地质年代中中生代的最后一个纪，开始于 1.45 亿年前，结束于 6600 万年前，历经 7900 万年。而洛河上游的沟壑地带，具有以白垩纪形成的红色砂岩互层为主的地质特征——也就是所谓的丹霞地貌吧。

丹霞地貌具有堡垒状的山峰和峰丛、千姿百态的奇石、石桥和石洞的地理现象。志丹的永宁山就是典型的景观。永宁山，又称石楼台山，距志丹县城南28公里，坐落在洛河西岸，北临小石楼台山，地势险要，是黄土高原上著名的形胜之地。清代嘉庆年间编写的《延安府志》载：“石楼台山，县城西南七十里。在洛水之隈，奇峰突兀，峭壁陡绝，下临重渊。”可见突兀雄奇之状貌。山势高大险峻，岩石裸露暴突，呈赭红色，洛河环绕山的东、西、南三面，山梁巍然独立，峭崖绝壁，西侧的山崖上题刻着“洛上奇峰”四个有力的楷体大字。

图3　永宁山雄姿

除过具有丹霞地貌特征而外，永宁山还蕴含有极其丰富的历史文化内容和古代建筑奇观。据1996年出版的《志丹县志》介绍，永宁山“早在南宋就建为防犯固寨。共分三层，上层居之山顶，中层微微内倾，十分陡峻，下层通洛水供取饮，可容千人。清代和民国时期均设过县署”。我是在2018年的冬天登临永宁山的。黄土高原的冬季，寒风呼啸，洛河的河面上，闪烁着冷冷森森的白光，永宁山前，树立着“永宁山寨”和陕西省重点文物保护单位“永宁寨寨址和摩崖石刻”两通石碑。如果从西边隔着洛河遥望永宁寨，可见山势拔地而起，气象非凡，悬崖断壁上有石梯直上山巅，洞窟幽深，下临深渊，几不可登攀。若是过了洛河，从东面观之，奇崛之气渐消，有稍微平缓的山坡可以登临，拾级而上，层层皆有建筑，依山而建，险要处，可手扶铁索，渐次而进，上得山巅，则是偌大一片平阔之地，正在修建永宁山革命旧址（崖窑），朱色大门，庄严端正，应该是近年间陆续所建吧。

在白水县城东北部的戚家河（洛河的地域名称）和王莽寨洛河流经的沟壑里，也曾经发现了丹霞地貌特征。特别是临近洛河北岸的峭壁，那层层叠叠的岩石，通体透红。由此可见，从黄土高原到关中平原的边缘深沟大壑里，丹霞地貌不仅仅是在洛河的上游地带才有，就是中游地带依然存在。这种自然现象的形成，固然与地壳的剧烈运动有关，是不是也与洛河水亿万年的滋养有关呢？

图4　洛河下游的丹霞地貌

甘泉到白水是洛河中游，为黄土高原沟壑区。洛河的中游，河岸上多为梢林分布，草深林密，塬面较为平坦。从甘泉上高速公路，甚为轻松就抵达富县的高速出口。不过，这时候天色已晚，那就借宿富县吧。原想出高速口县城应该在不远处。然而，出乎意料，这高速口距离县城居然还有30余公里，只好打起精神，奔向灯火辉煌的地方。也许是天意，如果没有这30余公里的路程，我对洛河中游的地理概貌和植被情况可能还没有直观的认识。从定边到吴起及志丹，沿着洛河走，植被在眼前发生着有趣的变化，白于山几乎是裸露的黄土沟壑，植被绝大部分是灌木和草本植物；走着走着，经过铁边城之后，山川里逐渐绿了起来，白杨、椿树和槐树，在轻轻的风儿里，摇曳着美妙的身姿，草色慢慢铺盖了山川，庄稼稠密；而吴起与志丹，新绿一片，河边的田地里玉米绿油油的，有的土地上，还种着芝麻等农作物。富县呢？从高速口到县城，简直就是林海，遮天蔽日的密密层层的树林，在薄暮里连成一片，一直延伸到道路的尽头。

富县，有黄土高原上的“小江南”之誉。洛河从城边绕过，带来了湿润的气候和茂密的植被。这里设县很早，秦代是雕阴县，唐代为鄜州。自古到今，这里经济发达，属于富庶之地。除过洛河，还有洛河主要支流葫芦河流经此地。这东西两条河流之间，是大小五个黄土塬(高昂而平坦的地方)。这五个黄土塬，塬面平坦，适宜耕作，土壤含水丰富。为什么呢？因为黄土塬区塬面平坦，有利于降水入渗，黄土厚度大，内部有孔隙，这是黄土含水和导水的空间，下部又有相对的不透水层，所以，黄土塬区普遍含存较多的地下水。一般而言，黄土塬愈大，含水量愈大。这也是白于山虽然是黄土高原的深沟大壑，却是洛河、无定河、延河等河流的发源地的原因，看起来细细一汪碧水，其实，黄土高原深处有着极其丰富的水资源。富县的这五个黄土塬，犹如五座地下水库。故而，这里在农耕时代，较之黄土高原其他地方，庄稼收获更为丰厚。唐代诗人杜甫在“安史之乱”中，历尽艰险，把家眷安置在此处，一是这块地方处于战争的边远后方，战火不会烧到此处；二是这里自然环境好，有耕种必有收获，足以维持一家人的温饱。所以，杜甫选择安居鄜州，真是很实际很有远见的安排。

富县到洛川，洛河进入黄土高原的峡谷地带。洛河给予洛川的直接恩惠是黄土层深厚，植被发达。这里有黄土国家地质公园，以黄土剖面和黄土地质地貌景观为特色，并保存有脊椎动物化石、极其特殊的典型黄土地质景观遗迹等，真实记录了第四纪以来古气候、古环境、古生物等重要地质事件和信息，是研究我国大陆乃至欧亚大陆第四纪地质事件的典型地质体。洛川，处在洛河流域优质水果带的中心位置，也是党的“洛川会议”召开的地方，这些后边将会详细写到。

洛河出洛川后仍然在沟壑里曲折穿行，进入黄陵县域。黄陵县域有一条沮河，发源于子午岭东麓的沮源关，向东蜿蜒128公里汇入洛河，这条河横贯黄陵全境。沮河，古称“姬水”——相传轩辕黄帝因“长于姬水”，并以河为姓，所以，这条河又称“沮河”，是洛河的主要支流。《水经注》云：“沮水，出北地直路县，东过冯翊祋祤县北，东入于洛。”这段话里的北地，指北地郡，秦代设置，为秦统一天下后设置的三十六郡之一，郡治在义渠（今甘肃省庆阳市西南）；直路县，在今富县西南直罗镇附近；冯翊，西汉置冯翊县，三国时，曹魏改为冯翊郡，郡治在今大荔；祋祤县，西汉置县，后曹魏废除，县治在今耀州河东堡一带。几句话，就把沮河的来龙去脉说清楚了。这条河，三面环流黄帝陵。

洛河在黄陵县域顺势绕过宜君县城，由雁门山的崇山峻岭里进入白水县域，而白水至洛河入渭处（也就是渭河入黄河口），为洛河的下游。洛河在白水吸纳了石堡川、白水河、孔走河等支流的滔滔河水后，进入澄城县域内。澄城，古代之徵县，蕴藏着极其丰厚的古代文化，特别是近些年在洛河支流鲁家河畔的刘家洼发掘出东周芮国后期都邑遗址，震动了世界。2019 年 5 月，我专程去探访这处遗址，收获良多。洛河与其支流，诞生了我国古代文明，具有重要的历史文化价值。

洛河在澄城与蒲城交界的黑峡谷，形成了水流湍急的瀑布，声震数里外，崖壁陡峭，怪石林立，两岸山水秀美，风光旖旎。黄河有“壶口”天下奇观。洛河呢，这黑峡谷也有缩略版“壶口”之壮美。更为奇特的是，距离瀑布不远的岩石岸边，有“龙眼”之谓的深不可测的幽洞，汪着碧绿清澈的水，冬不干涸，夏不横溢，永远波澜不惊的模样——或者，这是地壳运动时，大陆板块互相碰撞挤压形成的岩石孔洞吧，而这岩石孔洞里储存着丰富的地下水，保持着比较平稳的水平；也可能，洛河的流水通过岩石之间的裂隙，不断注入水源，形成如此的天然奇观。大自然往往是这样，其内部构造巧夺天工，给世界留下了许多待解之“谜”，正是由于大自然既按照自己的运动规律，同时也充满了偶然的机巧，才创造了这个已知和未知的绚丽多彩而又神奇不可思议的现实世界。当然，大自然的这些内部的和外部的变化与发展，在康德看来，人们不但可以认识，并且还要替大自然也就是认识对象“立法”。人，也必将会认识大自然，无论大自然或者认识对象怎样遮蔽认识的目光，但是，人的目光是透彻而明亮的，这一切，只是时间问题……

黑峡谷也是修建水利工程的绝好自然位置。从汉代开始，这里就筑坝引水，特别是 1934 年开工建设的洛惠渠工程，灌溉蒲城、大荔等地 77 万亩土地，是现代水利史上的著名案例。这些后边将会提到。

在蒲城的永丰镇这块小盆地的北部原区边缘，洛河接纳了最后一条支流——大峪河。洛河从西北白于山发源至此，先后有头道川、乱石头川、宁赛川、周水河、葫芦河、仙姑河、沮水、五里镇河、石堡川、白水河等较大的支流汇入，至于毛细支流，目前尚未有确切的统计。是啊，还是古代哲学家荀子看得透彻，“积水成渊，蛟龙生焉”，没有这些主要支流和无数毛细支流，洛河就成不了“蛟龙”，也就不会从发源地那细细的一汪碧水形成浩荡的洛水，穿过黄土高原丘陵沟壑、黄土高原沟壑和关中平原，形成横跨三秦大地北部和中部的首条大河。

洛河冲出黑峡谷，被蒲城地面上的一座小青山挡住了脚步，形成了一个湾。在河湾的怀抱里，有清泉汹涌而出，这泉水清冽异常且四季温若仲春，地名故曰温汤。小青山巅，海源寺里，高耸着玲珑剔透的宝塔，宝塔角檐悬挂的风铃，在微风里叮当作响。这是洛河下游的一块绝美之地。河湾里，尽是高大的树林，山岚缠绕其间，恍若仙境。

明末清初诗坛主将之一、蒲城籍大诗人屈复一日游览此地，登临海源寺，俯视脚下脉脉流去的洛河，遥望西北方向的金粟山——金粟山，乃是缔造了“开元盛世”又带来“安史之乱”的唐玄宗安寝之地——挥笔写出了《温汤》这首诗。其中，有这样的诗句：

青山既蔼蔼，烟树亦苍苍。
雪满金粟山，融融流水长。

这里的“流水”就是指洛河。洛河全长680.3公里，流域面积达到26905平方公里，也算是内陆长度比较长、流域面积比较大的河流了。洛河流域，由于水的滋养，其流域特别是中上游地区，比如，支流葫芦河、沮水延伸到子午岭林区，这里植被好，森林茂密。下游地区，有的流域内，也是满山青翠，绿树成荫，故屈复有“青山既蔼蔼，烟树亦苍苍”的实景描写。屈复所游览的温汤，是洛河下游的富庶之地，风景优美，山不高而陡峭幽深，泉不深却汩汩不竭，令人流连忘返。此后，洛河进入关中平原东部的富庶之地——大荔，也是洛河流经的最后一个县域。洛河，绕过铁镰山，一改穿行于黄土高原沟壑里湍急的水流现象，转身为丰腴而悠闲的沉稳模样——因为一路走来，汇聚起各个支流的水量，此阶段的洛河，有了大河的容量与气象——平阔的河面，犹如狭长的玉镜映着蓝天白云，含羞的神态里显示出成熟与练达，毕竟披星戴月风风雨雨一路奔波几百公里，也该含蓄内敛了。含蓄内敛的洛河，给蒲城、大荔广袤的土地带来了琼浆玉液。当然，这仰仗水利之功，也是洛河进入渭河完成生命过程之前最为丰厚的回馈。

流经沙苑之后，洛河拼出全身的力量，与渭河联合起来，呈现出如同花瓣的形状，涌入天上飘来的黄河，而这花瓣一样的大地河流壮观秀丽的景观，是洛河生命力壮丽的勃发……不但构成了天地间的大境大景，也荟萃成动人的历史文化画卷。

支流与灾害

洛河的主要支流的长度与流域面积分别是：

头道川，全长 84.3 公里，流域面积 1577.7 平方公里；
乱石头川，全长 55.9 公里，流域面积 941.87 平方公里；
宁赛川，全长 48.4 公里，流域面积 530.19 平方公里；
周水河，全长 81.3 公里，流域面积 1336 平方公里；
葫芦河，全长 235.3 公里，流域面积 5449 平方公里；
仙姑河，全长 52.7 公里，流域面积 604.75 平方公里；
沮水，全长 135.2 公里，流域面积 2488 平方公里；
五里镇河，全长 53.8 公里，流域面积 483.64 平方公里；
石堡川，全长 78.9 公里，流域面积 948.76 平方公里；
白水河，全长 87.8 公里，流域面积 765 平方公里；
大峪河，全长 88.8 公里，流域面积 498.87 平方公里。

这 11 条主要支流，犹如围绕洛河的“叶脉”，给洛河注入了源源不断的“血液”，让洛河“花枝招展”起来，构成了由黄土高原与关中平原这片“枫叶”状的地理生命的畅通“血脉”——哺育这里的树林、庄稼和居住的人们，也哺育出悠久而灿烂的历史文化。

洛河既有灌溉之利，也有灾害之弊。因为它流经黄土高原，山大、沟深、坡陡，河床比降大，其流域又多暴雨，常常形成暴雨洪水。据 1991 年出版的《吴起县志》记载：“咸丰五年(1855)北洛河吴起最大洪峰 8350 立方米/秒，是历史上最大的一次洪水，将古镇水毁殆尽。”1993 年出版的《甘泉县志》记载：“从唐贞观十一年(637)到 1988 年，洛河共有 8 次洪灾。”1994 年出版的《大荔县志》记载：“开元十五年(727)七月二十一日大雨，洛水溢入同州城，淹冯翊县，漂居民二千余家。”1989 年出版的《白水县志》记载：“民国二十二年(1933)，4 月初，风雨交加；6 月暴雨成灾，洛水上涨，洛河桥被冲垮。”这些因暴雨引起的洪灾，给沿岸人民带来灾害。

减少洛河自然灾害的有效措施，是兴修水库，拦截暴雨形成的洪灾，并用来灌溉田地和解决人畜用水问题。目前，在洛河及其主要支流，修建了不少的水库，如石堡川水库、林皋水库、大峪河水库，等等，特别是南门沟水库，坝址位于葫芦河下游黄陵县域内，总库容量 2.01 亿立方米，可提供工业和生活用水 1.135 亿立方米。这些水库的建成，彻底改变了洛河的暴雨洪灾，使洛河成为被驯服的对人类有益的河流。

第二章　传说和考古发现的洛河流域远古文明

甜水沟的早期人类

我国古代文明主要发祥于黄河流域，黄河流域的中下游地区四季分明，是最适合人类生存和生活的地区。华夏民族的祖先在这里勇敢顽强地劳动和开拓，创造了辉煌的古代文明。而古代文明的产生，依据学者的意见，却是主要产生于黄河的支流——渭河流域。渭河流域是古代政治文化的中心区域之一。洛河是渭河的主要支流，是构成渭河流域古代文明的重要地域。或者可以这样说，洛河的古代文明是“人文初祖”，是源远流长的我国古代文明的滥觞之地。洛河从白于山到三河口，漫长而曲折的流水，不仅滋润着两岸广阔的高山、沟壑和平原，而且产生了光辉灿烂的我国古代文明，翻阅洛河流经的11个县的志书，都可以得到这样的讯息，早在旧石器与新石器时期，洛河流域就有璀璨的古代文明之光。沿河的黄土高原和关中平原，各处都相继发掘出来不同历史时期的“遗址”，出土了不少的文物。《富县志》介绍，在洛河及其支流葫芦河沿岸，发现了新石器时期的仰韶文化。其遗址有交道乡交道村东侧遗址、洛阳乡西延铁路西侧明义沟遗址、吉子现乡西屯么遗址、茶坊镇袁家坬、纸坊、黄甫店遗址等。蒲城县境内新石器时代遗址，主要分布于洛河及其支流沿岸，从南到北有多处发现，最重要者有三处：大峪河遗址，位于县城东永丰镇大峪河水库北岸台地上，属于新石器时代半坡晚期母系氏族公社村落遗址，有房屋、窑穴、炉灶遗痕和石器、骨器、陶器及大量彩陶片；韦村遗址，位于西头乡韦村的洛河西岸，为仰韶文化类型，出土有红陶(有黑色条纹)、陶足等残片；温汤遗址，位于永丰镇温汤村洛河东岸，也属于新石器时代仰韶文化与汉文化相叠类型。由此得知，洛河流域是我国古代文明的发祥地之一。

图 5　甜水沟遗址

古代文明的创造者首先是人，而洛河流域"大荔人"的发现，是人类发展史上一次意义非常重大的发现。根据我国对古人类的考古研究，目前最早的古人类化石，是在重庆市巫山县龙坪村龙骨坡发现的"巫山人"，距今 204 万年；"元谋猿人"，距今约 170 万年；"蓝田猿人"，距今 65 万—60 万年；20 世纪

20 年代后期，在北京周口店的龙骨山北坡，我国考古工作者发现了一个完整的远古人类头盖骨化石，这就是名震世界的“北京人”，距今 70 万—20 万年；而“大荔人”则距今 20 万年，与距今 20 万—16 万年的“巢县人”化石年代大致相当，为我国人类史研究提供了旧石器时代从猿人到古人过渡的考古学意义的科学佐证。

我曾经几次穿越铁镰山，进入洛河岸边的黄土台原沟壑，探访旧石器时期的文化遗址——甜水沟。甜水沟遗址，位于大荔县域内段家乡解放村东边，距今大约有 20 万年。1978 年春，考古工作者在这里发现了早期人类头骨化石、石制品和哺乳动物化石。出土的人类头骨化石被称为“大荔人”头骨化石。此化石比较粗壮，眉脊发达，前额后倾，带有明显的从直立人向早期智人过渡的体貌特征，与“北京猿人”接近。但是其顶骨较大，枕骨隆突前面呈凹陷状，鼻骨窄长，眼眶近乎方形，虽然颧骨较为朝前，可是吻部并不突出，脑容量达 1120 毫升，这些特点又比“北京猿人”进步。考古发现石制品 181 件，原料以石英岩为主，燧石次之，系采用锤击法制作而成；石器 22 件，主要是形体较小的石片石器，有刮削器、尖状器、石椎与雕刻器等。甜水沟发现与“大荔人”共存的动物化石，还有大角鹿、古菱齿象、犀牛、鸵鸟等十余种。植物孢粉种类有蒿、菊、藜等草本植物，松、柏、云杉等针叶树种，表明甜水沟一带的气候比较干燥凉爽，适宜人类居住和生活。

甜水沟，在洛河东岸的沟壑里，这里青草萋萋，沟壑前边地形宽阔，而进入沟壑，地形则相对收束起来，沟壑的底部，是黄土刀削一般的断崖。沟壑里，几棵大树分散在各处，静静默默，仿佛还在悠久的远古历史里沉思，犹如智者一般，打量着来客。是啊，这里曾经是人类远祖聚集的地方，在洛河岸边肥沃的土地上，他们采集野果，或者进行简单的农耕劳作。他们富有极大的生存智慧，你看，他们所选定的安居之处，滔滔的洛河提供了丰富的水源，而河边茂密的树林中，就有可以采摘的野果，要从事简单的粮食种植，这里有大块可以利用的土地。从甜水沟发掘出来的石片石器里的刮削器、石椎看来，他们已经掌握了原始的农耕工具的制作技术，这说明他们除过采集野果、捕猎动物而外，还能把获得的“粮食”加工成“食品”。“石椎”是了不起的“工具”，既能用于捕猎，也能用于供给植物籽粒的“舂”——进一步假设，这“舂”，是脱粒植物籽粒“食物”的外壳，而脱粒植物的外壳，表示他们能取出外壳里面的“实”。这“实”呢，有可能是“果肉”，也有可能是“米”。据说，我国最早的粮食作物是“粟”，《说文解字》曰：“嘉谷实也。”虽然不敢断定“大荔人”所“舂”的就是“嘉谷实也”，但至少是用来饱腹的类似于“米”的植物籽粒。

虽然也不敢断定甜水沟“大荔人”的石椎是用来“舂”米的工具，不过，粟，确实是世界上最古老的栽培农作物之一，起源于我国北方黄河流域，是中国古代的主要粮食作物。在大荔县，1973 年发现的“沙苑遗址”，距今大约 1 万年，显示当时已经出现了原始农业和畜牧业。1963 年在华县(今渭南市华州区)的老官台发现的“老官台文化”，已经有种植粟类植物的出土资料，说明在仰韶文化之前的新石器早期，就开始种植“粟”了。“粟”与洛河流域有着不解之缘。当代著名诗人贺敬之在《回延安》里，深情地写“东山的糜子西山的谷”，“小米饭养活我长大”。

前几年，我受邀去毛乌素沙地考察，进入黄土高原，途经洛河流经的山川塬峁上的层层梯田，满地都是低头弯腰垂着肥大穗子的谷子，在来自内蒙古高原的风的吹拂下，犹如海洋上面的波浪，一波连着一波，起起伏伏，笼罩着整个塬峁和山地。谷子，粟，有人说，我国的夏代是“粟文化”的时代。也就是说，粟在那时候已经成为人们的主要食粮，而粟的远祖是狗尾巴草，人们把狗尾巴草培植成粟，是需要非常漫长的时间的，不知道这个培植的漫长时间，到底能延伸到历史前期的哪个阶段呢？

在已经发现的旧石器时期人类遗址里，以甜水沟遗址为例，已经有了蒿、菊、藜的孢粉存在，那么，狗尾巴草的孢粉也应该出现，甚至有粟的孢粉出现。然而，确实未曾有狗尾巴草或者粟的孢粉出现，真是令人遗憾！

如今的甜水沟，茂密的青草既有蒿也有藜，菊呢？早已经成为人们的观赏植物，从白于山到三河口，漫长的洛河流域，它是随处可见的寻常植物。草本植物从旧石器时期到今天，并没有衰减的迹象。然而，木本植物，除过松、柏，云杉已不见踪迹。云杉，是我国独有的树种，高大笔直，挺拔伟岸，而且树龄很长。据说，瑞典科学家在一座山脉上发现了一株 9500 岁的云杉，堪称“世界上最古老的树”，而且它还在继续生长。在我单位的院子里，靠近办公楼的北墙边，种植有十几株云杉，夏天，婆娑起优美的绿纱，给人以阴凉；冬天，铁色的枝干，迎击狂虐的西北风，给人以坚韧的力量。30 多年前，我初到单位，看见这一排不枝不蔓、秀丽的大树，不知道是何树，但特别有好感，空闲的时候，喜欢徘徊在树下，仰望翠绿的枝叶，后来才知道，这就是已经不多见的云杉树。

甜水沟遗址还发现有大角鹿、古菱齿象、犀牛和鸵鸟的化石。这些远古的动物，只能在想象里存在了。记得英国学者伊懋可的名著《大象的退却》，考察我国4000年来的环境史，以大象的生存条件来说明我国气候的变化，由于森林滥伐与河流的干涸，大象越来越不能适应早先生存的地方而退却南方，甚至更南边的国度以寻找适宜自己生存的温润区域。从甜水沟的情况来看，旧石器时期，这里还有上述的动物存在，尤其是伊懋可选取的研究对象——大象的存在。古菱齿象是大象的一种，是生活在距今20万—1万年的晚期更新世的大型哺乳动物，也是有史以来最大的大象，这类象的臼齿磨蚀到一定程度后，齿板的中央就会扩大呈菱形，因此而得名。甜水沟有这种大型哺乳动物，生活在洛河流域这片土地上，说明这里曾经气候温暖、湿润，有丰富的山地森林和平原林地，适合大象的生存。应该说的是，古菱齿象的消亡与气候相关，也有不能适应环境的变化而自身消亡的原因。研究者认为，到更新世结束时，只有寥寥数种大象残存下来。进入人类史后，全世界就只剩下亚洲象和非洲象两种，分布范围也逐步萎缩。伊懋可选择大象来研究我国环境的变化，得出“人进象退”的结论，有其学术价值。但是环境的变化牵涉种种原因，需要全面的研究，才能找出环境发展的内在原因，伊懋可的著作值得深思。

不管怎么说，“大荔人”显然完成了从猿人向古人的过渡，这就是洛河对人类生成发育和发展的莫大贡献。前边已经说过，古代文化的创造者是人。那么，“大荔人”已经创造了旧石器时期的文化，这文化，就是整个古代文明的肇始。

悠久的传说与黄帝陵

传说古代黄帝氏族部落就起源于子午岭和北洛河上游，黄帝率领他的氏族部落在这里播种和收获，也从这里征战天下，并与炎帝联合，打败蚩尤，划分天下为九州，治理疆土，得到人民的拥护，后逐渐发展强大，统一了疆域。

司马迁在《史记·五帝本纪》里，有专门的文字记述黄帝的生平和业绩：

> 黄帝者，少典之子，姓公孙，名曰轩辕。生而神灵，弱而能言，幼而徇齐，长而敦敏，成而聪明。
>
> 轩辕之时，神农氏世衰。诸侯相侵伐，暴虐百姓，而神农氏弗能征。于是轩辕乃习用干戈，以征不享，诸侯咸来宾从。而蚩尤最为暴，莫能伐。炎帝欲侵陵诸侯，诸侯咸归轩辕。轩辕乃修德振兵，治五气，蓺五种，抚万民，度四方，教熊罴貔貅貙虎，以与炎帝战于阪泉之野。三战，然后得其志。
>
> 蚩尤作乱，不用帝命。于是黄帝乃徵师诸侯，与蚩尤战于涿鹿之野，遂禽杀蚩尤。而诸侯咸尊轩辕为天子，代神农氏，是为黄帝。天下有不顺者，黄帝从而征之，平者去之，披山通道，未尝宁居。
>
> 东至于海，登丸山，及岱宗。西至于空桐，登鸡头。南至于江，登熊、湘。北逐荤粥，合符釜山，而

> 邑于涿鹿之阿。迁徙往来无常处，以师兵为营卫。官名皆以云命，为云师。置左右大监，监于万国。万国和，而鬼神山川封禅与为多焉。获宝鼎，迎日推筴。举风后、力牧、常先、大鸿以治民。顺天地之纪，幽明之占，死生之说，存亡之难。时播百谷草木，淳化鸟兽虫蛾，旁罗日月星辰水波土石金玉，劳勤心力耳目，节用水火材物。有土德之瑞，故号黄帝。
>
> 黄帝二十五子，其得姓者十四人。
>
> 黄帝居轩辕之丘，而娶于西陵之女，是为嫘祖。嫘祖为黄帝正妃，生二子，其后皆有天下：其一曰玄嚣，是为青阳，青阳降居江水；其二曰昌意，降居若水。昌意娶蜀山氏女，曰昌仆，生高阳，高阳有圣德焉。黄帝崩，葬桥山。

从司马迁的记述里可以看到，黄帝是一个胸怀大略的部落首领，为了壮大力量和扩充疆域，必须消灭面临的各个强敌，他采取了“和”与“战”的策略。当时，黄河流域还有两个氏族部落比较厉害，一个是炎帝氏族部落，一个是蚩尤氏族部落。对于炎帝氏族部落，他“与炎帝战于阪泉之野，三战，然后得其志”，战而后和，取得了共识，达成了统一的愿望。而对蚩尤呢，是联合炎帝氏族部落，彻底消灭，《逸周书 · 尝麦》记述了这场残酷的战争：“蚩尤乃逐帝，争于涿鹿之河，九隅无遗，赤帝大慑，乃说于黄帝，执蚩尤，杀之于中冀。”就这样，黄帝终于统一了黄河流域的整个疆域，这是很了不起的胜利，奠定了中华民族“大一统”的国家观念，并影响到后世。

统一了疆域，需要很好的治理，而治理离不开建立和制定国家管理体系与法令，这样才能有效而积极地凝聚民心，使人民安居乐业。而建立国家管理体系和法令，就需要一套记录国家管理体系和制定法令的文字符号，黄帝设立了“史官”，专门从事整理文字和统一文字工作。之前，各个氏族部落或许已经有了自己的文字，然而，新成立起来的氏族部落联盟，需要裁汰和确定新的通用文字。《世本》谓：“沮诵、仓颉作书，并黄帝时史官。”《世本》是先秦时期的史书，司马迁在写作《史记》的时候，也采纳此书，其记载应该是比较准确的。在“沮诵、仓颉作书”之前，相传是“结绳记事”，这显然不能满足黄帝氏族部落联盟的政治经济和文化要求。沮诵、仓颉“作书”，从此有了汉字，这是黄帝对我国历史文化的巨大贡献。

《黄帝内经》，传说这是他与岐伯关于人体认识和针灸疗治疾病的伟大著作。相传，黄帝与岐伯对话的地点在甘肃省庆阳市庆城县城东边的“周祖陵”山上。为了考察黄帝的活动区域，尤其是关于《黄帝内经》的成书情况，我专程去了庆城县的周祖陵。在周祖陵的山腰，有当地修建的“黄帝与岐伯”大型雕像，向人们广为宣传他们的故事。《黄帝内经》分为《素问》和《灵枢》两部分。《素问》重点论述了脏腑、经络、病因、病机、病证、诊法、治疗原则以及针灸等内容。《灵枢》是《素问》不可分割的姊妹篇，内容与之大体相同。除了论述脏腑功能、病因、病机之外，还重点阐述了经络、腧穴、针具、刺法及治疗原则等。有人认为，《黄帝内经》内容博大精深，其成书绝非一人而为，是集合了相关专家的认识汇集而成。但是，这种说法，也有学者反对，认为此书非大智慧者不能为之，

《黄帝内经》里也说："昔在黄帝，生而神灵，弱而能言，长而敦敏，成而登天。"这几句话，言简意赅，高度概括了黄帝的奇异本领和善始善终最后"成而登天"。天在我国古代的思想和哲学里是一个重要的概念，这里不去详细分析了。此处的"天"指的是神仙或他们所住的地方。

黄帝"成而登天"，归葬何处呢？传说埋葬在与白于山相接的桥山——此处的桥山，即子午岭。子午岭，唐代以前称"桥山"，包括横岭、斜梁、老爷岭、青龙山等山脉。地跨陕西、甘肃两省，处于黄土高原的腹地。桥山介于泾河与洛河两大水系之间，主要分布于庆阳与延安的边界及咸阳的东北部和铜川的北部地区。东北接白于山、劳山，北至定边白于山支脉马鞍山，南到淳化的嵯峨山，与渭北高原相连。山体沿西北—东南向延伸，从甘肃华池以北延展至黄陵境内的蛐蜒岭以南，伸入洛河和泾河源地，构成洛河和泾河的分水岭。此说的桥山归葬处，称为"轩辕黄帝冢"，在今天的靖边县域内。这里地处鄂尔多斯地台南缘与黄土高原北部过渡地带，白于山横亘于南。据说，"轩辕黄帝冢"位于高家沟镇王圪湾地区，因为此处发现有呈现出"北斗七星"状墓葬的七个大土峁，村民称20多米高的大土包为"轩辕峁"，其恰好居于北斗七星天枢星位。关于轩辕黄帝活动并归葬在白于山脉的传说，有其合理的地方。不过，《定边县志》和《靖边县志》记载："南部山区沿白于山脉从东到西，发现多处新石器时代多种类型的文化遗址。"尽管没有详细的"文化遗址"叙述，但是，白于山远在新石器时代就有相对成熟的经济文化社会存在，当是事实。

"黄帝崩，葬桥山"，这里的桥山，不是唐代之前称子午

图6　黄帝陵

岭的桥山，而是地处黄陵县域内的桥山，是目前大家公认的黄帝陵所在地。不过，它仍然属于子午岭山脉。也有人说，黄帝陵三面环绕着沮水，因而这处地方称为“桥山”，与子午岭即唐代之前的桥山相区别，也是有道理的。地名包含着特殊的历史文化内涵，体现地理特征以及人文精神。虽然有相重的情况，但是，其性质与所指则大相径庭，不能一概而论。黄帝陵山体浑厚，气势雄伟，林木茂密，有我国最古老、覆盖面积最大、保存最完整的古柏群。据说，有黄帝“手植柏”，至今依然郁郁葱葱，显示出非凡的生命力，也象征着黄帝精神长久不衰、永远旺盛。

“字圣”与仓颉庙

仓颉出生在白水县北塬乡杨武村。古代的杨武村处在北塬乡中部的一条黄土山梁上的南端，山梁名曰鸟羽山。山势似龙，龙尾北翘，而龙身经过杨武村南下，龙头面向川道，龙的舌头直抵洛河。山势壮观奇特，气势非凡，仓颉故居就在这里。

仓颉是黄帝的史官，专门负责整理和统一文字。关于文字的发源，东汉的许镇在《说文解字》里说：

> 古者包羲氏之王天下也，仰则观象于天，俯则观法于地；视鸟兽之文与地之宜，近取诸身，远取诸物；于是始作《易》八卦，以垂宪象。及神农氏结绳为治，而统其事，庶业其繁，饰伪萌生；黄帝之史官仓颉，见鸟兽碲迒之迹，知分理之可相别异也；初造书契，百工以乂，万品以察。

这段话说明，在未创造文字以前，已经有了画卦、结绳的符号了，包羲氏时是画卦，神农时是结绳，黄帝时初造文字——这种考证，根据《易经·系辞》而得出，比较可信。什么叫"文"呢？《说文解字》曰："文，错画也，象交文。"《考工记》："青与赤谓之文。"《易经·系辞》："物相杂故曰文。"——这些都是交错的意思。物不交错，不能成文，许慎也说"依类象形谓之文"。还是宋代学者郑渔仲说得明白，"独体为文"。何谓"字"？《说文解字》："字，乳也。"字本是"乳"字的解说，引申为"抚"字的解说，也引申为"文"字的解说，合二文三文以至数文而成一字，许慎讲："形声相益为之字"，郑渔仲谓"合体为字"。文字，包括独体字与合体字。

仓颉对我国文字的贡献是：

1. 在前人画卦、结绳的基础上，初创文字。

2. 从“鸟兽蹄迒”得到启发，得字体构造规律，“知分理之可相别异也”，区分独体字与合体字，为文字发展提供了理论依据。

从此，我国有了结构科学、字体优美且能顺畅表情达意的文字，仓颉被誉为“人文初祖”，各地建立庙宇以为纪念。而其故乡更是如此，庙宇堂皇，香火旺盛。

图 7　仓颉庙前殿

仓颉庙，位于陕西省渭南市白水县城东北的史官乡——据说是仓颉的生身之地，北屏黄龙山，南临洛河水，创建年代不详。据《仓颉庙碑》记载，汉延熹五年(162)已颇具规模，至今已有 1800 多年的历史。此地于谷雨这天祭祀仓颉。我时常在想，古代的人真聪明，不说别的，就以二十四节气来说，真是准确得可以，一个节气就是一个节气，太阳移动到那里，天气就发生了变化。比如说，三月的谷雨，这是春季最后的一个节气，也是一年当中最美好的时候，过了这天，天气就不再一会儿阴阴冷冷一会儿暖风熏人，而是变得和煦温润了，那清亮的带着甜味的雨丝，织出了长堤柳烟，绣出了灿烂的花色……其实，中国文化也是诞生在谷雨这天的。当人类离开了混沌的原始状态，慢慢就产生了文化，文化的关键内核就是语言，而语言的呈现方式是文字。

汉字的制造者——“双瞳四目”的仓颉，他原姓侯冈，名颉，号史皇氏，传说为黄帝的史官。仓颉造字，是开天辟地的伟大事件，《淮南子·本经训》说：“昔日仓颉作书而天雨粟，夜鬼哭。”仓颉造字，惊天动地，天上下起了谷子，深夜鬼在哭泣，他把人类从愚昧引向光明，并且使人类从此走向了文明。凡是对世界做出了贡献的人，人们是不会忘记的。

我是怀着朝圣的心理去拜谒仓颉庙的。

那天，血红的残阳烧起了漫天的红霞，黄土高原上那萧萧的白杨树在山风的吹拂下，飒飒作响，庙的院落里落满了黄叶，一片凄凉的景象。庙内，由南至北依次为照壁、山门、东西戏楼、前殿、钟鼓楼、报厅、正殿、后殿及东西厢房，后殿为仓颉墓冢和墓园。只有那古柏依然苍翠，满耳是阵阵的松涛声。

我在正殿里的仓颉画像前，恭敬虔诚地跪下，燃起一炷清香，顶礼膜拜。仓颉长着四目的威严而又可敬的面容，透出了智慧的圣光。望着袅袅上升的青烟后边的仓颉，我的心头在发烫，这位伟大的乡党，我的这位缔造了中华文明的乡党，就这样默默地独守着黄土高原上这远离人群、破败萧瑟的古庙！而在相隔百余公里的黄河岸边孤高的土崖上，司马迁祠也在秋风里无奈地注视着脚下的黄河无语东流……

文化人生前比不得官宦，死后也受尽凄凉。虽说为了纪念对中国文化做出了开创性与奠基性贡献的仓颉，历朝历代都有人在仓颉生活和活动过的地方修建庙宇，可是也挡不住历史风霜的侵袭。唐代的长安城外，一个叫作三会寺的地方，由于唐中宗去过那里而繁荣起来。其实，那里最早是传说中的仓颉造字台。等到著名的边塞诗人岑参去拜谒的时候，那里早已经衰败不堪。岑参的《题三会寺仓颉造字台》诗云：

野寺荒台晚，寒天古木悲。
空阶有鸟迹，犹似造书时。

但是，在仓颉故乡，人们是不会忘记自己这位伟大的儿子的！这里的仓颉庙修造得很有气势。就说大门吧，属于叠式建筑，下层内含四窑洞，外开明三门；上层是门楼，南北两面为雕花木制檐屏通风采光。紧贴三门建有两座戏楼，这在中国为数众多的祠庙中，是绝无仅有的。为什么要建两座戏楼呢？因为仓颉有四目，他能同时观看两台戏呢。每年的谷雨这天，是祭奠仓颉的日子。四乡八村的人们都赶到这里，载歌载舞，尽情欢唱，那凝聚着秦人气韵的粗犷的秦腔吼叫起来了，整个山川顿时沸腾起来。

仓颉庙静悄悄的，前院的空地上，几丛蜀葵，花开得正盛，给冷寂里带来了一点鲜活的色彩。在仓颉庙里慢慢寻找历史的遗迹，那被碧绿的秋草遮掩的青砖小路，从那地气里渗透出来拂拂的文气，顿时笼罩了人的全身心。呵，这就是制造文字的仓颉灵魂的安居之地。又有谁不是踏上这条青砖小路就屏声静气，唯恐惊动了勾画天地于点线之间的智者呢！

行走在仓颉庙前殿的青石台阶上和丛立的石碑之间，望着郁郁葱葱的黄龙山脉，遥遥想望着远古时代，人们结绳记事，夜晚，在昏暗的灯光下，简陋的黄土墙壁上，挂满了用葛藤编织而成的绳子，绳子的每一个挽结的节点，都记录着发生在这个家庭、这个部落的一件件值得记住的事情。然而，葛藤绳上挽结的节点，只能说明发生过事情，时间久了，就不能准确地回忆起那曾经或者轰轰烈烈或者刻骨铭心的事情的细节了，这些，都淹没在尘埃之中了。

历史需要产生文字，而发明文字的仓颉就在历史精心地准备了多少年之后出场了。他的出场如同惊雷滚过天际，因为，仓颉将要再造一个虚拟的世界了，将要复制这个世界了，这个世界从此就生活在文字里。生活在文字里的世界，是不会衰灭的！

在仓颉的故乡杨武村的深沟里，至今还横七竖八地躺着巨大的青色石块。这些石块，据说是仓颉修筑造书台而遗落的。在仲春的明月夜，坐在这青色的石块上，隐约还能听见仓颉琅琅的读书声，还能听见仓颉携风带雷笔走龙蛇的声音。

仓颉是人不是神，至于后来的人怎样神化了他，那是别人的事，与他无涉。他孝敬母亲，忠于职守，黄帝要他记录发生过的事情，他就全神贯注地致力于研究如何才能完成这个任务，于是，精诚所至，金石为开。终于，有一天，仓颉在空落的院子里，看见了欢叫的鸟儿跳跃过落下灰尘的地面，留下清晰的足迹。鸟儿能留下足迹，人为什么不能利用图画一样的足迹来记录事情呢？

这个念头闪过仓颉的头脑。谁知道，就是这个念头，竟然改写了历史发展的进程。

东汉许慎记载仓颉“见鸟兽碲远之迹，知今之可相别异也，构造书契”。仓颉看见鸟兽的爪印碲远之迹，知道了可以从事物的本质及外在表现形态来区别各种不同的事物，这才开始创造了文字——此言不差！是的，仓颉就是从鸟迹得到了启示，联想到了文字，于是，中国从此就诞生了汉字！

当然，仓颉发明的文字是象形文字，而象形文字正是汉字的起源。据说仓颉最先创造了 28 个最基本的象形文字。仓颉庙里的《仓圣鸟迹书碑》就雕刻着这 28 个象形文字。不过，这块碑是清代乾隆十九年(1754)十月所立。碑面所镌的 28 字，由当时的白水知县梁善长摹写。碑面上的字形若图若画，不易辨认。有人把这 28 个字译为：“戊巳甲乙，居首共友，所止列世，式气光名，左互爻家，受赤水尊，戈茅斧芾。”这些文字组合在一起，表达了什么意思呢？看来只有仓颉知道了。细细地抚摸着石碑上的文字，试图借得一点灵气，估计老祖先是不会吝啬的，他会把自已的全部智慧毫无保留地传授给后人，就像他为这个世界奉献了文字之后，就隐藏在历史的深处，并没有给自己留下一言一语的记载，他的心灵坦荡而伟大！

在仓颉庙里，听人说前殿上有一根首尾粗细相等的长檩，据说是青蒿木的。青蒿是草本植物，不会成为乔木，但是，这是什么木质做成的檩条呢？直到现在还是一个谜。难道是上天为了表彰这位功德至高的文字发明者，故意让青蒿长成了大树，并让这棵大树做了仓颉庙里支撑殿堂的长檩？假如天人感应是有根据的话，我宁愿相信这一点！

青山巍巍，古柏苍苍。

先生之风，山高水长。

在仓颉庙里，堪称奇绝的还有古柏。这是一片古柏树林，早在汉代以前，就栽植了柏树。柏树长青，且又生命力极强，庄严肃穆，符合庙宇的文化特色，所以，这里的参天古柏枝干虬盘，苍翠葱绿，而且，有着浓郁的人文色彩，依据树木的造型特征，或曰“二龙戏珠”，或曰“丹凤朝阳”，或曰“奎星点元”等。最为神奇的是那棵古柏身上的“宝莲灯”，到了阴雾天气或者严寒的冬夜，便熠熠发光，给路人指路照明；而墓上的柏树，枝干四出，轮流荣枯，更是令人赞叹不已。

拜谒仓颉庙，就是行走在深邃的历史里，行走在中国文化的源头，这里山清水秀，钟灵毓秀，中国文化的圣人就安歇在这里。野外的田埂上，长满了如雪的菊花，采撷来插在仓颉的墓前，献上后人的一瓣心香！在秋风里，洁白的花朵频频点头，像是在向他致意。

夕阳慢慢在山梁背后落下去了。天空中，一弯新月渐渐从山梁上面升起来了。时间就是在这日月交替中延伸，不会衰老的是文字里永远保存的文化，不是吗？回首薄暮里的仓颉庙，灰色的轮廓上洒满了溶溶的月光。

河洛图的出现

洛河注入渭河，渭河注入黄河，此谓三河口。三河口有奇山奇景，奇山曰华山。华山清癯，神态超凡，另有一番天趣。此山属于秦岭山脉，险峻甲天下，仿佛生硬地从巨大的青石上刀劈斧砍而成，山色如雪，孤峰拔地而起，远远望去犹如灿然盛开之莲。此山端的突兀：一条小道穿岩过岭蜿蜒而上，消失在一片苍翠之中，有瀑布自天际而来，飞玉溅珠，银河倾泻。山坳峪深，密林幽幽，枯木野藤，山岚锁谷，紫气缭绕。大宋年间，书斋里局促得实在烦恼的道学大师陈抟，踵武老子，西来漫游。一入潼关，便觉周身气爽，如驾祥云，遥遥西望，但见白云散处，数峰秀出，花色如锦，异香扑面，不觉怦然心动，掐指一算，乃知为学道修身洞天福地。于是，拂晓时分，独自进山，杳然不知所去……

陈抟自幼熟习道藏经典，更是痴迷于《易》。如何精萃两者，演绎天地，还需排除一切杂念，静心思虑，方得其解。吉人自有天相，冥冥之中安居华山，仿佛尽是天意。深山水流洁净，梳洗已毕，一阵困意袭来，顺便躺倒在一块平整的岩石上，支颐酣睡，回归天然。一觉醒来，长期萦绕心胸的以《易》释道进而天地贯通的大问题竟然迎刃而解，他徐徐而起，捡起落枝，于巉岩空阔处，左勾右描，一丝不苟地将睡梦中所得之图绘制于地。笔起笔落，电闪雷鸣，鬼泣神惊，终成大端：《太极图》诞生了！

陈抟发展了我国哲学象数之学，并为之做出了最大贡献——和他同时代的哲学家邵雍，也醉心《易》的象数研究，反复推演，留下了蕴含着极其奥妙的象数推理结果，他至今仍然难以彻解的数目不少的诗篇，若是与陈抟相较，甚是不及《太极图》来得简明直观推演方便。这一幅图，竟将天地阴阳乃至修身养性的变易运动提升回归的行进轨迹朗然揭示，其白云野鹤不染世事专心向学的态度，继承了春秋战国以来历经秦汉唐宋主导着主流学术进步的舍身求是的自虐式治学精神。这种精神至今还时常闪现回在秦地真正的学者和作家身上……

正因为华山是陈抟哲学取得圆满之山，华山便具有了深厚的文化内涵，这是区别于天下其他名山大川的质的地方，也是我国道家学派走向中兴的地域标志。道、儒和佛是传统文化的三大主流学派，有分有合，融合交汇，共同构成了我国迥异于世界文化的以圆润融合为特征的东方文化，并扩展至南亚和西亚以及更远的地方。

不过，我一直觉得：陈抟选定华山成就自己的哲学，是早就谋划好的事情，并非临时起意。你想，隋末李渊父子太原起兵之后，顺应天下大势，迅速占据了古代号称“天府之国”的秦川大地，沿袭前朝以长安为都，建立了300年大唐帝国。而帝国的长治久安必定要有统一的思想和价值观，李氏王朝崇奉道家，因此，道家学说借机发展，关中平原山水形胜，原是建立道观寺院的好去处。华山是京畿之地，且属五岳之一，加上帝王不断朝觐，自然成为道教名山。宋代是我国古代文化的巅峰时代，无论哲学、历史、文学、绘画，抑或科技、印刷诸方面皆堪称领先世界。即以哲学而言，周敦颐、张载、二程、朱熹均为主流学派大家和集大成者，学生遍布天下。环视林立的学派大家，如欲寻得到一块属于自己的天地谈何容易，陈抟属于绝顶聪明之人，他离开逐渐变为文化中心的东南，独自来到曾经舞榭歌台而今却古阙残阳秋草萋萋的西部，先求得耳根清净，然后徐图再起。早就有着道教色彩的华山必然是陈抟首选之地。在某种意义上，华山从根本上成全了陈抟和他的哲学事业！

如此说来，华山奇也不奇？山水相连，有奇山必有秀水。植物吐穗开花谓之秀——这秀字的本义真好，汉字有转喻的特性，既然植物开花吐穗谓之秀，那么，河流开花吐穗能不能也谓之秀呢？且慢，你见过河流开花吐穗吗？见过，确凿地说，斯地就可以让你见识河流开花吐穗。不知道渭河形成于什么时候，也不知道洛河形成于什么时候，但是，至少知道，在 260 万年以前的第四冰川期出现之前，黄河就已经形成今天的这般模样，浩浩荡荡从天而来。

就在关中平原最为开阔的东部地带，河流开花吐穗了，你看：经过秦晋大峡谷，一路憋屈着万丈狂澜的黄河，此时一头撞出龙门，自北向南奔涌而来，势不可当，一泻千里，然而，世间的事就是这么奇妙，刚刚摆脱了束缚的黄河进入辽阔的中下游，形势突变，横亘于我国腹地分割南北的秦岭特别是硬骨铮铮的华山，轻轻地这么一站，黄河就乖乖地来了个大转身，扭头向东呼啸而去。当黄河扭头东去稍一回望，洛河高调扑向渭河，而渭河裹挟着洛河之水，卷起阵阵泥稠如浆的浊浪，一声呐喊，重重地撞向黄河的后腰——此时，在关中东部的平野上，三条河流闪耀着明亮的光彩，水急浪涌，万顷波涛，相拥相抱，交汇在一起。这等壮观的水之“秀”景观，估计绝无仅有吧！

三河交汇这等壮观的水之“秀”景观，犹如古人形容写文章，开首如凤头，中间似猪肚，最最关键的是结尾，就要像豹尾一样刚健有力，才能打动人心，余味悠长。在陕北黄土高原深沟大壑之中穿行不歇的洛河，流经甘肃进入秦地一改峻急性格变为端庄大方平平稳稳的渭河，这时节，早就摆弄好了凤头，鼓荡起腰圆膀粗的猪肚，只等用尽平生气力写好最后一笔的豹尾了，怎能不把这入河仪式操持得轰轰烈烈铺天盖地“秀”出花朵吐出穗呢！

再说，三河交汇不仅仅是壮观的自然景观，也是我国历史文化的重要源头。《周易·系辞上》说：“河出图，洛出书，圣人则之。”这句话是什么意思呢？黄河出现了图，洛水出现了书，圣人照着它的样子描画下来。因此，这图这书就繁衍出了博大精深的中国文化。说来真有意思，这“河出图”，竟然和我的先祖柏皇氏有着极大的关系：相传上古时期东方部族的一个首领叫作柏皇氏，因为他们部落以柏树作为图腾，所以柏皇氏又称为柏芝。柏芝曾担任过伏羲的助手。一天，他们来到黄河岸边，突然发现有一条龙首蛇身的怪物，见到伏羲后便精神抖擞，背上龙鳞闪闪发光，构成一组图案，伏羲见状只顾顶礼膜拜，而柏皇氏却用烧过的木炭将图案画在大石上，献给了伏羲，伏羲借此发明了八卦图。至于“洛出书”则是相传有神龟出于洛水，其甲壳上有图像，结构是戴九履一，左三右七，二四为肩，六八为足，以五居中，五方白圈皆阳数，四隅黑点为阴数，称为洛书——然而，这里的“洛水”是指此地的北洛河还是指洛阳的南洛河呢？有不少人以为是指后者而否认了前者。然而，在我看来，事实未必如此。

我国古称“华夏”。《尚书·武成》：“华夏蛮貊，罔不率俾。”《传》：“冕服采草曰华，大国曰夏。”《疏》：“华夏为中国也。”《左传·定公十年》：“中国有礼仪之大故称夏，有服章之美故称华。”近代著名学者章太炎先生认为，我国民族依华山而居，故国土名曰“华”。既然华山是我国先民的居住之地，而华夏古称又来自这里，那么初始文化也必定产生于此——三河交汇处与华山遥遥相望，况且这一带土地肥沃平坦如砥，自然是上古人类居住、生产的首选区域——物质条件好了，必然就有了精神文化的渴求，其“河图”“洛书”出现在这个地方，似乎也顺理成章。这一出现非同小可，构成了我国古代文化思想史上的一道文化奇观——河洛文化就此开源并源远流长。

第三章　洛河流域幽深的历史文化

消失在黄土层的芮国

鲁家河是洛河的支流之一，从澄城北部的黄龙山脉流淌下来。这是一条几乎干涸的小河流。然而，在2000多年前，就是这条小河流，给地处鲁家河流域面临沟壑的黄土塬区带来了比较湿润的小气候，树木茁壮，庄稼茂密。远远望去，隐隐约约笼罩着一股旺气，没有料想，黄土塬区边缘的沟壑里，有一个王朝的都邑被掩埋在深厚的土层里，随着一件特大古墓盗窃案的破获，终于开始显露出过去的庄严与繁华。

真是不敢相信，这里曾经是古代的都邑。因为，都邑一般都有史传记载，或者有地面的残留物。然而，这里却丝毫未曾有一点痕迹。从已经发掘出来的墓葬来看，确实只有君主才有资格安葬在这种“中”字形的大墓里，在被盗墓者窃取之后剩余的随葬物品里，考古工作者发现了带有“芮公”和“芮太子”字样的青铜器——才断定了墓主的身份，竟然如此显赫！

非常喜欢欣赏青铜器，那高超的工艺技术制作出来的宁静之美、含蓄之美、平和之美、繁复之美，甚至狰狞之美，真令人陶醉。“三代文化”凝聚于青铜器。殷商中后期的青铜器，往往充满了拙朴与幼稚，却闪耀着庄重与内敛的气度与精神；

图 8 芮国刘家洼文化遗址(图片来自网络)

两周时，青铜器的工艺水平达到巅峰，更加精美也更加彰显出文化与哲学以及生活的深度内涵，并且涉及祭祀、礼仪和乐器、兵器等方面。让人觉得更不可思议的是，这些林林总总的青铜器的命名，就足以构成专门的学问，值得很好地探究。许慎在《说文解字》里提出，汉字的形成有会意、象形、指事、形声、假借、转注等六法，殷商和两周时期的那些器物学者，真是一流的文字专家，用高度的文化智慧，赋予不同类型的青铜器以恰当确切又形神兼备的名字——这些青铜器的命名，犹如厚重的历史丛书，一个字就是一个优美的世界，就是一个包含极其丰富内容的古代思想与生活“信息源”。你看：钟、鼎、簋、盉、甗、鬲、豆、匕、彝、簠、斝、觥、盦等等，这些名称太美了，把“象形、会意、指事”融合在一起，体现了汉字的构造美和艺术美，真是美不胜收。

没有想到，在刘家洼遗址，居然有这么多的青铜器出土，那些鼎、簋、盘以及编钟等青铜器，精美程度让人叹为观止，与在安阳殷墟和宝鸡青铜器博物馆等地方欣赏到的青铜器相比，其制作工艺更加精良，器物上的装饰花纹，其精巧程度都达到了上乘的境界，尤其是一些小件青铜器，如铜鸟，真是栩栩如生，形神兼备。不过，整体相对来说，这里出土的青铜器没有殷商中后期和西周时期的青铜器形体大，也缺少一种向上的蓬勃之气，或者是由于国体较小实力不足吧，也或许是国运艰难，难以体现雄厚张扬的力量。

青铜器在殷商时期已经出现，而最早提到青铜器的文献是《左传》——《左传》与《谷梁传》《公羊传》这“三传”，都是注释《春秋》的史书。《左传》记事起自鲁隐公元年（前722），止于鲁悼公十四年（前454），记述春秋时期的具体史实，来阐释《春秋》。其内容包括诸侯国之间的聘问、会盟、征伐、婚丧、篡弑等，记录了周王室的衰微，诸侯争霸的历史，对各类礼仪规范、典章制度、社会风俗、民族关系、道德观念、天文地理、历法时令、古代文献、神话传说、歌谣言语等都有具体的记述。关于青铜器，《左传》云，桓公二年，“（宋督）以郜大鼎贿公（鲁桓公）”；召公七年，“燕人归燕姬，贿（齐）以瑶瓮、玉椟、斝耳”；“晋侯有间，赐子产莒之二方鼎”；等等。从这些零星的记载来看，青铜器除过祭祀、饮食和兵器等用项之外，还用于礼仪交往甚至贿赂等。“三代”之后，青铜器逐渐式微，很少生产也很难见到了。到了汉代，成为出土的文物。《汉书·武帝纪》说，汉武帝元鼎元年（前116），“得鼎汾水上”；五年（前112）六月“得宝鼎后土祠旁”；《后汉书·明帝纪》载，东汉明帝永平六年（63），“王雒山出宝鼎”；等等。这些青铜器，估计是用于陪葬的物品。随着青铜器的不断出土，尤其是带有铭文的青铜器出土，研究和识读青铜器铭文开始变得越来越重要。《汉书·郊祀志下》云，“是时，美阳得鼎”，“张敞好古文字，按鼎铭勒而上议”。以此，辨识青铜器上的铭文，不具有“古文字”知识，是不能识读出来的。刘家洼出土的青铜器，识读出其面铭刻的文字，对于断定墓主身份和判别整个遗址年代，起着决定性的作用。

从发掘出来的青铜器上的铭刻来看，墓葬确实是“芮公”，但是，刘家洼遗址真的就是芮国的都邑吗？这需要认真地探究。公元前1048年，牧野之战，周武王灭商，建立周朝，定都镐京，史称西周。周武王把卿士芮伯良夫(古代，兄弟的排行以伯、仲、叔、季为序，芮良夫的排行为伯，在姬姓兄弟之间为老大)，封在芮邑。

周成王的时候，据《荀子·儒效》说，共分封诸侯七十一国，姬姓占据了五十三个。芮邑成为正式诸侯国——芮国。为什么要分封呢？《左传·僖公二十四年》中说得很明白：“封建亲戚以蕃屏周”，即天子将王室亲戚或者功臣派往地方，建立邦国，通过建立王室与地方诸侯的统属关系，来达到藩屏王室、帮助王室统治天下的目的。建立起邦国后，这些诸侯以国为氏名。因为芮良夫已经担任司徒职务，周成王封其为芮国国君，称芮伯。芮国，是个小诸侯国。芮伯，据《文献通考》卷二百六十三记载：

武王时，巢伯来朝，芮伯作《旅巢命》。成王时，芮伯为司徒，与太保彤伯、毕公、卫侯、毛公同受顾命立康王。厉王说荣夷公，芮良夫曰(良夫即芮伯)：“王室其将卑乎！夫荣夷公好专利而不知大难。夫利，百物之所生也，天地之所载也，而或专之，其害多矣。天地百物，皆将取焉，胡可专也？所怒甚多，而不备大难。以是教王，王能久乎？”又作《桑柔》之诗以刺王。

芮伯在周武王时是卿大夫，他积极参议国是，巢伯(巢国，在夏朝以前就形成了氏族方国，地处今巢湖一带)觐见武王，芮伯作了《旅巢命》，周成王去世前，芮伯“受顾命”，拥戴姬钊即周康王，是西周的有功之臣。而且，芮伯还能作诗，“作《桑柔》之诗以刺王”——这个“王”，指的是周厉王，全诗共十六章：

菀彼桑柔，其下侯旬。捋采其刘，瘼此下民。不殄心忧，仓兄填兮。倬彼昊天，宁不我矜？

四牡骙骙，旟旐有翩。乱生不夷，靡国不泯。民靡有黎，具祸以烬。于乎有哀，国步斯频。

国步蔑资，天不我将。靡所止疑，云徂何往？君子实维，秉心无竞。谁生厉阶，至今为梗。

忧心殷殷，念我土宇。我生不辰，逢天僤怒。自西徂东，靡所定处。多我觏痻，孔棘我圉。

为谋为毖，乱况斯削。告尔忧恤，诲尔序爵。谁能执热，逝不以濯？其何能淑，载胥及溺。

如彼溯风，亦孔之僾。民有肃心，荓云不逮。好是稼穑，力民代食。稼穑维宝，代食维好。

天降丧乱，灭我立王。降此蟊贼，稼穑卒痒。哀恫中国，具赘卒荒。靡有旅力，以念穹苍。

维此惠君，民人所瞻。秉心宣犹，考慎其相。维彼不顺，自独俾臧。自有肺肠，俾民卒狂。

瞻彼中林，甡甡其鹿。朋友已谮，不胥以谷。人亦有言：进退维谷。

维此圣人，瞻言百里。维彼愚人，覆狂以喜。匪言不能，胡斯畏忌？

维此良人，弗求弗迪。维彼忍心，是顾是复。民之贪乱，宁为荼毒。

大风有隧，有空大谷。维此良人，作为式谷。维彼不顺，征以中垢。

大风有隧，贪人败类。听言则对，诵言如醉。匪用其良，复俾我悖。

嗟尔朋友，予岂不知而作。如彼飞虫，时亦弋获。既之阴女，反予来赫。

民之罔极，职凉善背。为民不利，如云不克。民之回遹，职竞用力。

民之未戾，职盗为寇。凉曰不可，覆背善詈。虽曰匪予，既作尔歌！

这是一首忧时伤乱之作，情调低沉。反反复复描述国事的纷乱不可收拾，申诉自己心情的忧痛而又无能为力。并以“惠君”和“不顺”、“圣人”和“愚人”、“良人”和“忍心”一再对比，理想中的君主是何等清明，现实中的昏君却是如此暴虐，百姓遭此荼毒，自己有心无力，进退维谷，作者处在极度的矛盾与忧伤之中。

芮国传至春秋，芮伯万执政，他没有继承其先祖的忧国忧民致力于国家富强，而是沉溺于灯红酒绿之中，生活奢靡不堪，据《左传·桓公三年》记载："芮伯万之母芮姜恶芮伯之多宠人也，故逐之，出居于魏。"这个"魏"就在今天的山西省芮城县。芮城殷商时属方国，称"芮国"，周武王封姬姓子弟于此，称魏国。芮伯万的母亲芮姜，嫌弃其"多宠人"，把他赶出芮国，他只好投奔同姓诸侯国，"出居于魏"，然而，刘家洼遗址的发掘，证实了芮伯万并没有"居于魏"，也许在魏国短暂居留，最后来到这里。在鲁家河东岸建立了都邑，并病逝于此。

芮伯万的母亲芮姜，是一个很会玩弄权术的人，在政治方面甚是强硬。她赶走了芮伯万，另立新君，积极备战，对付强敌，《左传·桓公四年》："秋，秦师侵芮，败焉。"还是这一年，"冬，王师、秦师围魏"，在周王室的主持下，由周王朝、秦国的军队包围了芮伯万出奔所居的魏国——"执芮伯以归"——这是关键，归哪里呢？"纳芮伯万于芮"——也就是说，扶立芮伯万和消灭芮的叛乱势力，对秦国来说，扶植芮伯万，是为了使之依附，先与之建立友好关系，所以《史记·秦本纪》："德公元年……梁伯、芮伯来朝。""成公元年，梁伯、芮伯来朝。"梁是梁国，地处韩城。秦要扩张疆域，必须扫除芮国和梁国这两个小诸侯国障碍，才能有所作为，因而，秦国下功夫扶植芮伯万。公元前 640 年，芮国被秦所灭，《史记·秦本纪》载，秦穆公二十年，"秦灭梁、芮"，秦的战略目的终于得逞。至此，芮国前后存在了 400 年。

比刘家洼遗址发掘时间还早的是，2005 年，韩城市梁带村发现了芮国遗址，在一座大墓里曾出土了众多精美陪葬品，推断墓主人为芮公的夫人芮姜。有专家称，刘家洼和梁带村两个芮国遗址的年代只相差 10 到 20 年，甚至更短，没有隔代。因此推断，刘家洼遗址的大墓主人应该就是被芮姜赶出芮国的国君芮伯万。如果真是这样，这母子俩的墓葬在相距 100 余公里的地方发现，也算是考古史上令人称奇的事情。

铁边城

铁边城镇位于吴起县西北部洛河的源头之一头道川北岸，近些年来，这座城池得到重新整修，新建的城楼高大严整，透露出昔日的些许霸气——据说，铁边城还与赫连勃勃的大夏有着密切的关系。赫连勃勃，匈奴铁弗部人，十六国时期大夏国的建立者，定都统万城。

行走在洛河沿岸的时候，我曾在铁边城长久沉思，在城池的小广场，看到了铁边城历史的整个图示，知道了赫连勃勃为了确保统万城以及大夏国的国防，派大女儿镇守这里。为了弄清楚大夏国历史，以及赫连勃勃这位驰骋草原的大英雄，同时，也是嗜血无度的铁血人物的真相，我下功夫阅读《魏书》《晋书》和相关的资料，更起了考察统万城的心思。

也许是老天的眷顾吧，为了彻底清洗积聚在身上的关中平原上夏季的郁热，我到达陕北后就一直是秋雨连绵，清凉的雨丝里夹着鄂尔多斯草原吹过来的花香，令人精神为之振奋。在这清凉的雨丝包裹下，我驱车去探访位于靖边县境内的大夏王

图9　铁边城

朝遗址统万城。

登上这座曾经被誉为固若金汤的古城池，昔日的繁华和威严早已遗落在历史的尘埃之中，只剩下残垣断壁独向秋风。这座修筑于十六国时期的大夏国都，据说城高十仞，规模宏伟，周围数里，城内建有宫殿、鼓楼、钟楼等建筑物，楼台高大，殿阁峥嵘，流光溢彩，在一眼望不到边际的漠漠黄沙深处，真是蔚为壮观，俨然人间天堂。《晋书》卷一百三十中收录有一篇曾“刻石都南”，“歌颂其功德”的文章这样形容统万城：

近详山川，究形胜之地，遂营起都城，开建京邑。背名山而面洪流，左河津而右重塞。高隅隐日，崇墉际云，石郭天池，周绵千里。其为独守之形，险绝之状，固以远迈于咸阳，超美于周洛，若乃广五郊之义，尊七庙之制，崇左社之规，建右稷之礼，御太一以缮明堂，模帝坐而营路寝，阊阖披霄而山亭，象魏排虚而岳峙，华林灵沼，崇台秘室，通房连阁，驰道苑园，可以荫映万邦，光覆四海，莫不郁然并建，森然毕备，若紫微之带皇穹，阆风之跨后土。然宰司鼎臣，群黎士庶，佥以为重威之式，有阙前王。于是延王尔之奇工，命班输之妙匠，搜文梓于邓林，采绣石于恒岳，九域贡以金银，八方献其瑰宝，亲运神奇，参制规矩，营离宫于露寝之南，起别殿于永安之北。高构千寻，崇基万仞。玄栋镂榥，若腾虹之扬眉；飞檐舒咢，似翔鹏之矫翼。二序启矣，而五时之坐开；四隅陈设，而一御之位建。温宫胶葛，凉殿峥嵘，络以隋珠，綷以金镜，虽曦望互升于表，而中无昼夜之殊；阴阳迭更于外，而内无寒暑之别。故善目者不能为其名，博辩者不能究其称，斯盖神明之所规模，非人工之所经制。若乃寻名以求类，踪状以效真，据质以究名，形疑妙出，虽如来、须弥之宝塔，帝释、忉利之神宫，尚未足以喻其丽，方其饰矣。

由此可见其奢侈与豪华程度。这是匈奴在沙漠深处构筑的一座国都。匈奴是汉代称雄中原以北的一个强悍的游牧民族，影响了当时中国的政局，但也同时促进了各民族之间的文化、经济、军事交流。

构筑这座国都的是大夏国王赫连勃勃。赫连勃勃是一位具有雄才大略的君主。他原本是匈奴铁弗部人，骁勇剽悍，善骑射，多智谋，称雄漠北，青年时期归附后秦，历任骁骑将军、奉车都尉，持节、安北将军，并封为五原公，后出镇朔方，设计杀害岳父没亦于，趁机吞并其部。5世纪初年，反叛后秦，起兵自立，称大单于、大夏王。既然建立了王朝，首先就要考虑在何处建立国都。位于鄂尔多斯草原南部的萨拉乌苏河畔一带，水草丰美，山川秀丽，气候宜人，赫连勃勃行经此地，不由赞叹：我到过许多地方，但只有这里最为美丽呵！遂于此定都筑城。

匈奴是一个追逐水草而居的游牧民族，其文化注定有别于偏重农耕的汉民族——也不仅仅是匈奴，就是建立了蒙古草原帝国的成吉思汗，也很少考虑建立城市，而是把全部的精力放在迅速扩大自己的领土之上，不但征服了广大的中原地区，而且铁骑远至中亚、东欧的黑海沿岸。这是缺乏远见的——不只是在战略上缺乏远见，而且忽视了城市对政权和军队的经济供应和保障，当然，城市还是文化传承的主要载体。在这一点上，赫连勃勃是具有远见的政治家和军事家，他以此城为根据地，雄视着沙漠之南沃野千里、麦浪滚滚、稻花飘香的汉民族居住的富庶之地，出则可以攻城略地，退又可以守城自保，城名曰：统万城——统一天下，君临万邦。

赫连勃勃趁东晋破后秦之机挥师南下，一路势如破竹，随即攻取长安，次年，在长安称帝。长安地处秦岭终南山北麓、渭河南岸关中平原中部，地势开阔，东西南北分别有函谷关、大散关、武关和萧关，天然形成四塞之国，且八百里秦川土地肥沃、河流纵横、气候温和，自古以来就有“天府之国”之称，确实是建立国家基业的龙兴胜地。赫连勃勃自然深知占据长安实际上等于拥兵自雄于天下，然而，他到底未脱游牧民族的习气，深深留恋蓝天白云下一望无垠碧草连天的草原，渴望挥舞套马杆驰骋于荒野沙丘，更魂牵梦绕沉沉月夜回响在丛林深处那音域辽阔婉转蔓延而又忧郁苍凉的咏叹长调……于是，毅然决定，留下儿子镇守长安，自己带着守护兵将返回大漠里的统万城。

经过多年不停的构筑修建，此时的统万城已经今非昔比了，《晋书·统万城铭》是这样描述的："崇台霄峙，秀阙云亭，千榭连隅，万阁接屏。……温室嵯峨，层城参差，楹雕虬兽，节镂龙螭。莹以宝璞，饰以珍奇。"而《北史》亦云"台榭高大，飞阁相连，皆雕镂图画，被以绮绣，饰以丹青，穷极文采"。回到统万城的赫连勃勃踌躇满志，觉得自己功业已成，大业铸就，从此不再过问朝事，整日沉溺酒色，甚至以杀人为乐，过着醉生梦死的生活，殊不知，穷奢极欲必然导致灭亡！不久，这位曾经励精图治、挥戈征战南北的一代天骄命殒黄沙，统万城也随之被北魏军队攻破……

站在统万城残留古城外的白色泥土筑成的墙垣上，在潇潇秋雨中，同行的一位土壤研究专家仔细观察其土质结构，用手抠下来一小块结构紧密的土颗粒，近前端详之后，断然说道：这是用砒砂岩和沙建筑起来的墙垣！专业性质的结论打破了赫连勃勃修筑统万城的神话传说。以当时的经济社会发展情况而言，大夏王国还不具备用白石灰、白黏土和糯米汁混合浇灌墙垣的条件。不过，聪明的匈奴人发现了鄂尔多斯草原和沙漠上特有的一种沙石——当地人称之为砒砂岩，或白色或红色的胶泥土，和沙按照一定的比例相配伍，修建了这座名扬千古的沙漠王城。

假如赫连勃勃不只是一个赳赳武夫，而是虚怀若谷；不只是迷信武力，而是善于学习先进文化，善于吸取以儒家学说为主导的中原文化，及时在大夏国设立国家制度、推行管理社会的秩序准则，兴办学校普及教育，培养出一批善于治理国家的才俊，推行先进的生产方式，力求社会的和谐稳定，那么，大夏王国的结局也许会好一点。

法国学者勒内·格鲁塞的《草原帝国》，将活跃于欧亚草原的匈奴、鲜卑、突厥、蒙古等民族合并为一个草原帝国进行全景式勾描，而赫连勃勃、成吉思汗无疑是其中杰出的英雄人物。在一个天高云淡的正午，我曾经进入内蒙古的鄂尔多斯草原，专程探访成吉思汗陵。回首马背上英姿飒爽的成吉思汗雕像，我一直在想：成吉思汗之所以能征战南北、开拓疆域达到了一个征服者所能达到的极限，不只是由于他军事上的远大战略和战术上的机智勇敢，更重要的是，他善于团结协调，充分调动将士们的积极性，也在于能吸纳中原文化有益的营养，成就了草原帝国的千古伟业——而赫连勃勃则不能和他相提并论。说到底，文化和精神是决定兴衰的关键所在。

大夏王朝其兴也勃，其败也速，这就是历史的必然结局！鄂尔多斯草原南端的毛乌素茫茫大漠终于淹没了曾经辉煌显赫的统万城，赫连勃勃雄心勃勃的企图不过是黄粱一梦，只留下在微微带有寒意的秋风里默默无语绝望而孤独的残垣断壁，而不远处的泥淖河依然一泓清澈碧透的细流缓缓远去，流向庄稼地、平头柳、丛丛红柳……

铁边城背靠东山，西、东、南三面临川，开有三门，古城内的文物古迹有城墙、水牢、刑场、营盘、校场滩、月城、点将台、团湾子驻军处、女王坟、砚瓦台、驿站、古马道等遗址——“暴雨不终朝”——勃然而兴的大夏国，仅存 24 年就灰飞烟灭了，铁边城相比于统万城，也许由于杀戮相对少点，也或者是地处边远的区域，这里始终或大或小还保留了城池，以至今天可以重新修建。

无论是统万城还是铁边城，都蕴含着历史文化的丰富内涵，反映了匈奴民族和古城的兴衰，尤其作为研究游牧民族的重要文化遗址，体现了历史上北方少数民族游牧文化与中原农耕文化的交融和发展，具有重要的考古文物价值、建筑艺术价值、科学研究价值和旅游价值。

佛教及石窟

佛教是世界上主要宗教之一，是公元前 6 至前 5 世纪古印度的迦毗罗卫国(今尼泊尔境内)王子释迦牟尼所创，广泛流传于亚洲许多国家。释迦牟尼大约生活在公元前 565—前 468 年。释迦牟尼是佛教徒对他的尊称，意思是“释迦族的贤人”。他原名悉达多，姓乔达摩。德国作家赫尔曼·黑塞是 20 世纪最伟大的文学家之一，他的名著《悉达多》艺术地描写了悉达多的一生。古印度贵族青年悉达多英俊聪慧，拥有人们羡慕的一切。为了追求心灵的安宁，他孤身一人展开了求道之旅。他在舍卫城聆听佛陀乔达摩宣讲教义，在繁华的大城中结识了名妓伽摩拉，并成为一名富商。心灵与肉体的享受达到顶峰，却让他对自己厌倦、鄙弃到极点。在与伽摩拉最后一次欢爱之后，他抛弃了自己世俗的一切，来到那河边，想结束自己的生命。在最绝望的一刹那，他突然听到了生命之河永恒的声音……经过几乎一生的追求，悉达多终于体验到万事万物的圆融统一和所有生命不可摧毁的本性，并最终将自我融入瞬间的永恒之中。虽然这部书带有艺术的虚构成分，但是，基本上介绍了悉达多成佛的生活经历和精神追求过程。

佛是“佛陀”的简称，是“觉者”“智者”的意思。佛教，广义来说，包括记录佛的言教以及阐发佛的教义思想的典籍，信奉佛的言教、遵照佛的教导去践行的信徒，信徒所持守的教规和仪式以及信徒所组成的教团组织。狭义的佛教是指佛的言教。佛教最重要的教义是“四谛”“八正道”。“四谛”是“苦、集、灭、道”。苦谛讲世间一切皆苦，人生的本质是苦的，概括为“三苦”“八苦”。“三苦”是：苦苦、坏苦、行苦。“八苦”是生苦、老苦、病苦、死苦、爱别离苦、怨憎会苦、求不得苦、五阴炽盛苦。集谛是讲苦形成的二十五种原因，是苦谛之因，即说明世间法的真相，苦是贪、嗔、痴等烦恼造成的。灭谛是世间法的结果，即一切烦恼的断尽，达到寂灭涅槃的境界，灭即是无烦恼，灭生死。道谛则是世间法的原因，指出通向涅槃的途径。“八正道”的主要内容是：正见，正确体见诸法之理性而不谬误，亦即坚持佛教四圣谛的真理；正思维，又称正志，根据四谛的真理进行思维，离诸杂念；正语，说话要遵守佛陀的教导，不说妄语、绮语、恶口、两舌等违背佛陀教导的话；正业，正确的行为，一切行为都要符合佛陀的教导，不做杀生、偷盗、邪淫等恶行；正命，过符合佛陀教导的正当生活；正精进，毫不懈怠地修行佛法，以达到涅槃的理想境地；正念，念念不忘四谛真理；正定，专心致志地修习佛教禅定，于内心静观四谛真理，以进入清净无漏的境界。这“四谛”“八正道”非常简明清晰地概括了佛教教理的基本内容。

正是因为佛教认为人生如苦海，只有熄灭人的各种欲望和烦恼，才能取得解脱，且主张众生平等，迎合了贫苦民众渴望生活平安的愿望，佛教才得以广泛流传。张骞通西域，佛教沿着丝绸之路传入我国，对我国社会、文化、思想、文学，以及建筑、雕刻、绘画等方面产生了深远的影响。

佛教在汉代时传入我国，裴松之注《三国志》里，引用三国时魏国鱼豢所著《魏略·西戎传》记载：“昔汉哀帝元寿元年(前2)，博士弟子景庐，受大月氏王使伊存口授《浮屠经》。”《宋史》卷四百九十、列传第二百四十九记载：“汉明帝梦金人，于是遣使天竺问佛道法，由是其教传于中国。”《四十二章经》亦云：“昔汉孝明皇帝夜梦见神人，身体有金色，顶有日光，飞在殿前，意中欣然，甚悦之。明日问群臣，此为何神也？有通人傅毅曰：臣闻天竺有得道者，号曰佛，轻举能飞，殆将其神也。于是上悟，即遣使者张骞(此张骞，待考——笔者注)、羽林中郎将秦景、博士弟子王遵等十二人至大月支国，写取佛经四十二章。”有学者考证，这两则史实，说明了佛教是从西汉末年，迟至汉明帝永平七年(64)进入我国。北魏的杨衒之《洛阳伽蓝记》卷四说：“帝梦金神，长丈六，项背日月光明。金神号曰佛。遣使向西域求之，乃得经像焉。时白马负经而来，因以为名。”因此，汉明帝建立了白马寺。白马寺，是我国最早的官办佛寺。

汉明帝“遣使者张骞、羽林中郎将秦景、博士弟子王遵等十二人至大月支国，写取佛经四十二章”，也就是说，是向西求取佛经。大月支是中亚地区的一个游牧部族。公元前5—前

2 世纪初，月氏人游牧于中国河西走廊西部张掖至敦煌一带，势力强大，为匈奴劲敌。公元前 177 年前不久，月氏击破敦煌附近另一个小游牧部落乌孙，夺其地，其部落逃奔匈奴。公元前 174 年，匈奴大败月氏，杀其王。月氏被一分为二：西迁至伊犁和伊塞克湖附近的，被称为大月氏；在河西走廊留下的小部分残众与祁连山间羌族混合，被称为小月氏。公元前 139—前 129 年间，乌孙王猎骄靡长大，为其父报仇，遂率部众西击大月氏，夺取伊犁河流域等地。大月氏再次被迫南迁，过大宛，定居于阿姆河北岸。这条河流是中亚流量最大的河流。在古代，这条河被认为是大伊朗和图兰之间的边界。

有人考察，佛教最初是由印度西北部传到大夏、大月氏、安息、康居，再逾葱岭传入西域，经天山南路的于阗、龟兹等国，进玉门关、阳关而传入中国内地。然而，内地的佛教徒并不满足于西域僧人转译的佛经，决意西出阳关，直接寻找佛教的源头，以求得真经。于是，他们开始了西行求法运动，揭开了中外佛教文化交流的新篇章。

曹魏时期的朱士行开西行求法的先河。朱士行，法号八戒，三国时高僧，颍川(今河南禹州市)人。魏齐王曹芳嘉平二年(250)，印度律学沙门昙河迦罗到洛阳译经，在白马寺设戒坛，朱士行首先登坛受戒，成为我国历史上汉族沙门第一人。出家受戒后，他在洛阳一带讲解《小品般若》佛经，因当初翻译的人把领会不透的内容删略了很多，讲解起来词意既不明确又不连贯。他听说西域有完备的《大品经》，就决心远行去寻找原本。魏甘露五年(260)，朱士行从长安出发，越过流沙沙漠到于阗国(今新疆和田一带)，得到了《大品经》梵本。

他就在那里抄写，共抄了九十章。后以80高龄客死他乡。其弟子弗如檀等历经20余年，把抄写好的经本送回洛阳。梁僧祐《出三藏记集·朱士行传》称赞朱士行“志业清粹，气韵明烈，坚正方直，劝沮不能移焉”。晋道安也曾称赞朱士行说：“善出无生，论空持巧，传译如是，难为继矣。”这个评价是中肯的。虽然朱士行西行求法并没有真正到达印度，而是仅仅到了于阗，得到《大品经》梵文后，就停止下来，专心研修，但是他的坚定志向为此后的西行求法者树立了榜样。

西行求法最有影响者是东晋时期的法显和尚。《出三藏记集》卷十五记载：“释法显本姓龚，平阳武阳人也。”“三岁便度为沙弥。”人甚聪明，“至性过人”。书中记叙了这样一个故事：

> （法显）尝与同学数十人于田中刈稻，时有饥贼欲夺其谷，诸沙弥悉奔走，唯显独留，谓贼曰：“若欲须谷，随意所取。但君等昔不布施，故此生饥贫，今复夺人，恐来世弥甚。贫道预为君忧，故相语耳。”言讫即还。贼弃谷而去。

法显和尚于公元399年从长安出发，经西域至天竺寻求戒律，一路备尝艰险。《法显法师传》叙述甚是详细，他“西渡沙河，上无飞鸟，下无走兽，四顾茫茫，莫测所之，为视日以准东西，人骨以标行路耳”，“至葱岭，岭冬夏积雪，有恶龙吐毒风，雨沙砾”，“山路艰危，壁立千仞”，“有蹑悬絙过河数十余处”（絙，大绳也），又“遇寒风暴起”，同行的伙伴，有的不幸牺牲，但也没能动摇他西去求法的坚强意志。有一天深夜，三头狮子突然蹲在法显身边，舐唇摇尾，他不见一丝慌乱，仍然“诵经不辍，一心念佛”，狮子竟然似乎有所醒悟，低头下尾，趴在法显的脚前。他对狮子说，你要是想害我，等我诵完经，“若是见试者，可便退去”，狮子听后沉思良久，走掉了。法显终于到了天竺，他游历了印度、巴基斯坦、斯里兰卡等国家，收集了大批佛经梵文经典，前后历时14年，于义熙九年(413)归国。法显著了一部《佛国记》，记叙了他求法游历的各国风土人情、地理沿革、佛祖遗迹和故事传说等，按照行走路线次第叙述，分为“自发迹长安至度葱岭”“北天竺南天竺记游”“中天竺东天竺记游”“狮子国”和“浮海东还”等部分，文辞简洁优美，叙述逼真。如描写“蓝莫国”：

> 从佛生处东行五由延，有国名蓝莫。此国王得佛一分舍利，还归起塔，即名蓝莫塔。塔边有池，池中有龙，常守护此塔，昼夜供养。阿育王出世，欲破八塔作八万四千塔，破七塔已，次欲破此塔，龙便现身，持阿育王入其宫中，观诸供养具已，语王言：“汝供若能胜是，便可坏之持去，吾不与汝争。”阿育王知其供养具非世之有，于是便还。
>
> 此中荒芜，无人洒扫。常有群象以鼻取水洒地，取杂华香而供养塔。诸国有道人来，欲礼拜塔，遇象大怖，依树自翳，见象如法供养。道人大自悲感：此中无有僧伽蓝可供养此塔，乃令象洒扫。道人即舍大戒，还作沙弥，自挽草木，平治处所，使得净洁，劝化国王作僧住处，己为寺主。今现有僧住。此事在

近。自尔相承至今，恒以沙弥为寺主。

这部宗教游记，是最早以实地的经历，根据个人的所见所闻，记载 1600 多年以前中亚、南亚，包括东南亚的历史、地理、宗教的一部杰作，具有很高的艺术价值。

此后，还有唐代的玄奘、义净等西去求法。尤其是玄奘，更是广为人知。他的《大唐西域记》较之《法显传》，记事更加严谨有据，流畅优美，正如他在奏进表中所云：“所闻所履百有二十八国。窃以章彦之所践藉，空陈广袤；夸父之所凌厉，无述土风，班超候而未远，张骞望而非博。今所记述，有异前闻，虽未极大千之疆，颇穷葱外之境，皆存实录，匪敢雕华。”确实如是，又因为编次润饰者辨机精于内外典，文笔精妙，更为此书锦上添花，增色不少。

其实，佛教也早就跨越帕米尔高原传入我国，沿着丝绸之路向东传播。英国学者彼得·弗兰科潘在《丝绸之路：一部全新的世界史》里指出，至公元 4 世纪，佛教圣地已遍布中国西北的新疆地区。比如，塔里木盆地壮观的克孜尔石窟就是其中的代表。没过多久，在中国的西部，如喀什、库车和吐鲁番，便布满了新生的佛教圣地。至公元 6 世纪，佛教的思想、活动、艺术和形象已经成为中国主流文化的一部分。

我沿着洛河行走在黄土高原的深沟大壑和平阔地带，发现了不少的佛教遗址。鲜明的特征是，洛河的上游地区，因为流淌在深沟大壑之中，有不少的地段属于丹霞地貌以及岩石裸露的山地，佛教场所一般依山而建，形制大小不一，多为石窟。志丹县有石窟和佛寺 46 处，如金鼎寨石窟、龙山石佛寺、城

图 10　洛河岸边佛道合一的香林寺

台石窟、千佛寺石窟、大佛寺石窟、金山寺石窟、马家河石窟等。甘泉的洛河岸边两处佛寺甚为有名：香林寺，位于甘泉下寺湾镇阎家沟村斜对面的洛河西岸，坐落在山势险峻的山顶上，始建于唐代，是规模宏大的寺院。香林寺山势陡峭、怪石悬崖、古柏森然，虽唐代寺院已毁，但是山间遗留废墟多处，瓦砾、残石随处可见。现存寺院是清代末年所建。其崖居群西临洛河，是洛河川道上分布最大的一处崖居群，窟洞相通。崖居群内有金宣宗贞祐二年(1214)、三年的题记。众宝寺，位于县城西北 15 公里处寺沟村旁白鹿原，亦称白鹿寺。寺筑于唐大历年间，有正殿、厢房等建筑。寺内石刻造像有三世佛、菩萨、天王、力士、神仆、苦行僧等。寺内有植于唐代的银杏树，枝干粗壮，生长旺盛。富县的石窟有位于洛阳乡段家庄村南，建于北宋元符三年(1100)的阁子头石窟，直罗镇川子河石窟、石弘寺以及其他地方的摩崖造像等。黄陵县则有双龙峪村石窟和梁家河摩崖造像等。

洛河的上游区域，佛教建筑主要是依山开凿石窟。黄河流域石窟数量众多，有甘肃的麦积山石窟、永靖炳灵寺石窟、洛阳龙门石窟及大同云冈石窟等。陕西集中了北方晚期开凿的石窟，比较有名的是黄陵县的万佛寺石窟、彬州大佛寺石窟和耀州的药王洞石窟等。而洛河上游地区的石窟，如上所述，一般规模比较小，但是在佛教建筑上非常有特色，巧妙利用山势和岩石的质地特点，开凿出大小不一、各具风格的石窟。在我看来，这些石窟主要是由于黄土高原特殊的自然地理原因，缺少平阔的地方以及受限制于建筑材料和建筑工艺等条件，只能因地制宜，在山体上修建石窟，建立佛寺，既满足了平民百姓崇尚佛教的愿望，又给当地人带来了文化和精神交流的场所。还有一个重要的因素，是洛河的上游地区，处于游牧民族南下中原的前沿地带，古代这里交战频繁，战乱给老百姓生命和财产带来了很大的损伤和灾难，人们渴望和平，祈求得到精神的安慰，加之，人烟相对稀少，所以，各处修建的石窟比较多，便于礼佛祈福。

洛河中下游地区，佛寺规模与洛河上游地区相比较，气象迥异，佛寺不再有石窟，而是建筑在关中平原上的人口稠密之地。关中平原有渭河横贯而过，泾河、洛河带来了丰沛的水量，人工修建的水利设施比较完善，又远离边关，和平的时日远远多于战火弥漫的时日，显示出富庶的景象。因此，与洛河上游地区比较，佛寺规模大，屋舍俨然，这里的佛寺，显著的特色是建筑有宝塔。宝塔，起源于印度。在佛教传入我国之前，没有宝塔，也没有“塔”字。梵文和巴利文传入以后，曾经音译为“塔婆”“佛图”“浮屠”等，隋唐之际，才有了“塔”字。据说，佛教开始建塔是为了舍卫国给孤独长者的祈请。我国现存最古老的宝塔是嵩岳寺的砖塔，位于河南省登封市嵩山西麓，建于北魏孝明帝正光元年(520)。最著名的是唐永徽三年(652)，玄奘为保存由天竺经丝绸之路带回长安的经卷佛像而主持在慈恩寺修建的大雁塔。蒲城有唐贞观元年(627)修建的慧彻寺，寺内有共10级、高39米的方形密檐式砖塔。还有北宋绍圣三年(1096)建于崇寿寺南的共13级、高47米的密檐式方形砖塔。此外，还有地处常乐村的金陵寺宝塔和位于永丰镇南温汤村的海源寺宝塔。大荔县的佛寺主要有县城北门偏东的般若寺和金塔寺、伏龙寺、金龙寺、净安寺等。这些佛寺宝塔高耸入云，尤以位于大荔县城北大街北端的文殊宝塔为胜。

黄土高原与关中平原的交通不便，道路往往沿着洛河而建，因此，洛河不仅是滋润黄土高原与关中平原的甘露，也是物质文化与精神文化的交通路线，从洛河流域的佛寺和佛寺建筑遗迹修建的年代来考察，洛河流域自古以来，也是佛教流传的主要通道和播散区域。

道教的流传

道教，产生于东汉末年。

秦汉建立了统一的中央集权制封建国家，政治、经济和文化的发展达到了前所未有的水平，在当时的世界范围居于领先地位。但是，受到封建生产方式的制约，即使在秦汉的鼎盛时期，社会矛盾也很尖锐，封建国家和上层统治者对广大农民盘剥加重，土地兼并日益加剧。而土地制度是封建社会经济基础的重心，深刻地影响着社会的各个方面。西汉著名学者董仲舒早就看出了这一问题的症结，在《汉书·食货志》里指出：

> 古者税民不过什一，其求易共；使民不过三日，其力易足。民财内足以养老尽孝，外足以事上共税，下足以蓄妻子极爱，故民说从上。至秦则不然，用商鞅之法，改帝王之制，除井田，民得卖买，富者田连仟伯(阡陌)，贫者亡(无)立锥之地。又颛川泽之利，管山林之饶，荒淫越制，逾侈以相高；邑有人君之尊，里有公侯之富，小民安得不困？又加月为更卒，已，复为正，一岁屯戍，一岁力役，三十倍于古；田租口赋，盐铁之利，二十倍于古。或耕豪民之田，见税什五。故贫民常衣牛马之衣，而食犬彘之食。重以贪暴之吏，刑戮妄加，民愁亡聊，亡逃山林，转为盗贼，赭衣半道，断狱岁以千万数。汉兴，循而未改。

他采取历史比较的方法，来说明土地兼并的弊端日益严重，土地占有两极分化，这个论述是很有见地的。然而，他认为，这是由于“除井田，民得卖买”，却没有看到更深刻的社会矛盾。基于此，董仲舒提出：

> 古井田法虽难卒行，宜少近古，限民名田，以澹

不足，塞并兼之路。盐铁皆归于民。去奴婢，除专杀之威。薄赋敛，省徭役，以宽民力。然后可善治也。

他说这番话的目的是“限田”，而不是改变西汉的土地制度。不过，这种关于土地的认识对解决土地兼并矛盾有着积极的意义。由于土地兼并，出现了“富者田连阡陌，贫者无立锥之地”的局面，使得“贫民常衣牛马之衣，而食犬彘之食。重以贪暴之吏，刑戮妄加，民愁亡聊，亡逃山林，转为盗贼，赭衣半道，断狱岁以千万数”，老百姓陷入水深火热之中。到了东汉，土地问题日益成为社会的主要矛盾，王莽曾经企图改革，实施了王田制和五均六筦（盐、铁、酒专卖，政府铸钱，名山大泽产品收税，合称六筦；五均，指均市价以利四民和公家，所谓赊贷，是由政府办理借贷）政策，具有一定的合理性。这个政策随着王莽政权的灭亡而消除。其实，封建社会的土地核心问题是本身占有大量土地的封建国家和上层统治者大肆兼并老百姓的土地，这是一切社会矛盾的总根源。这时候，张角创立了太平道，尊奉黄帝和老子，也吸收了一些神仙方术。他以治病来传道，对贫苦的老百姓有很大的吸引力，所以，太平道传播得很快。当时的汉中、巴蜀地区，张陵创立了五斗米道，人们只要出五斗米，就可以入道治病。太平道和五斗米道，是早期道教两个不同的派别，受到下层民众的信奉。

道教的产生，对当时的社会生活有着重要的影响。广大的贫苦农民在豪强的土地兼并以及残酷的经济剥削和政治压迫下，难以生活下去，便利用道教作为组织形式起来反抗。太平道所发动的轰轰烈烈的黄巾起义和五斗米道在汉中地区建立的政教合一的地方政权，虽然先后遭到封建国家上层统治者的镇压而相继失败了，但却动摇了封建统治的基础。不久，黑暗的东汉王朝在起义军的沉重打击下，终于被推翻了。

唐代是道教发展的一个巅峰时代。李白就是道教徒。著名学者李长之先生专门著有《道教徒的诗人李白及其痛苦》这部书，他指出：

> 在他(李白)的时代，道教不但到了完成期，而且到了隆盛期，所以他所接受的乃是道教所兼容并包很多的阶段了。……
>
> 我们姑且不从演进上看，也不从不相干的掺杂的成分看，只是就几个根本的概念看，看道教的内容都是什么，以便了解李白的思想基础。
>
> 道教的第一个根本概念当然是“道”。“道”是宇宙的一种主宰，是一种超现象界的本体……李白也有这种信念，他说：
>
> 天地为橐籥，周流行太易。
> 造化合元符，交媾腾精魄。
> 自然成妙用，孰知其指的。
>
> ——《草创大还赠柳官迪》
>
> ……
>
> 从这种信念出发，遂觉得万物都轻，所以李白有“得心自虚妙，外物空颓靡”(《金门答苏秀才》)，“一身自潇洒，万物何喧嚣”(《答从弟幼成过西园见赠》)的感觉。……

道教的第二个根本概念是这种作为宇宙主宰的“道”，其性质乃是动的，即所谓“运”。……李白的宇宙观即是动的，李白心目中的宇宙是有精神力量在内的，这和陶潜便很不同了，陶潜的宇宙观却是静的，陶潜心目中宇宙只是物质。……

因为李白心目中的宇宙是有精神力量在内的，所以李白对于自然的看法，也便都赋予一种人格化：

肠断枝上猿，泪添山下樽。

白云见我去，亦为我飞翻。

——《题情深树寄象公》

……

宇宙“人化”，人“宇宙化”，这也正是道教的理论使然；原来人和宇宙都是由同一的基础而生的。……

道教的第三个根本的概念是“自然”。“道”固然是宇宙的主宰了，其性质固然是动的了，但是其具体表现却就是自然界。……“自然”是怎么样呢？就是按着“生而不有，为而不恃”的大原则而进行的现象而已。李白观察自然，便也是这种看法。……

道教的第四个根本概念是“贵生爱身”，即宝贵生命，爱惜身体，这是脱胎在很早的道家里的一种思想，他们想种种方法，凡是危害生命，不利身体的事情都要避免，或者除掉……李白承袭了这种思想，所以也常说藏身的道理：

沐芳莫弹冠，浴兰莫振衣。

处世忌太洁，志人贵藏晖。
沧浪有钓叟，吾与尔同归。

——《沐浴子》

……

从“贵生爱身”的立场看，就觉得名很不必要，一则名是身外之物，根本不相干，二则有时名反为生与身之累。以眼前的酒与身后的名比，李白也是宁要酒不要名的。……

道教的第五个根本概念便是“神仙”。这是与第四个概念有关联的，从“贵生爱身”，便希望长生……长生的具体化，就是“神仙”了。……神仙的有无吧，不用说李白是肯定的，而且时时在羡慕着。……

道教的五大根本概念：道、运、自然、贵生爱身和神仙，都处处支配着李白，所以我说李白是一个忠实的道教徒，大概是没有错的了。

李长之先生的分析与结论是正确的。道教是唐代大力提倡的宗教。唐高祖李渊早在立国之初，便尊奉老子(李耳)为其祖宗，四处大修老子庙，并且多次亲自前往祭拜。武德八年(625)，唐高祖还特意下诏，宣布道教位在佛教先。太宗李世民也曾多次下诏，说“大道之行，肇于邃古”，道法可以“迈两仪而运行，包万物而亭育，故能经邦致治”，而“佛法之兴，基于西域，爰自东汉，方被中华”。因此唐太宗强调“自今已后，斋供行立，至于称谓，道士女冠可在僧尼之前”。为什么要如此崇尚道教呢？是因为唐朝皇室起源于关陇地区，有着鲜卑血统，在讲究士族门阀的社会，李渊以汉族远古圣人老子为祖，自称“老君子孙”，来抬高自己宗族的地位，利用老子和道教在民间巨大的影响力，以获得民间的声望和支持。

唐睿宗的女儿玉真公主就是虔诚的道教徒。玉真公主字持盈，据《新唐书·列传第八》里简单的记载，她是唐睿宗李旦的第十个女儿，唐明皇李隆基的胞妹。不过，她的童年没有欢乐也没有幸福，而是在阴谋和血腥的骨肉相残中度过的。她的生母窦氏被执掌皇权的祖母武则天活活害死，孤零零的持盈，只好和姐姐金仙公主一起依附姑母太平公主。虽然，姑母太平公主视她俩如同己出，她们从不缺少华丽的衣饰和金碧辉煌的宫苑；可是，唯独缺少了温暖无比的母爱和儿童天性的自然流露——而这些又是形成健全人格和人生观至为主要的因素，于是，玉真公主和姐姐一样，早早就循迹入道，似乎在这玄妙而美丽的虚幻世界里才能得到心灵的安慰。豆蔻年华的玉真公主成为持盈法师，号上清玄都大洞三景师。她的父亲唐睿宗几次劝诫，也难以挽回她一心为女冠的决心，于是，在风景优美的秦岭北麓、老子曾经闭户专心写作《道德经》的地方，为她修建了道观，以便让她为含冤死去的母亲祈福。

玉真公主真诚地向她的哥哥李隆基举荐了李白，李隆基听从了妹妹的建议，不久，宣李白入京，封他为翰林学士，并曾“御手调羹，龙巾拭吐”。文人是不能正确认识自己的，有盖世的文学才华，并不等于就有治理国家的政治才能。天才往往在另外的方面就是智障者。李白不幸属于这种类型。他一是太狂妄，二是好喝酒。整天醉得昏天黑地，竟然“天子呼来不上船，自称臣是酒中仙”。李隆基要的是善于管理朝政的干臣，不要经常耍酒疯的“仙人”。原谅一次可以、两次可以，时间长了就不行了。李白和同僚间的关系也十分差，他看别人不顺眼，别人看他更不顺眼。另外他又得罪了朝廷中枢的一干官僚。于是，唐玄宗只好将他“赐金放还”。玉真公主对李白的政治才能估计不足，并不同意李白被赶出皇宫。她赌气向哥哥李隆基找借口，要求离开长安修行，《新唐书》载：天宝三载，上言曰：“先帝许妾舍家，今仍叨主第，食租赋，诚愿去公主号，罢邑司，归之王府。”玄宗不许。又言：“妾，高宗之孙，睿宗之女，陛下之女弟，于天下不为贱，何必名系主号、资汤沐，然后为贵？请入数百家之产，延十年之命。”帝知至意，乃许之。这样，玉真公主去了宣州的敬亭山。长期的漂泊生活，使李白饱尝了人间辛酸滋味，看透了世态炎凉，从而加深了对现实的不满，心灰意冷，一腔幽怨，可能只有在道教学说里才能找到灵魂的栖息之地吧。

叙述李白和玉真公主信奉道教的历史事实，只是想说明，道教在唐代是从宫廷到民间都信奉的宗教。当然，唐代的佛教也十分兴盛。元和十四年(819)正月，唐宪宗派人迎凤翔法门寺佛骨入宫供奉，韩愈上书劝谏，触怒皇帝，被贬为潮州刺史，行至蓝关时写了一首非常著名的《左迁至蓝关示侄孙湘》，从一个侧面反映了佛教在唐代也是主流宗教。不过，到了唐武宗时期，却发生了大规模拆毁佛寺和强迫僧尼还俗的毁佛运动。这次灭佛运动，影响不小。在洛河上游的一些石窟和佛寺，往往是佛教与道教共存，甚至有的石窟和佛寺名称已经改为道观，这是洛河中下游地区少见的宗教现象。

黄土高原历来有重视道教的传统，最著名的莫过于白云山上的白云观。其始建于明万历三十三年(1605)，清雍正二年(1724)重修并扩建，是陕西境内也是西北地区最大的一处古建筑群。我曾经进入毛乌素沙地考察，沿途发现稀疏的村居，大多修建有装饰风格基本一样的道观——这说明了，在黄土高原和洛河的上游地区，道教有时候比佛教更受老百姓崇尚，民间普遍流传的是“祖师爷”的故事。

第四章　洛河流域草原文化与农耕文化的融合和发展

草原地域与文化

根据美国学者拉铁摩尔的论说，“从太平洋到帕米尔高原，又从帕米尔高原南下，到达分隔中国与印度的高寒地带，在这个范围内包括的是满洲、蒙古、新疆和西藏，这是亚洲中部的割绝地域，是世界上最神秘的边疆之一”。在这个地域内，都可以视为草原地域。他说，“在这一广大地区内居住的不讲汉语、风俗各异的少数民族，其人口总数不过五六百万，只占中国总人口的1%略多一点”，这是拉铁摩尔在1939年11月出版的《中国的亚洲内陆边疆》里提到的草原地域与人口统计数字。且不说这个草原地域和人口统计数据是不是很准确，但是，至少说明了草原地域确实非常辽阔却人口稀少。这么少的人口，占据了这么辽阔的地域，而且在这块辽阔的土地上，上演了波澜壮阔的历史大剧。

行走洛河，站立在明长城仅存的遗址上，我一直在想，从西周开始到清代，尤其是秦代，为什么要沿着黄土高原与北部沙漠的边缘区域修筑长城呢？如果说洛河流域的魏长城是为了防御秦的侵略，并且明确自己的国防界限，那么，秦代以后，我国南北统一的历史时间远远长于分裂的时间，修筑长城仅仅是为了抵御游牧民族的南下骚扰与掠夺吗？这固然是主要原因，然而，并不是唯一的原因。其更深层的原因，应该是两种不同文化的区隔。事实是，长城大致是草原文化与农耕文化的分界线，长城内是农耕文化，长城外属于草原文化，这是两种既有内在联系又有明显质的区别的文化。草原文化是游牧民族在长期的历史文化建设中，逐渐发展起来的文化。这种文化具有很鲜明的特色。

根据有关学者的研究，游牧从最基本的层面来说，是人类利用农业资源匮乏之边缘环境的一种经济产生方式，利用草食动物的食性与它们卓越的移动力，将广大地区人类无法直接消化、利用的植物资源，转换为肉类、乳类等食物以及其他生活所需，然而，相对于农耕生产来说，这是一种单位土地产值相当低的生产方式——这种见解，确实有一定的道理，但在我看来，却还有继续讨论的余地。一定的自然环境条件会产生一定的生产方式和生活方式。长城外广袤的草原，这是特定的自然环境，那么，生活在这里的人类，只能适应并利用这种草原环境，采取游牧的生产方式和生活方式来赓续和繁衍，而这种游牧的生产方式和生活方式，是由这种特定的自然环境所决定的，也是生存在这种自然环境条件下人类的科学的明智的选择。恩格斯《在马克思墓前的讲话》里说："正像达尔文发现有机界的发展规律一样，马克思发现了人类历史的发展规律，即历来为繁芜丛杂的意识形态所掩盖着的一个简单事实：人们首先必须吃、喝、住、穿，然后才能从事政治、科学、艺术、宗教等等，所以，直接的物质的生活资料的生产，从而一个民族或一个时代的一定的经济发展阶段，便构成基础，人们的国家设施、法的观点、艺术以至宗教观念，就是从这个基础上发展起来的，因而，也必须由这个基础来解释，而不是像过去那样做得相反。”这是认识游牧民族在长期的历史发展中形成的草原文明的正确解释——正是生存在长城外游牧民族的特定的生产方式和生活方式，解决了他们的“吃、喝、住、穿”，由此而形成具有鲜明特色的社会经济——这种社会经济，不能用农耕的单位土地来定值，而应该用符合其特色的单位土地来定值，因为，广袤的草原为游牧民族提供了适宜于自己的生产方式和生活方式。

我们往往受制于本身的视野，习惯于用农耕的生产方式和生活方式去衡量和判定其他的生产方式和生活方式，而实际上，更应该从游牧民族的生产方式和生活方式去衡量去判定，这样才能得出比较全面的客观的结论。解决了这个认识问题，才有可能来研究草原文明。当然，要说明草原文明，首先要清楚草原文明的形成条件，这与古代草原的气候特点、植被、冶金、水利、驯养动物以及相关的体质形态和语言、文化的发展诸方面息息相关，这是专门的系统化的研究，显然不是这里要论述的题目。我曾经在一本专题著作里，看见过出土于内蒙古鄂尔多斯凤凰山汉代墓葬的墓室壁画，画面静穆而和谐，草原上生长着的大树摇曳着茂密的枝叶，牧人坐在山包上，放牧成群的牛羊，怡然自得。是的，如果草原上遇到气候温和的时期，青草旺盛，树木茁壮，天高云淡，牛羊在原野上犹如白云在蓝天上飘浮，凉风缓缓吹过绿色的大地，牧人骑马飞驰而过，塞外的天地合而为一，此情此景，多么美好！南北朝乐府诗中有一首《敕勒歌》。这首民歌，勾勒出了北国草原壮丽富饶的风光，抒写敕勒人热爱家乡、热爱生活的豪情，境界开阔，音调雄壮，语言简洁优美：

> 敕勒川，阴山下。天似穹庐，笼盖四野。
> 天苍苍，野茫茫，风吹草低见牛羊。

辽阔的敕勒平原，千里阴山下，天空仿佛圆顶帐篷，广阔无边，笼罩着四面的原野。天空蓝蓝的，原野辽阔无边。风儿吹过，牧草低伏，显露出原来隐没于草丛中的众多牛羊——简直就是上述汉代墓葬壁画语言艺术的生动再现。游牧民族是勇敢而强悍的民族，也是善于创造自己文明的民族。他们在几千年的历史里，创造了具有鲜明特色的草原文化。有专家这样论述草原文化的特征：

> 草原文化和农耕文化一样，随着历史的发展而变化，经历了狩猎采集文化、农耕文化、定居畜牧业文化、游牧业文化、半农半牧业文化和城市文化等阶段。草原文化是以上多种文化的统一体，是地域文化与民族文化的统一体，是传统文化与现代文化的统一体。由于历史上草原丝绸之路的开辟和运行，东西文化得到相互沟通和交融，草原文化又成为东西文化的交汇体。这样，就构成了草原文化的一个主要特征：包容性。
>
> 草原文化的另一主要特征是生态性。草原民族在

漫长的历史当中，主要通过畜牧业以及狩猎等生产来获得生存所需要的物质资料。狩猎是由人与动物构成的生产方式，猎民只有长期能捕获到猎物才能持续进行狩猎活动。猎民在狩猎当中对猎物适度捕杀，从不乱捕乱杀，还经常为维护生物链的长期存在而放生，这是按照自然规律来合理利用自然资源，从而做到人与自然的和谐共存。当草原民族以畜牧业为主业之后，人、自然、牲畜三者就构成了游牧生活的生产方式。当人在生产当中遇到牲畜与牧场之间的矛盾时，牧场植物难以满足牲畜的需求。这时草原民族就用转场的方式到水草丰厚的地方生活，逐步形成了游牧与轮牧的放牧制度，有效地保护了草原的生态环境，提高了牧业经济的效益。

草原民族选择了具有“天人合一”特点的保护环境和维持生态平衡的生存方式，他们崇尚长生天，追求人与自然环境的和谐共生。草原文化的生态性与伦理类型的中原文化有着明显区别，是两种不同类型的文化。

历史的悠久性也是草原文化的一个特征。早在旧石器时代的早期，在内蒙古草原上就有了人类居住，在内蒙古自治区呼和浩特市东郊保合少乡大窑村就有了“大窑文化”，在鄂尔多斯高原就有了萨拉乌苏文化，在内蒙古自治区呼伦贝尔市扎赉诺尔矿区有了扎赉诺尔文化，在内蒙古锡林郭勒大草原有了金斯太洞穴文化。据考古发现，新石器时代北方草原上的文化遗址更为丰富多样，形成了呼伦贝尔——黑龙江、辽河流域——红山地区、阴山南部等三个辽阔的文化区域。新石器时代，文明演进的进程较之旧石器时代加快，草原地区的兴隆洼文化、红山文化、小河沿文化都在新石器时代的早期、中期、晚期在中华文明的形成过程中在很多方面处于领先地位。草原文化是中华文明三大主源之一，是中华文化的重要组成部分。

草原文化还有一个特征，就是创造主体的多元性。黄河文化和长江文化的创造主体是汉族。而草原文化是在不同历史时期多种民族共同创造和传承的文化，每个民族创造的文化有着各自的文化形态。例如匈奴文化形态、鲜卑文化形态、突厥文化形态、契丹文化形态、蒙古文化形态……创造草原文化的各个民族之间有着历史渊源和传承关系，他们创造的各时期的草原文化形态有着连续性和统一性。

——见李悦《草原文化的特征》(2017 年 11 月 29 日《北方新报》)

李悦先生完整地论述了草原文化的形成与特色，也论述了草原文化与中华文化的内在联系。他强调指出，草原文化属于中华文化的一部分，这是正确的站位比较高的认识。

游牧民族的侵扰

由于缺少众多河流的滋润与浇灌，也由于气候的干旱和风沙的肆虐，使得草原上游牧民族的生产方式和生活方式受到了自然环境的局限和制约。王明珂先生对此有客观的论述，他说：

> 位于高纬度的蒙古高原属温带半干旱与干旱气候区，其地理位置与高度使其成为一个各方海洋湿气均难到达的内陆高原。冬季严寒，一年及一日之气温变率均大，雨量少，是其一般特色。愈往北，以及在高山北坡地区，降水量多些，部分地区年雨量超过300毫米（旱作农业雨量下限），中央的戈壁沙漠则年降雨量低于100毫米。降水量集中且变化大，也是其气象上的特色之一；多夏季雷雨，其降雨时间和雨量皆很不稳定，一年年的变化也很大。对于农业生产而言，本地自然环境中最主要的限制因素不只是干旱，更由于雨雪量不稳定……除了干旱外，冬季与初春突如其来的大雪，也对蒙古草原地区的农业及畜牧业造成严重灾害。

从这段话里，可以清晰地看到，草原的社会经济受自然环境和气候条件的影响太大了。所以，游牧民族的生存始终处于一种不恒定的状态。在风调雨顺的时月，赖以生存的牛羊供给了他们鲜美的食物，使他们能够安居乐业，不用长途跋涉寻找和转换牧场，也不用栉风沐雨遭受恶劣的自然环境的危害。而一旦遭遇极端严酷的干旱和风沙，游牧民族就缺少最基本的生存保障，这时候，具有强悍性格的游牧民族，除了对抗自然灾害，不得不在首领的带领下，利用自身移动性强、善于骑射的优势，越过长城，进入农耕区域，掠夺生活资料和财富，这就是游牧民族带给农耕地区人民巨大威胁和直接的生命、财产、家园的侵袭与掠夺的重要原因。在我国历史上，屡屡出现的游牧民族南下侵扰和由此发生的战争，一直困扰着中原边防以及人民的生活，由此而产生了持久的游牧民族与农耕人民的“掠夺”与“反掠夺”的战争。旷日持久的战争，带给了农耕地区——中原人民深重的灾难。

在我国古代历史上，汉族之外最强大、与汉族的关系最密切、接触时间又最长久的游牧民族是匈奴。从公元前 215 年至公元 468 年，这近 700 年间，游牧民族与长城内农耕区域的秦、汉及曹魏等政权发生大小战争约 114 次。从最初秦始皇发兵十万，使蒙恬北攻匈奴，到匈奴西迁，至阿提拉之子发动对拜占庭战争，自己兵败死去，这百余次战争，大部分原因是气候变化引起匈奴起兵越过长城掠夺，还有一个值得注意的原因是匈奴内部的分裂或者政权更替，为了缓和其内部矛盾而兴兵南侵。所以匈奴是我国秦、汉直至三国时期的主要防御对象。《史记》卷一百三十《太史公自序》中说：“自三代以来，匈奴常为中国患害。欲知强弱之时，设备征讨，作《匈奴列传》第五十。”《史记·匈奴列传》从其先祖说起，说匈奴的祖先是夏后氏的苗裔，至汉代时已历经约两千年。从司马迁的叙述可以知道，匈奴的历史与黄河流域的商、周与秦的历史相仿佛。后代称匈奴为“胡”，“始皇帝使蒙恬将十万之众北击胡”，这里的“胡”就指的是匈奴。

公元前 200 年，汉高祖刘邦击匈奴，被围困于平城（今大同市)，惨遭失败。到了汉武帝时期，倾举国之力围剿匈奴，取得了前所未有的胜利。著名的将领有卫青、霍去病等大将。到了三国时期的公元202年，曹操击南匈奴——这漫长的历史时间里，给人这样的印象，好像是匈奴这个游牧民族南下侵扰的战争远远没有秦、汉与三国主动出击匈奴的战争多，而且，主动出击的战争规模也远远大于匈奴，这是为什么呢？以我粗浅的认识，觉得这是因为封建王朝深刻的心理潜意识里的“家国”思想。《诗经·小雅·北山》里有这样的话：“溥天之下，莫非王土；率土之滨，莫非王臣。”——“王土”“王臣”，也就是这种“家国”思想。不属于“王土”和“王臣”，那就要制服、就要征讨。所以，主动出击匈奴，这应该是深层次的思想动力吧。不过，征讨是要有实力的。有时候实力差点，又遇到匈奴的侵扰，只能采取怀柔政策，“和亲”就是一种措施。最早的和亲，是公元前189年的冬天，汉朝使人至匈奴和亲；最有名的是王昭君出塞和亲——不管征讨也好，和亲也好，积极的意义是防范民族冲突，取得社会的安宁与和平，这是核心问题。

草原文化与农耕文化的融合和发展

定边县城的鼓楼“定边营”和处于洛河源头的“石涝池堡”，都是明长城保存至今的遗址。这两个遗址，其实包含着许多关于草原文化与农耕文化互相融合发展的强大讯息。长城，在冷兵器时代，对于征战有着极大的军事价值，但是，却不能阻碍长城内草原文化与农耕文化的融合交流。

这些关口，常常是游牧民族与汉族经济、商旅、文化和日常生活交往的重要场所，著名长城史研究专家罗哲文先生的《中国古代长城南北的文化对话与交流》指出，明代是大规模修筑长城的一个朝代，从明洪武初年(1368)至灭亡的崇祯十七年(1644)，都在不断地修筑长城。他说：“虽然长城是军事防御设施，但战争时期必然短暂，和平时期毕竟长久。由于长城的关口地点大都设在南北交通的要道上，关口地点必然要有城堡、驿站、旅社等设施，为商旅往来提供了方便。”这话在定边的明代长城“定边营”和“石涝池堡”得到了证明。长城以北，主要是蒙古等游牧民族以牧业为主的经济地带，盛产牛羊、毛皮、马匹等；而长城以南，则是农耕地带，以农业和手工业为主，农产品和手工业产品非常丰富。南北经济需要市场互补，需要开放交易，明代政府适应了这一需要，特在长城沿线开放了“互市”，以满足南北游牧民族和农耕地区人民的需要。这时候，游牧民族的草原文化，诸如骑马、射箭、摔跤、歌舞、音乐等通过这些长城的“关口”也就是“互市”的地方，传到了长城以南的农耕地区。而长城以南的文学作品、诗歌、戏剧、绘画、工艺美术和手工艺等也传到了长城以北。游牧民族还与明政府“通贡”，就是蒙古部落等游牧民族向明朝皇帝进贡，明朝皇帝回赠，以及戍守长城和修筑长城的将领士兵轮换，同时也大量地进行文化交流。

从上述的内蒙古鄂尔多斯凤凰山汉代墓葬的墓室壁画，可以看出长城南北游牧民族和农耕区域的文化交流情况。如果以此往前推演，还有赵武灵王的“胡服骑射”等历史事实，他大胆引进胡人的骑射和短紧轻便的服装，使得赵国的防御力量大大加强。洛河上游区域的石窟艺术，与北魏时期的大同云冈石窟、麦积山石窟、龙门石窟等有着密切的内在联系。洛河岸边的石宫寺石窟，虽然几经修缮，但是保留了最早时期的佛像艺术，依着山崖开凿了大小不一的石窟，里面的释迦牟尼和众多菩萨的塑像，虽然形体不能与其他著名石窟相比较，但是，也还能看出其艺术的传承有一致的地方。有一个非常有意思的现象：石宫寺石窟栩栩如生的塑像，多少带有胡人的特征，无论是身量还是脸部，都有显著的不同于上述石窟塑像的特点。民间流传着一些关于石窟和佛寺塑像的传说。例如，彬州的大佛，据说具有唐太宗李世民的面相特征。这并不奇怪，塑像的工匠，在艺术创作中往往自觉不自觉地把自己崇拜的人物或者常见的人物表现出来，而石宫寺石窟的塑像艺术保留了胡人的特征，正好说明了草原文化与农耕文化的交融汇合。

元代是蒙古游牧民族入主中原的朝代，其京城"上都"的城市建设有很多地方依据《考工记》里皇宫居中、面朝后市、左祖右社的制度规划，同时，又带有游牧民族的草原文化的气息。元代出现了与唐诗宋词并肩的戏曲，既是对农耕文化传统的完美继承，又充满了草原文化的特征，清新、明白和口语化。就是传说中面临洛河而建造的铁边城，也深受农耕文化尤其是《易经》的影响。仔细端详铁边城的建筑，居然符合前朱雀后玄武、左青龙右白虎的布局，这些都说明了草原文化与农耕文化并不是两条互不干涉的文化路径，而是在保持自身文化优势的前提下，互相大胆地吸纳。只有这样的融合，才能更好地发展各自的固有文化，或者产生新的文化因素，这是文化发展的必然要求与方向。

西夏很是注重草原文化建设，元昊在正式建立西夏王国之前的大庆元年(1036)，颁行创制了“国书”——西夏文字，《宋史·夏国传上》说：“元昊自制番书，命野利仁荣演绎之，成十二卷。”西夏文字在很短的时间里创制出来，这是党项羌民族富有智慧的表现，同时，也为西夏的政治和文化发展开辟了一个新纪元。据记载，西夏有了自己的文字以后，开始大量翻译汉族的儒学经典、政治和军事著述，这类书籍提倡封建伦理道德，或者有利于西夏王朝的统治。除此，还对医学、历法、卜筮、法律、语言、文学作品等进行了翻译，这些也有利于西夏游牧民族整体文化素质的提高。

草原上的一些饮食和民间习俗，至今仍然保留在农耕文化区域，甚至在渭河流域的农村和城市中都有体现。我常常在想，就饮食而言，关中平原上深受欢迎的“羊肉泡馍”以及陕北到渭河流域流行的“羊杂碎”“糊饽”等饭食，不就是游牧民族的“遗风”吗？我没有具体考证过，但是，以牛羊肉为主食的游牧民族的饮食习惯，也影响和改变了关中平原农耕地区千百年来的饮食结构，应该是确凿的事情吧。

洛河从黄土高原上的白于山发源，流向东南方向的关中平原，实际上，也是一条草原文化与农耕文化交融的通道。而洛河流域的长城关口，不但是商贸交易的场所，也是草原文化与农耕文化碰撞与汇流的关口。

第五章　洛河流域的历代长城

概　说

长城的历史基本上是一部保卫和平、抗击强敌的历史。我国自古以来，就是一个多民族的国家，是在民族不断迁徙、争战和融合中形成的。在特定的历史条件下，长城是民族间对抗形成的“墙”。北部草原上的游牧民族，在气候和经济社会发生严重危机的境遇下，把战争和掠夺作为获得生活资源的手段，严重地侵犯和损害了定居于中原地区从事农耕生产的民族，威胁中原王朝的统治——当这个矛盾激烈化、长期化的时候，抵御强敌的“墙”就越来越结实高大，也越来越长。

长城是中国也是世界上修建时间最长、工程量最大的一项古代防御工程，自东周时期开始，延续不断修筑了 2000 多年，分布于中国北部和中部的广大土地上。特别是自秦始皇以后，凡是统治着中原地区的朝代，几乎都要修筑长城，计有汉、晋、北魏、东魏、西魏、北齐、北周、隋、唐、宋、辽、金、元、明、清等十多个朝代，都不同规模地修筑过长城。所修长城遍及山东、天津、北京、河北、河南、辽宁、吉林、内蒙古、山西、陕西、宁夏、青海、甘肃和新疆等地，总长度达 5 万余公里。其中，秦长城、汉长城、明长城等都超过 5000

公里。

春秋战国是我国历史上一个大变革的时代，列国之间战争频繁，社会动荡，周平王为犬戎所逼，从镐京迁都洛邑，史称东周。天下逐渐分为“战国七雄”——韩、赵、魏、楚、燕、齐、秦等。据说，楚国最先修筑长城，抵挡了齐国的军事侵略，对保卫国家安全起到了很大的作用。此后，“战国七雄”以及小诸侯国，都开始修建长城。

洛河自古就是天然的国防线，先后有魏国、秦国以及后来的有关朝代，都在洛河岸边修筑过长城，至今留有不少的遗址，刻画上遥远的历史印记，也使洛河具有了军事和文化意义。

沿河而行的魏长城

魏国最先在洛河流域修建长城，此后，秦国也开始修建，一直到明代都有修建或者修复，洛河成为天然的坚固的边防阵地。这些年，我曾经多次走过地处华阴、大荔、蒲城、白水、合阳和韩城等地的魏长城，特别是在暮春时分，我又一次来到魏长城脚下，看着这穿越久远的历史遗留下来的长城遗址，不由得肃然起敬。魏长城的历史价值与历史意义虽然不能和万里长城相比，但是，它仍然是中华民族力量的象征。这是由黄土夯成的长城，也许包裹在黄土长城外的砖石早已脱落不复存在，然而，长城的骨架屹然挺立。在魏长城脚下，捡起来一块掉落的土块，坚硬如石核一样的土块，有棱有角，黄土的颗粒紧密地凝结在一起，几乎干燥到没有任何水分的地步，沉甸甸的。当初，魏国主要是为了防御秦国的“兼并”以及自身国防安全，修筑了起自华阴玉泉院附近的朝元洞而经过渭河直至上述地域，乃至渭北黄土高原的长城。

图 11　魏长城遗址

魏国之先祖毕万事晋献公有功，于公元前 661 年受封于魏，后来以魏为国号。其疆域包括今河南的北部、山西的南部和陕西的东部，西边与秦接壤，北边与赵犬牙相错，东部与齐相邻，南有韩、楚。国都原在安邑(夏县)，惠王时因为安邑近秦，受到威胁，迁都大梁(开封)。魏国修筑有两条长城，其一在大梁之西，因在河之南，故称河南长城；其二是在西边，河之西，称为河西长城——我所走过的魏长城，就是河西长城。《史记·秦本纪》说，秦孝公元年(前 361)，“魏筑长城，自郑(今渭南市华州区)滨洛以北，有上郡”。《史记正义》说得更为详细，“魏西界与秦相连，南自华州郑县，西北过渭水，滨洛水东岸，向北有上郡鄜州之地，皆筑长城以界秦”。

魏国的全盛时期，是魏惠王执政的时候，竟然修筑了两条长城，可见国力之强盛。秦国经过“商鞅变法”日渐强盛起来，到了秦嬴政，用李白的诗“秦王扫六合，虎视何雄哉”来形容，真是再贴切不过。魏国为了国家安全，不惜一切代价修筑长城，确实是无奈之举，也是积极的军事防御工程。

历史的烽烟逐渐淡去，长城早已成为中华民族伟大力量的象征，成为文学艺术的宝库，是和埃及金字塔一样的观光旅游的胜地。在我心里，长城仍然是神圣的，是可以焕发出自豪之情的历史杰作。背靠长城，觉得一股暖流充盈了灵魂，升腾起永远向上的精神！

不过，还是借用康熙的话，“当时用尽生民力，天下何曾属尔家”。修筑这么坚固的长城，仍然抵挡不住秦的横扫千军如卷席，看来，天下统一的大潮，是任何力量也无法阻止的，这就是“势”，顺势而为，是非常聪明的，魏国还是被秦“扫”掉了。

站在魏长城上极目四野，华岳挺立，群山如黛，仿佛可以听见黄河的咆哮声。哦，是啊，不管国家大小，不论国势强弱，如果从保护人民出发，修筑长城确实必要，若是只为权力的存在而“用尽生民力”，就不好了。好与不好，“俱往矣”。而今，留下的魏长城遗址，黄土构筑而起的城墙，默默仰望苍天、白云，似乎想诉说点什么，诉说什么呢？

“斩洛”与秦长城

在距离蒲城县城东南方向 25 公里的地方，洛河在这里绕了一个弯，平静流淌而过，河面宽阔。南岸是高耸的黄土断崖，北面是平坦的庄稼地。然而，就在洛河的北岸边，有古长城遗址。我在阅读《史记》的时候，在《秦本纪》里，有这样的记载："简公六年"，"堑洛"，"城重泉"——也就是说，在秦简公的时候，曾经"堑洛"，这是什么意思呢？"堑洛"的"堑"是掘的意思，削掘洛河岸边的山崖来修建长城。应该说，这是秦国修建长城的开始。司马迁仅仅用了两个字"堑洛"就叙述了秦国在洛河北岸修建长城的历史事实，真是惜字如金。但是，"堑洛"的具体位置在什么地方呢？直到 20 世纪 80 年代，才发现了这段堑夯的秦长城遗址。沿着洛河逆流而上，又发现了断续长城和多处障塞遗址，还有大量战国时期的绳纹瓦片、云纹瓦当、生活器皿陶片等文物，说明这里就是秦简公"堑洛"之处。秦国在洛河岸边"堑洛"修建长城，是为了抵挡来自晋国的侵扰，除此而外，又修建了"重泉城"，在今天的钤铒乡重泉村一带。又是"堑洛"，又是"城重泉"，看来，秦国在洛河这道天然防线再建牢固的城堡，说明了秦国当时还比较弱，为了自保，只好这样才能赖以存在以图长远之计。

秦国兴起于西北犬戎之地，西周末年，犬戎和申侯一起攻打周朝，在骊山下杀死了幽王，西周灭亡。犬戎大军盘踞于镐京，秦襄公率兵营救西周，立了战功，又于公元前 770 年，护送周平王迁都洛阳。次年，被封为诸侯，又被赐封岐山以西之地。自此，秦国正式成为周朝的诸侯国。秦穆公很有作为，广益土地，东征强晋，西霸诸戎。公元前 356 年和公元前 350 年，秦孝公任用商鞅先后两次进行变法，鼓励人口增殖、重农抑商、废除世卿世禄制、奖励军功、编制户口、实行连坐之法。公元前350年，为了摆脱旧贵族势力的干扰，秦国都城由雍城(今宝鸡凤翔)迁至咸阳。这些有力措施，彻底废除了旧的世卿世禄制，建立了新的专制主义中央集权制，推行郡县制以加强中央集权，重视农业生产，出现了“家给人足”的繁荣景象，奠定了秦的霸主地位。

秦昭襄王时期，由于国力逐渐强盛，疆域面积不断扩大，以至到了洛河上游的黄土高原地区。这时候，修建长城是为了抵御游牧民族匈奴，有学者说，秦国为了防御匈奴，在秦昭襄王三十五年开始修筑了一条长城，西起今甘肃省岷县(秦时临洮县)，经临洮、渭源、陇西、通渭诸县，越过六盘山再往宁夏固原和甘肃镇原、环县，东边到了今天的陕西吴起、绥德等地，止于无定河西岸——别处的秦长城不说，在吴起县境内的这段古长城遗址，自庙沟乡郝林沟南梁入境，沿陕甘边界东南蜿蜒，经董涧、东涧至长官庙的城墙村，又从这里东北行经长官庙乡的郭畔、齐桥至金堂口子，继而东行至城儿湾，东至三条河(三道川河、洛河、杨青河)交汇处，越过三道川口，爬上洛河与三道川舌形台地上，分为南侧和东侧两道长城，东侧一道伸向洛河谷底，后进入杨青川岭继而向东北延伸，进入志丹县纸坊乡黄草洼村，折向北行，再进入吴起的薛岔乡大路沟、周崾崄等地——之所以详细地引用秦长城在洛河上游黄土高原沟壑地带的资料，是为了说明，洛河就秦国而言，确实具有非常重要的防御作用，所以秦国才会不惜花费大气力修建长城，以永固自己的疆土。

至于秦始皇三十三年(前214)，遣大将蒙恬北逐匈奴，又西起甘肃临洮(今甘肃岷县)、东至辽东筑长城万余里，以防匈奴南进，史称秦长城。

明代的墙

在定边县城的中心位置有一座鼓楼，前边已经叙述过，这里要说的是，这座鼓楼的北门外边还有一通石碑，上刻“明长城遗址”。据碑文介绍，这是明长城延绥镇“三十六营堡之一”，修建于明正统二年(1473)，以后曾多次复修。在白于山的石涝池——也就是洛河源头之一的地方，也看见有碑石，上刻“明长城遗址——石涝池堡”，洛河岸边的这两处明长城遗址，除过鼓楼近年还有修复之外，石涝池堡仅仅是标明了遗址而已。这说明，明代三百年间，边患始终未断，主要威胁是来自北部的蒙古游牧民族和东北的满族，而前二百多年，主要是蒙古游牧民族。

图 12　定边的鼓楼即定边营遗址夜景

1368年，朱元璋在南京称帝，建立明朝，年号洪武。洪武九年，大将军徐达率军北上取元大都(今北京)。元顺帝妥懽帖睦尔向北逃往开平(今内蒙古多伦东南)，后又退至应昌(今内蒙古克什克腾旗达赉诺尔附近)，一直图谋复兴，不断骚扰明朝北部。明王朝为保卫初建的政权，频频派大军出征打击。1387年，破元大军深入捕鱼儿海(今内蒙古贝尔湖)，大捷，史载“漠北削平”。为了长久的安宁，朱元璋着手加强边防，抵御外来之敌。明成祖朱棣永乐年间，迁都北平(今北京)，地近北部，对边防尤为重视。此时，元室后裔坤帖木儿势力已经衰弱，鬼力赤夺取政权，自称可汗，去掉元国号，从此称鞑靼。内蒙古开始分裂。鞑靼西部，原来是元的大臣猛可帖尔所统治，他死后，分为三部，统称瓦剌。鬼力赤与瓦剌互相仇杀，也常来侵犯明朝边境。明王朝采取“招安”政策，在永乐七年(1409)的夏天，封瓦剌三部首领为特进金紫光禄大夫，分别为顺宁王、贤义王和安乐王，取得暂时安宁。

朱棣曾派使者安抚，鞑靼反而斩杀来使。永乐七年，明王朝出兵征伐，将军战死。第二年，朱棣亲自率大军出塞，鞑靼溃散。朱棣追至斡难河(蒙古族世居之地)，鞑靼求和，鞑靼主愿意内附，被封为和宁王。但是，鞑靼反复无常，稍得休养生息又来侵扰。明成祖三次亲征，1424年，驾崩于班师途中，大业未成身先死。而鞑靼呢？由于明王朝的不断沉重打击，又数次败于瓦剌，部曲离散，逐渐衰落。1436年，瓦剌马哈木子脱懽继位顺宁王后，兼并贤义王和安乐王，势力强大起来。1439年，也先继位，统一北部，后又联结西部蒙古诸部构成对明王朝的忧患。1449 年，蒙古诸部大肆入侵，明军大败，史称“土木之变”，明英宗被掳。1455 年前后，也先被杀，瓦剌衰败，鞑靼又起而代之。此时明王朝已腐朽昏暗，不能有效抵御鞑靼。

戚继光本是抗击倭寇的英雄，隆庆初年，受命转而北上对战鞑靼，加强边防工事，边境趋于平静。这时候，东北部女真族兴起，成为明王朝边防大患，此是后话。明王朝在白于山洛河一带修筑长城，就是在这样的历史背景下采取的国家安全保障措施。明长城是明朝在北部地区修筑的军事防御工程，亦称边墙。由此来看，白于山以及洛河流域属于明王朝与蒙古游牧民族军事对抗的前线。前边说到，定边县城中心位置的“明长城遗址”，属于延绥镇长城范围。此段长城横亘于陕西省北部，东起府谷县黄河西岸，向西南延伸，经过榆林，建有镇北台——这是明长城线上最大的城台。如果定边的鼓楼亦属于城台的话，那么，镇北台的雄壮高大远远超过鼓楼。长城过榆林市横山区、靖边县至吴起县，转向西北至定边县，分为南北二线，北线行至定边后分道，偏向西北和宁夏的盐池县长城相连，西去的长城进入盐池县的深沟大壑。据记载，宁夏的花马池(今盐池)是延绥镇长城的西端，该镇所辖的长城共约 1000 公里——这条长城修建在黄土高原和沙漠里，其施工难度可想而知，明王朝为了巩固边防，确实费了巨资和大量的人力，然而，仍然阻挡不住北方游牧民族的铁骑，边患一直伴随其始终。

站在白于山洛河源头的明长城遗址“石涝池堡”石碑下，这里应该属于当地人所说的“涧”吧，也就是深沟大壑里的平坦之地，四周尽是黄土断崖，有两股小溪一样的水流，分别从西南和东北的夹山里流过来，在这里汇聚成一潭碧水。有水的地方就有茂密的野草丛生，这在植被稀少的白于山山脉还是很少见的。白于山在明代属于牧马之苑，植被遍野。古代，无论是规划和建立城镇还是立宅安家，都十分讲究风水，《周易·大壮卦》云“适形而止”，是说要善于利用地理地形，主张“寻龙认气”，龙者，山脉也；水者，以“色碧”为上，指颜色清澈的水，“其味甘，其气香”。《堪舆漫兴》里说，“清涟甘美味非常，此谓佳泉龙脉长”，都是指好的风水之地，有山有水，而且，山有山的要求，水有水的说法。明王朝把“石涝池堡”修建在洛河源头，足以说明此处乃“佳地”也。不但依山傍水，而且山高水长，尤其是处在“龙脉”之处，不但军队取水方便，而且寓意很好，军事堡寨建筑在这里确实不错。虽然如今“石涝池堡”早已不复存在，然而，留下的遗址也使人感受到深厚的历史文化内涵。

长城的历史文化意义

说到长城，其最大的历史作用不外防御外敌侵扰，为了保卫和平不得已而为之。在冷兵器时代，长城确实具有重大的战略意义。同时，历代修建的长城成为中原与西北、北部和东北游牧民族荒漠的分界线，大致可以这样认为，越过长城就是出塞了，是相别于中原文化和生活方式、缺少相对先进的农耕文明的地方，而且，这里气候不好，自然环境恶劣。东汉的蔡文姬在南匈奴入侵时，为匈奴左贤王所掳，远别故乡，来到长城之外，相传为蔡文姬所写的《胡笳十八拍》长歌当哭，其中有这样的诗句：

戎羯逼我兮为室家，将我行兮向天涯。
云山万重兮归路遐，疾风千里兮扬尘沙。

读来令人心碎。我曾经驱车经太原直上大同又到达呼和浩特，专门探访王昭君的“青冢”。汉代为了对付匈奴采取“和亲”政策，王昭君远嫁北国——对于这件事情，历代看法不一，有赞同的，有反对的，但不管怎样议论，也不管王昭君是自愿远嫁，还是无奈远嫁，她的出塞，确实缓和了当时汉与匈奴非常紧张的关系。宋代政治家、改革家王安石对王昭君出塞的看法有别于其他的诗人，他认为：“汉恩自浅胡恩深，人生乐在相知心。”我想，这也许是他的自度而已，这并非是“胡恩”与“汉恩”的问题，也不是“人生乐在相知心”的问题，更深远的意义，在于王昭君深明大义为国分忧，为了老百姓能安居乐业而做出个人牺牲。这种牺牲换来了汉和匈奴短暂的和平，也是很值得的。有学者解释说，匈奴等游牧民族南下侵扰中原与草原气候有重大的关系，如果草原干旱或者遭遇不好的年景，游牧民族自身难以生存，就要掠夺农耕区老百姓的财富。也有学者反对这种意见，统计出数据表明并非是草原干旱或者年景不好，游牧民族才南下侵扰，而是因为游牧民族的掠夺习惯带给了中原老百姓灾难。这两种说法都有一定的道理。

有意思的是，长城在唐时，进入诗歌的审美对象却是昂扬着乐观主义和强劲的建功立业精神，很少流露怨恨愁苦的情绪，李白的《送张遥之寿阳幕府》，诗云：

寿阳信天险，天险横荆关。
苻坚百万众，遥阻八公山。
不假筑长城，大贤在其间。
战夫若熊虎，破敌有余闲。
张子勇且英，少轻卫霍孱。
投躯紫髯将，千里望风颜。
勖尔效才略，功成衣锦还。

又如马戴的《送和北虏使》：

路始阴山北，迢迢雨雪天。
长城人过少，沙碛马难前。
日入流沙际，阴生瀚海边。
刀环向月动，旌纛冒霜悬。
逐兽孤围合，交兵一箭传。
穹庐移斥候，烽火绝祁连。
汉将行持节，胡儿坐控弦。
明妃的回面，南送使君旋。

在李白与马戴涉及长城的这两首诗里，回旋着蔑视强敌和英勇无畏的奋进之气。这样的胸怀和气象，是盛唐精神的艺术反映和心灵投射。唐代的诗歌，很少借长城来倾诉个人际遇的不幸和哀怨，以岑参、高适等人为代表的边塞诗歌流派，也只是把长城当作审美对象而已，并不赋予特别的意义。例如，崔湜的《大漠行》豪情万丈，其中有这样的诗句：

> 瑶台苑，玉门关。
> 百花芳树红将歇，二月兰皋绿未还。
> 阵云不散鱼龙水，雨雪犹飞鸿雁山。
> 山嶂连绵不可极，路远辛勤梦颜色。
> 北堂萱草不寄来，东园桃李长相忆。
> 汉将纷纭攻战盈，胡寇萧条幽朔清。
> 韩君拜节偏知远，郑吉驱旌坐见迎。
> 火绝烟沉右西极，谷静山空左北平。
> 但使将军能百战，不须天子筑长城。

盛唐是一个蓬勃向上的时代，边疆忧患少，而且总是积极主动征战边疆，其疆域版图东起朝鲜半岛，南抵越南顺化一带，西达中亚咸海以及呼罗珊地区，北包贝加尔湖至叶尼塞河下游一带。唐朝国境内的少数民族很多，为有效管理突厥、回鹘、铁勒、室韦、契丹、靺鞨等各民族，分别设立了安西、安北、安东、安南、单于、北庭六大都护府，以及大量隶属于六大都护府的都督府和羁縻州——这是之前的朝代未曾有过的疆域。各民族互相融合共同发展，反映在诗歌里，才有这样充满了自信与阳光的艺术篇什。

不过，话又说回来，无论是西周还是以后各代竞相修建长城，从另一个的角度来看，给老百姓带来了沉重的徭役和经济负担，遭到老百姓的不满和怨恨，孟姜女哭长城就是流传久远的典型故事。这种情绪，在历代诗人中程度不等地持续发酵，出现了不少的诗与歌谣，尤其在南宋以后及明代比较明显，比较有代表性的，如陆游的《古筑城曲》：

筑城声酸嘶，汉月傍城低。
白骨若不掩，高与长城齐。

还有汪元量的《长城外》：

饮马长城窟，马繁水枯竭。
水竭将奈何，马嘶不肯歇。
君看长城中，尽是骷髅骨。
骷髅几千年，犹且未灭没。
空衔千年冤，此冤何时雪。
祖龙去已远，长城久迸裂。
叹息此骷髅，夜夜泣秋月。

两首诗都表现出对修筑长城强烈的不满情绪。这并不奇怪，诗人的心贴近老百姓，善于倾听社会底层人们的呼声，通过艺术作品反映出来。对于长城，有这种认识和看法也是正确的。明代，由于民族矛盾尖锐，战争频繁，明王朝为了修建长城，不得不盘剥老百姓，民间有很大的愤懑情绪，对统治者不满，一些诗人敏锐地感受到了这种愤懑情绪，又不敢直言，只好借助言说秦长城来表达老百姓的心声。李梦阳的《朝饮马送陈子出塞》，具有代表性：

朝饮马，夕饮马，
水咸草枯马不食，行人痛哭长城下。
城边白骨借问谁？云是今年筑城者。
但道辞家别六亲，宁知九死无还身。
不惜身为城下土，所恨功成赏别人。
去年贼掠开城县，黑山血迸单于箭。
万里黄尘哭震天，城门昼闭无人战。
今年下令修筑边，丁夫半死长城前。
城南城北秋草白，愁云日暮鸣胡鞭。

李梦阳出生于黄土高原上的庆城，这里自古以来就是游牧民族南下侵扰的前沿之地，两军对阵杀声震天，长城脚下白骨累累，诗人情动于中而形于言，写出这样令人悲愤的长城诗歌，应该是写实之作。明代诗人徐勃在《筑城怨》里直言不讳地说：

筑城何太苦，百万征夫泪如雨。
年年劳役筋力尽，含涕犹添城上土。
家家戍妇望夫还，不知已死长城间。
长城一望白于雪，由来半是征夫骨。

龚士骧的《塞上曲》也有这样的诗句：“谁将一片深闺月，散作长城万里霜。”——这些，都是看到了社会底层人们修建长城的惨痛境况，揭露统治者急功近利地驱使老百姓的罪恶行径，也是“万里长城筑怨”的真实写照。

幼小的时候，夏日的傍晚，在乡村故居街门前的大槐树下，听村落里老人讲“古经”，“古经”里就有秦始皇修长城以及孟姜女的故事。后来，在一本偶然得到的大约20世纪50年代的文学课本里，读到了完整的孟姜女千里寻夫送寒衣，而其丈夫却因为修筑长城已倒在工地上尸骨无存，孟姜女悲愤地哭泣，眼泪竟然使坚固异常的长城轰然倒塌的传说，甚觉凄惨。在我国古代文学史上，关于长城的诗词，大都对长城颇有“怨气”，就连以边塞诗著名的李益，笔下的长城也是冷冷酷酷的：

统汉烽西降户营，黄沙白骨拥长城。
只今已勒燕然石，北地无人空月明。

你看，诗里的“黄沙”“白骨”“北地无人空明月”，这些词语构成的意境，给人一种冰冷和虚无的感觉。万里长城筑怨，而这“怨”气从何而来呢？仔细考察，无论是民间故事，还是古代诗人关于长城的诗词，似乎所指的都是秦始皇修筑的长城。《史记·蒙恬列传》载，秦王嬴政三十二年(前215)，遣将军“蒙恬将三十万众北逐戎狄，收河南，筑长城，因地形，用制险塞，起临洮，至辽东，延袤万余里”，这是我国历史上第一道万里长城，这万里长城，至今还蜿蜒于我国北部大地上。“怨”气，来自秦始皇修筑长城时过于峻急和严酷，使得人民负担和劳役过重，引起了大家的怨恨。

秦代为什么要修筑北方的万里长城？道理很简单，就是为了抵御外来的少数民族对疆土和人民的侵略。秦代建国之后，需要警惕和防范的社会重大矛盾，一是防止统一前“六国”势力的“颠覆”，二是北方戎狄的侵略——而修筑万里长城就是为了防范后者。这是正确的战略措施，也是正确的国防工程。我国著名地理学家胡焕庸 1935 年提出了瑷珲—腾冲斜线，此线以西以北是唐代边塞诗描写的景象，那里是游牧民族粗犷、豪迈、辽远的风情；以东以南则是以农耕文明为主的小巧玲珑、秀美细腻和略显局促的景象——根据这个斜线理论，游牧民族在干旱的季节或者草原出现生存危机的时候，就会迅速集结起来，侵入农耕文明区域进行掠夺，由于游牧民族善于骑射，具有极大的破坏性，万里长城因此成为保障国家安全和北部人民生命财产的军事防御屏障，也有加强各民族融合以及保障长城内外的商贸经济活动的功能。

秦城万里如游龙，首接洮河尾辽海。

这是明代大学士赵贞吉《临洮院后半壁古城歌》里的诗句。这句诗形象地描述了万里长城的起始。修筑万里长城，不能不说秦代统治者具有非常深远的战略眼光，是切实抵御游牧民族侵略掠夺的重大举措。

长城修筑完成后，确实起到了以上的作用。千百年来，长城也成为文人骚客抒发情怀的审美对象，涌现出了许许多多的故事和诗篇。阅读这些故事和诗篇，在我的想象里，长城早已经成为塞外风光的绝美去处，很希望能有一天身临万里长城，去看看长城外“风吹草低见牛羊”的情景。去年 8 月，终于有机会独自驱车，取道太原直奔大同，参观完驰名中外的云冈石窟后，经过右玉到达呼和浩特，登上“青冢”，凭吊与匈奴和亲而远嫁的王昭君，这里就不多说了。此行的目的，主要是考察长城以及领略塞外草原风情，行走在千里茫茫的大草原上，公路两边长满了枝叶类似青蒿一般却开着鲜艳花朵的植物，在硬硬的风里摇曳生姿，甚是美丽。而大草原上，一望无际的草甸子，白云飘浮似的羊群和奔腾的马，令人格外兴奋——这就是阴山脚下的大草原，这就是游牧民族世代生活的地方，高远而辽阔，难怪蒙古族的长调如此好听，这是蓝天白云和自由奔放的草原文化的精魂所在。

如今遗留的万里长城，横亘在榆林的城市北边，青砖与石块垒砌起来的长城，雄伟冷漠，虎视眈眈向着平漠，游人如织。据说，在镇北台上的一块石板上跺脚，可以感受到大地在颤抖。哦，长城，尽管巍峨如雄关，果真能抵挡住游牧民族凶猛无比的铁骑吗？秦始皇派蒙恬镇守长城，只是取得短暂的安定。康熙在《蒙恬所筑长城》这首诗里，感慨道：

万里经营到海涯，纷纷调发逐浮夸。
当时用尽生民力，天下何曾属尔家？

康熙认为长城是耗损民力、费尽万千银子修筑起来的，也没有保障大秦一统江山，更流露出游牧民族取得长城内外政权的得意情绪——不过，万里长城曾经还是起到了它应该起到的作用。

第六章　洛河流域的关学大儒

关学的兴起与发展

北宋是我国古代文化发展的巅峰期，无论是在哲学思想领域，还是在文学艺术领域，既出现了明星璀璨，也出现了群星闪耀的景象——前者，有周敦颐、程颢、程颐、朱熹、张载等著名哲学思想家。其中，张载开创了关学学派。

张载，字子厚，凤翔府郿县(今陕西省眉县)人。祖籍大梁，宋仁宗嘉祐二年(1057)进士。出身于官宦人家，祖父张复在宋真宗时官至给事中、集贤院学士，死后赠司空。父亲张迪在宋仁宗时官至殿中丞、知涪州事，赠尚书都官郎中。父亲死后，全家寓居凤翔府郿县横渠镇之南，因此，世称张载为横渠先生。他的学术思想也被称为“横渠之学”。

张载的学术抱负很大，他在《横渠语录》中提出：

为天地立心，
为生民立命。
为往圣继绝学，
为万世开太平。

这四句箴言，也是他学术思想的高度概括。具体来说，主要是以阐述《四书》的“性与天道”为基本学术观点。他在《正蒙·太和篇》里说：“由太虚，有天之名；由气化，有道之名；合虚与气，有性之名；合性与知觉，有心之名。”把“性与天道”分解为“天道”(世界观)和“性”(人性论)、“心”(认识论)三项内容，这是张载学说的核心内容。“天道”是“四书”的基本范畴。《论语》《孟子》《中庸》都讲天道，张载继承并创新了“四书”的天道观。为此，他以《易传》的“气”论为基点，引进了道家和佛学的“太虚”范畴，认为有“太虚”才有“天”的名称；阴阳二气有规律地运动变化，才有“道”的名称，所以，“天道”就是“太虚之气”的运动变化。这里，张载提出了《四书》没有的重要论点，从而把《四书》的天道观发展成为“元气一化”论的本体论。他说：

> 太虚不能无气，气不能不聚而为万物，万物不能不散而为太虚。循是出入，是皆不得已而然也。

这里强调“太虚之气”的聚散是不以人的意志为转移的纯自然过程，正是“气”的聚散循环，才产生出天地万物的生生不息。在张载看来，只有了解了“形聚为物，形溃反原”的循环往复的全过程，才能了解气聚产生万物、形溃返归太虚的天道真相。有学者撰文说，张载的“太虚”与“气”的学说，从科学思想的角度上看，在一定程度上猜测到了“场”的存在。按照现代物理学的量子场论，场是连续的，具有粒子性，粒子可以看成量子场的凝聚。与张载把无形的空间看作一种物质实在，认为这种物质实在可以凝聚为气为万物的思绪不谋而合——这种见解从另外的角度，高度评估了张载的学说主张，开拓了张载哲学思想研究的新的思考层面。

“性”也是“四书”的基本范畴。《论语》讲“性”与“习”，《孟子》讲人性善，《中庸》讲“尽人之性”“尽物之性”等。张载则把“性”与“气”相联系，在《正蒙·诚明篇》中这样论述：“形而后有气质之性，善反之则天地之性存焉”，提出了“天地之性”与“气质之性”的两性学说。因受“气”不同而产生的人性叫作“气质之性”。“气质之性”不能“尽性”，不是完美无缺的人性。完美无缺的人性叫作“天地之性”，犹如“气”的原始状态。这就是说，人性有两个层次，低层次的是“气质之性”，即对物欲有所追求，这是不善的土壤；高层次的是“天地之性”，也叫“湛一”之性，清净纯粹，这是善的根源。这两种性都存在于人的身上，所以，张载说：“合虚（天地之性）与气（气质之性），有性之名。”通过怎样的途径才能“变化气质”呢？他提出了“学”的方法。张载在《经学理窟·气质》中说：

> 变化气质。孟子曰：“居移气，养移体。”况居天下之广居者乎！居仁由义，自然心和而体正。更要约时，但拂去旧日所为，使动作皆中礼，则气质自然全好。
>
> 礼曰“心广体胖”，心既弘大，则自然舒泰而乐也。若心但能弘大，不谨敬则不立；若但能谨敬，而心不弘大，则入于隘，须宽而敬。大抵有诸中者必形诸外，故君子心和则气和，心正则气正。其始也，固

亦须矜持，古之为冠者以重其首，为履以重其足，至于盘盂杖几为铭，皆所以慎戒之。……

人之气质美恶与贵贱夭寿之理，皆是所受定分。如气质恶者学即能移，今人所以多为气所使而不得为贤者，盖为不知学。古之人，在乡闾之中，其师长朋友日相教训，则自然贤者多。但学至于成性，则气无由胜，孟子谓“气壹则动志”，动犹言移易，若志壹亦能动气，必学至于如天则能成性。

学，是学习，只有学习才能“变化气质”。学什么呢？自然是儒家学说的典籍《论语》《孟子》《中庸》等著作。张载就是学习的典范。他少年时“喜谈兵”，因为，北宋西北部边境常受西夏势力的侵扰，他曾经向担任陕西经略使、主持西北地区军事要务的范仲淹上书，建议向西夏用兵，并提出了自己的战略见解。范仲淹认为张载有读书的“慧根”，引导说：“儒家自有名教，何事于兵！”勉励张载研习儒家学说。张载先从《中庸》读起，继而又读了佛教、道教典籍，后来发现，无论是佛教也好，道教也好，其学都不能实现自己的远大抱负，便回过头继续学习“四书”和《易》，深有体会。读书，是要静下心来边读边思考，才能有所收获。熙宁三年(1070)，张载因为不愿意参与王安石变法，辞去崇文院校书的职位，回到横渠镇，安然重拾经籍，整日讲学读书，他写了这样的诗来表白自己的心志：

土床烟足紬衾暖，

瓦釜泉干豆粥新。
万事不思温饱外，
漫然清世一闲人。

这种淡泊的人生态度适宜于读书做学问。此时，张载还写下大量的著作，建立了以“四书”为主，兼及易学，并吸纳佛、道甚至中医学思想精粹的“义理”型新儒学体系，开创了关学学派。学，“变化”了张载的“气质”。

张载的学术宗旨是继承“四书”的儒家学说。“为往圣继绝学”，这里的“绝学”就是指孔子、孟子等人以“四书”为代表的儒家传统。所谓“圣心难用浅心求，圣学须专礼法修。千五百年无孔子，尽因通变老优游”就是自己的坚定的学术意向。“圣心难用浅心求”，这句诗他用的禅宗的概念。禅宗有“教外别传”的说法，怎么传？就是“以心传心”，此谓“心法”。张载认为“四书”也有一个“圣心”的心传系统，此处，应该是指“四书”的“义理”也就是精神实质，而不是在文句上“字字相较”，这种既传承“四书”又不受其限制的学术风格，是张载的学术思想特色之一。

张载以实现“四书”的社会理想为平生愿望。他根据孟子在《孟子·滕文公下》中的“天之生久矣，一治一乱”的观点，提出了“通其变”的社会发展思想，在《横渠易说·下经》里指出：“通其变然后可久，故止则乱也。”——只有洞察了解时代的发展变化而变化才能使社会顺利发展，不能因循守旧止步不前，这必然引起社会的“乱”。社会在不断变化，要依据这个变化制定出适应其变化的措施才能长治久安，而这个措施就是落实“四书”中有关三代之治的理想以及实行“井田制”来应对社会的变化，或者说提倡“王道”，以“仁心”施“仁政”。为此，张载在横渠镇附近积极推广“井田制”，至今仍然有遗迹。

关中，地处陕西的中部，因其四周有“四关”(即东函谷关、西大散关、南武关、北萧关)而得名。司马迁在《史记·货殖列传》中说：“关中自汧、雍以东至河、华，膏壤沃野千里。”关学，因为张载以及他之后的著名学者蓝田的吕大忠、吕大钧、吕大临兄弟，长安的李复以及金元明清时期乾州的杨奂，高陵的杨天德、杨恭懿父子，朝邑的韩邦奇、李元春，渭南的薛敬之，高陵的吕柟，长安的冯从吾、李二曲，富平的李因笃以及咸阳的刘古愚等，都是关中人，故其又称为“关学”。

关学属于宋明理学的一个哲学流派。

关学的基本精神是什么呢？著名学者赵馥洁先生长期从事关学研究，并主编了大型丛书《关学文库》，他的《关学的基本精神和现实意义》这篇字数不长的文章高度概括了关学的来龙去脉以及主要精神，摘要转述如下：

> 关学是由北宋张载创立，至明清时代仍然流行于关中地区的理学学派。关学从北宋张载到清末牛兆濂，历时八百余年，经过三十多位学者薪火相传的学术探索，培育了独特的关学气象和关学精神，为中国文化史、学术史、哲学史做出了重大贡献，更影响了关中人以至陕西人的思维方式、价值观念、人格精神。

一以贯之的学术精神

关学创始人张载(1020—1077)，字子厚，眉县横渠镇人，人称横渠先生，著有《正蒙》《西铭》《横渠易说》《经学理窟》等，今编为《张载集》。关学虽无严格的师承授受关系，在传衍过程中学术观点也有变化，但关学学者大都尊张载为“关中士人宗师”，在不同程度上都接受了张载的影响，继承了张载的学术旨趣、学术宗旨、价值追求和治学作风。由此而形成了关学在客观上内在一致、前后一贯的精神气质。

张载是一个有自觉的学术使命意识的哲学家，他提出的“为天地立心，为生民立命，为往圣继绝学，为万世开太平”的名言，是对自己哲学学术使命的高度概括。关学的后继者们大都以这种使命意识来自励。无论他们在哲学思想上是否与张载一致，但在对自己学术使命的自觉上，皆不同程度地秉持着张载的精神。如吕大临的“教化人才，变化风尚”、吕柟的“对天心，通民志，兴太平”、冯从吾的“做好人，存好心，行好事”、李二曲的“明学术，正人心”，都是对自己学术使命和治学志向的明确表述。正由于有这种自觉的使命感和责任感，关学学者们大都把个人的学术活动与国运民命、匡时救世紧密结合起来，以“主持名教，担当世道”(李二曲语)为己任，使自己既成为学者，也成为社会历史价值的承担者，努力实现为学与经世、治学与做人的高度统一。

张载学无师承，他的哲学是自己在前代哲学的基础上，经过几十年探求、体会出来的。他自称“学贵心悟，守旧无功”，并说治学应“濯去旧见以来新意”，“多求新意以开昏蒙”，并作诗云：“芭蕉心尽展新枝，新卷新心暗已随。愿学新心养新德，旋随新叶起新知。”张载在中国哲学史上第一次建立了比较完整的气一元论哲学体系，开辟了朴素唯物主义哲学的新阶段，他也是中国哲学史上第一个从思维与存在关系的哲学理论高度批判佛教唯心主义的哲学家，成为了宋代理学的奠基人。张载提出了理学的一系列基本范畴和命题，建构了理学的基本框架，确立了理学“民胞物与”的价值理想。

哲学家张岱年曾云：“张载学说有两个最重要的特点，一是以气为本，二是以礼为教。”后来的关学学者虽多未能发扬以气为本的思想，但却大多传衍了以礼为教的学风。关学的“以礼为教”，指的是崇尚古代的礼制，重视道德的教化。张载这种“崇礼贵德”的学术宗旨，对关学有深远影响，后代关学学者都不同程度地认同和发扬了这种精神。

在宋代理学的濂、洛、关、闽四派中，关学是最具有求实精神的学派。张载为学不尚空谈，“语学而及政，论政而及礼乐兵刑之学”，有着鲜明的求实作风。张载的这种“经世致用”的求实精神，也基本上为后代的关学学者所继承和发扬。

关学具有博取兼容特征，主要表现在两个方面：

一是积极主张多方面探求知识，努力开拓广阔的学术领域；二是能兼容各派学说，吸取不同学派的学术思想，在学派分野中往往保持一种中和性格。关学学者在治学态度和方式上遍览博采，不守门户，善于吸取各家之长，能够掌握多门知识。

崇尚节操的精神也是由张载开风气之先的，后来关学学者多能继此高风。他们在学术上倡“仁心”“善心”之说，立“正己”“正心”之本，有创新有贡献，以“文必载道，行必顾言”为准则（吕柟），或以“做天下第一等人，为天下第一等事”为鸿志（杨爵），或以“个个人心有仲尼”为箴言（冯从吾），养成了高尚的道德品质和超凡脱俗的气节。

关学精神影响深远

关学精神培育了雄浑而博大、崇高而坚实的关学气象。精神是内在的支柱和动力，气象是外在的气概、气质和形象。关学精神在过去和现代都具有重大意义。

关学作为中国封建社会后期一个学术思想流派，不但在学术思想上为中华民族的理论思维做出了突出的贡献，在哲学史、学术史上占有重要的地位，而且在学术精神上形成了自己鲜明的特色。尽管它同其他地域文化一样有着自身历史和地域的局限，如政治上较为保守、作风上比较拘谨、竞争意识淡薄、创新力度不足等，但其中蕴含的重使命、崇道德、求实用、尚气节、贵兼容的优秀精神，对关中人有着重大的积极的影响。它养成了关中以至陕西人浑厚、坚实、耿直、质朴的文化性格，培育了关中学者勤奋、朴实、严谨、包容以及有责任心、有正义感的精神品格。

关学精神启发了做人的自觉。思想家马一浮在《泰和会语》中表示："昔张横渠先生有四句话，今教诸生立志，特为拈出，希望竖起脊梁，猛著精彩，依此立志，方能堂堂的做一个人。须知人人有此责任，人人有此力量，切莫自己诿卸，自己菲薄。此便是'仁以为己任'的榜样，亦即是今日讲学的宗旨，慎勿以为空言而忽视之。"

关学的"为天地立心，为生民立命，为往圣继绝学，为万世开太平"的崇高使命意识和担当精神，"旋起新知""勇于造道"的独创精神，"民胞物与""大心体物"的道德理想和宏大胸襟，重视节操、刚正不阿的人格追求，"经世致用""开物成务"的求实精神，博取兼容、不守门户的学术态度等，不仅是优化哲学社会科学学者精神品格和治学作风的宝贵营养，更是提升人的综合素质和人文精神的宝贵资源。

——见《中国社会科学报》(2018 年 1 月 5 日)

这篇文章简明扼要介绍了关学以及其基本精神，也代表了目前关学研究的水准。更值得说的是，著名作家陈忠实先生在其长篇小说巨著《白鹿原》里，生动有力地刻画了白鹿原上受人尊重的、也是白嘉轩的精神导师——朱先生，虽然不是主要人物，却对整部小说具有深刻的影响，他禁烟犁毁罂粟，独闯乾州清营劝退清兵总督，门口拴狗咬走乌鸦兵司令，放粮赈灾而自己背着干粮，编修县志……以及坚守“学为好人”的情操，完成了由“气质之人”到“天地之人”的转化，确实是白鹿原之魂魄，朱先生逝世时，白嘉轩口齿不清地悲叫着：“白鹿原最好的一个先生谢世了……世上再也出不了这样的好先生了！”——这是对朱先生最好的评价。朱先生是有原型的，这就是蓝田县的牛兆濂先生，他是关学的最后一位学者。在朱先生（牛兆濂）身上，关学精神得到了真切的体现。

韩邦奇

我常常这样想，洛河、泾河与渭河以及龙首在泾河而龙尾在洛河的郑国渠，在关中平原北部，显示出一个不规则的“井”字形状，这个“井”，有点类似西周实行的“井田制”的模样，尤其是洛河注入渭河，渭河注入黄河的“三河口”，犹如一朵仰天盛开的巨大的莲花——这块土地是我国古代文明的发祥地之一，也是人文荟萃之地。孔子曰，吾从周——西周是我国古代初期文化繁荣的时代，而西周的土地实行“井田制”，提高了劳动效率，促进了社会经济与文化的发展。山河胜地，必会出现一代又一代的英雄豪杰与哲学思想家以及文学家，不是吗？张载之后，继承其学说的关学家韩邦奇、屈复等，就诞生在这块神奇而瑰丽的土地上。

韩邦奇（1479—1556），字汝节，号苑洛，明代西安府朝邑人（今陕西大荔）。冯从吾先生的《关学编》里说他少年时“灵俊异常，承训过庭，即有志圣学”——“过庭”，这是一个历史典故，语出《论语·季氏》，孔鲤“趋而过庭”，他的父亲孔子教训他要学诗、学礼。后因以“过庭”指承受父训或径指父训。韩邦奇的父亲也是一个很有学识的人，名叫韩绍宗，号莲峰，官至福建按察副使，“学识人品，当世推重”。韩邦奇受家学和父亲的影响，专心治学，尤其精研《尚书》，写出了《蔡传发明》《禹贡详略》和《律吕直解》等著作。他的学生，古代称之为“门人”的白璧说：“先生天禀高明，学问精到，明于数学，胸次洒落，大类邵尧夫，而论道体乃独取张横渠。少负气节，即乃不欲为气节异行，而识度汪然，涵养宏深，持守坚定，躬行心得，中正明达，则又一薛敬轩也。”“明于数学”“大类邵尧夫”，这里的“数学”是指“象数学”，指运用数字的组合关系解释《周易》爻卦形成及其象征的方法。魏晋时期，王弼解《周易》，用“义理”的方法来阐述《周易》的卦辞和爻辞所蕴含的奥义，而不使用象数学。象数学渐渐被人遗忘。五代至北宋初年，陈抟又开始用象数解说《周易》，但是其方法已经与汉儒大不相同，出现了所谓“先天学”和“后天学”的说法。这种说法成为独特的思想流派。而“邵尧夫”即北宋著名的哲学家邵雍，他把象数学推向一个新的阶段，其特点是把象数理论与方法同思想体系相结合，著有《皇极经世书》等。

2016年的秋天吧，我驱车去洛阳市的伊川县白虎山下，拜谒二程的墓园。印象深刻的是，二程的墓园气象庄严，规模很大，墓道上，明清时代的石碑数十通，墓冢前有墓碑、供案及石羊、石马等，四周有坟墙回护。墓、祠一带古树参天，烘托出肃穆幽静的气氛。墓园的前方，正在修建的广场上，矗立

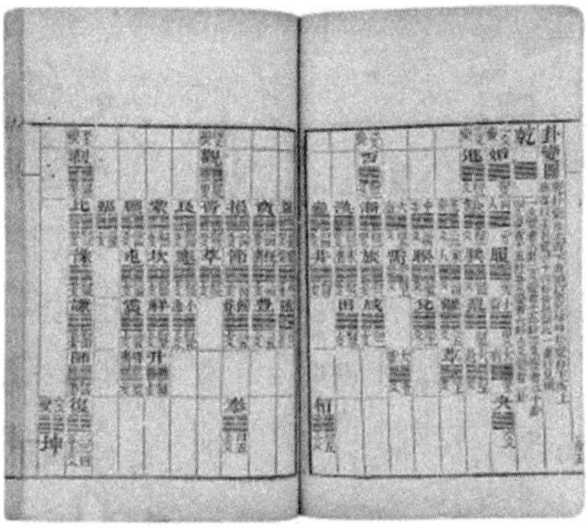

图 13　韩邦奇的著作图影(图片来自网络)

着高大的二程的石塑像，底座上简明扼要地镌刻着程颢、程颐的生平及主要学术贡献。在蓝天白云下，清清冷冷的，有稀疏的几个游人。天色尚早，我接着去了邵雍墓。邵雍墓东临伊水，西依紫荆山，周围群峰拱围，草木茂盛。墓地境域偏僻，静谧幽静，拾级而上，墓园的建筑有点陈旧，却氤氲着一团紫气。前殿里，挂满了四处送来的锦旗和玻璃匾额，墓前香火很旺。是坟墓的右前方，有一眼泉水清水流溢，上边架着一个小葫芦瓢，若有焦渴者，尽可取瓢饮用，其水甘洌清凉。周围的柏树枝叶上，挂满了红绸，想必是前来祈福求愿者挂上去的吧。与二程的墓园相比较，这里充满了浓厚的人间味，也更具民间纪念的色彩。为什么呢？我想，大约是二程的学术多是为天下着想，为整个人类的思想走向设想，其学问宏大远阔，却与个体的生命与运程距离较远，所以，历代官府多为修葺。而邵雍的象数学，虽然承继了前代之灯，但其学术新境界，却流入算命占卜的一途，关切个体生命，流行于社会。

韩邦奇“大类邵尧夫”，研究和掌握了象数学，这并不容易，因为象数学也真的深奥难解。说到他“论道体乃独取张横渠”，这是韩邦奇学术的根底所在，也就是秉承和发扬关学精神。关学，自从张载“造道”以来，对于关中平原渭河流域的文教事业影响巨大，韩邦奇自然是用心钻研，长期体悟。特别是对张载的《正蒙》用功极深，所成著作《正蒙拾遗》一卷。他说：

“太和”是阴阳迭运、细缊交密者，乃化育流行天道也。孔子所谓“一阴一阳之谓道”者是也。自孔子而下，知“道”者惟横渠一人。

韩邦奇对张载的评价可谓非常高，这是他长期钻研张载哲学思想得出的深刻见解，也是他对张载哲学思想由衷的赞叹——对于前贤的认同与赞叹，记载于文献资料者并不多见。当年，颜渊喟然叹曰：“仰之弥高，钻之弥坚，瞻之在前，忽焉在后。夫子循循然善诱人，博我以文，约我以礼。欲罢不能，既竭吾才，如有所立卓尔。虽欲从之，末由也已。这是颜回对其老师孔夫子的倾情赞叹，千百年犹如目前，令人动容。而韩邦奇对张载的这句话，其价值与颜回的话具有等量的价值。“道”，韩邦奇解释说：

“道”字，解作“路”字，指流行发见者而言。春秋之时，世道衰微，天道人道，人皆不知，而以窈冥昏默者当之。故孔子明天道曰“一阴一阳之谓道”。

子思明人道曰“率性之谓道”，皆指流行发见者而言。

孔子发现了“天道”而子思发现了“人道”，也就是天与人应该遵守的法则。问题是，“天道”与“人道”天下的人有几个人真正能领会呢？所以，“人皆不知”，张载不但领会了而且有新的发展，韩邦奇认为他是唯一一个知“道”的人——张载知“道”，具体变现在他的《西铭》这篇学术论见里，这是张载《正蒙》的核心思想：

乾称父，坤称母；予兹藐焉，乃混然中处。故天地之塞，吾其体；天地之帅，吾其性。民，吾同胞；物，吾与也。

大君者，吾父母宗子；其大臣，宗子之家相也。尊高年，所以长其长；慈孤弱，所以幼其幼；圣，其合德；贤，其秀也。凡天下疲癃、残疾、惸独、鳏寡，皆吾兄弟之颠连而无告者也。

于时保之，子之翼也；乐且不忧，纯乎孝者也。违曰悖德，害仁曰贼，济恶者不才，其践形，惟肖者也。

知化则善述其事，穷神则善继其志。不愧屋漏为无忝，存心养性为匪懈。

恶旨酒，崇伯子之顾养；育英才，颍封人之锡类。不弛劳而底豫，舜其功也；无所逃而待烹，申生其恭也。体其受而归全者，参乎！勇于从而顺令者，伯奇也。富贵福泽，将厚吾之生也；贫贱忧戚，庸玉汝于成也。存，吾顺事；没，吾宁也。

这篇字字珠玉一般的文章，集中表现出张载知“道”并阐发“道”的内涵与意蕴。在《正蒙拾遗》里，韩邦奇数次说，“横渠灼见道体之妙”，“横渠真见造化之实”，“横渠灼见性命之道”。所谓“正蒙”，语出《周易》的蒙卦彖辞“蒙以养正”，蒙，即蒙昧未明；正，即订正。订正蒙昧，明晓事理。张载说：“养其蒙使正者，圣人之功也。”他的《正蒙》特别是其中的《西铭》，在于构建“从天之人”和“从人之天”的“天人合一”的思想，而韩邦奇对张载的这一思想甚为认同，明确提出“天地万物，本同一气”，并且深究“天地造化之实”，他又指出，“学不足以合天地、一万物，非学也”。这是韩邦奇传承张载关学的重要依据和建构自己哲学思想的基础。

韩邦奇的重要著作是《苑洛集》(十卷)，内容博大精深，文体皆备，大致而言，有序有记，有铭有传，有诗有歌，从各个侧面体现了韩邦奇的哲学思想与生活态度以及艺术审美特征。更值得说的是，韩邦奇是明代杰出的作曲家和音乐理论家，他的《苑洛志乐》和《律吕新书直解》，至今受人推崇。在《苑洛志乐序》里，韩邦奇说：

夫乐，生于心者也，有是心而无所寄，宣其意于言，言成章为诗，而犹未足以尽其意也，而歌咏之，歌咏之而犹未足以尽其意也，而被之声容，是之谓“乐”。

在韩邦奇看来，“古乐之亡久矣”，所以，他写这部书的目的在于“继夔伦之志，以承古人之绝学”——夔，据《山海经·大荒经》里记载，是神话传说中一条腿的怪物，相传为尧、舜时代的国家乐官。要说“绝学”，关于“乐”的学说，还真的“散失”已久了。即以“六经”来说，《易》《书》《诗》《礼》《乐》《春秋》，单单《乐》没有流传下来，仅仅存在《乐记》一篇，并入《礼记》中。《乐》散失了，这是我国古代文化的重大损失。其实，乐，在社会生活中非常重要，别的不说，就是在洛河的支流鲁家河畔刘家洼发现的芮国遗址，就发掘出大型的“编钟”；在韩城的梁代村芮国遗址，同样发现了较之刘家洼遗址的“编钟”更为精美且形制较大、质量上乘的编钟，还有其他乐器——这就说明，在古代，无论是宫廷也好民间也好，都很注重音乐，有礼必有乐，所以，礼乐相连。《诗》里有“大雅”“小雅”，而“雅”则是周王畿内的乐调。据说，孔子听到舜帝时期的音乐《韶》，“三月不知肉味”，可见“乐”对人产生的巨大的精神作用竟然达到了如此的地步。

韩邦奇认同张载的哲学思想，内心自然产生“为往圣继绝学”的学术志向，他除过认真研究儒家学说尤其是《尚书》等经典，还把注意力放在久已散失的“乐”学上，决心继此“绝学”确实是难能可贵且卓有成效，他的这两部关于“乐”学的巨著即是明证。在《苑洛志乐》里，韩邦奇对古代的乐律、乐器、乐曲、乐舞，以文字与图解相结合的方式，详尽地归纳、解说和注释，并且提出了自己的独特的看法。对于他的这部书，《四库全书总目·经部·乐类》有很长的评说，其中有这样的话：

> 虽其说多本前人，然决择颇允。又若考定度量、权衡、乐器、乐舞、乐曲之类，皆能本经据史，具见学术，与不知而妄作者，究有径庭。

接着，继续评述韩邦奇：

> 史称邦奇性嗜学，自诸经、子、史及天文、地理、乐律、术数、兵法之书，无不通究。所撰《志乐》尤为世所珍，亦有以焉。

他的《律吕新书直解》，是对南宋大学者蔡元定先生的《律吕新书》的解读与注释。蔡元定（1135—1198），字季通，学者尊称西山先生。建州建阳（今属福建）人。少从其父蔡发学，长师事朱熹，为朱熹所重。韩侂胄擅政，设伪学之禁，熹遭诬陷，并波及元定，谪道州，至舂陵，求学者日众。博极群书，深研义理，朱熹疏释“四书”及为《易传》《诗传》《通鉴纲目》，皆与元定往复参订。其一生学问多寓于熹著作中。卒，赠迪功郎，谥文节。著有《大衍详说》《律吕新书》《原辩》《皇极经世指要》及《洪范解》等。他是韩邦奇非常心仪的学者，韩邦奇与这位前辈学者相似的地方是都博览群书，并且精研有得。

韩邦奇的一生，刚正不阿，切实贯彻张载“为生民立命”的为学为人精神，《明史 · 韩邦奇传》里记载他不畏权势敢于替老百姓说话：

六年冬，京师地震，上疏陈时政阙失。忤旨，不报。会给事中孙祯等劾臣僚不职者，并及邦奇。吏部已议留，帝竟以前疏故，黜为平阳通判。迁浙江佥事，辖杭、严二府。宸濠令内竖假饭僧，聚千人于杭州天竺寺，邦奇立散遣之。其仪宾托进贡假道衢州，邦奇诘之曰："入贡当沿江下，奚自假道？归语王，韩佥事不可诳也。"时中官在浙者凡四人，王堂为镇守，晁进督织造，崔洸主市舶，张玉管营造。爪牙四出，民不聊生。邦奇疏请禁止，又数裁抑堂。邦奇闵中官采富阳茶鱼为民害，作歌哀之。堂遂奏邦奇沮格上供，作歌怨谤。帝怒，逮至京，下诏狱。廷臣论救，皆不听，斥为民。……

时辽阳兵变，侍郎黄宗明言邦奇素有威望，请假以便宜，速往定乱。帝方事姑息，不从，命与山西巡抚任洛换官。至山西，为政严肃，有司供具悉不纳，间日出俸米易肉一斤。居四年，引疾归。

这几件事，足见韩邦奇的人品与情操，而且具有高超的地方治理才干。当代著名关学研究专家赵馥洁先生在《关学精神论》中有诗称赞他，曰：

道继横渠气节昂，单车奋入叛兵场。
济民拯乱归来后，《志乐》书成九鹤翔。

韩邦奇储备了渊博的学识，具有令人崇敬的人品及高洁的情操，他不但在音乐方面才华横绝一世，而且诗文也写得好，在明代散文和诗歌史上，占有重要的地位。他的散文，记人叙事的为多，主要体现在传和记这两种文体中。他写的《思萱堂记》《木轩墨迹记》《河中书院记》都是此类文体的名篇。《澄城县重修文庙记》：

余生华岳之下，长而游齐鲁，陟泰岳；游晋代，陟恒岳；游梁豫，陟嵩岳；游荆楚，陟衡岳；历吴越，观于瓯闽，足迹将遍天下。凡梵宇琳宫，巍然壮丽，有上拟廷阙者，类皆其徒为之。乃阅孔庙、视学宫，颓敝剥落，甚者不庇风雨。今官于郡县者，独非孔子之徒与？且琳梵之修建，国有禁例，若庙学，又孰从而禁之哉？侍御郑公谪尹是邑，未期年，政通人和，乃撤文庙学宫而重新之，神有依而士有业，群情大悦。于是学教谕训导率诸生来问记。若公者，其真孔子之徒欤？余读《宋史》至《循吏传》，意其人必吁吁熙熙，无所动于民也。及观其治行，乃肃纪纲，正法度，辟田野，实仓库，捕盗贼，浚水渠，缮城池，抑兼并，修武备，谨置邮，礼百神，兴学校，于是叹史臣之有识也。若公者，得不谓之循吏也哉？公之素善，余已备识于《樵楼记》，其行已立政，皆孔氏之徒也，岂特庙学之修而已哉？使琳梵之徒见之，亦将叹曰："吾辈方行天下，独见郑公耳！"

公讳光溥，山东益都人，起家进士。

这篇记，站在弘扬儒家学说的立场上，对澄城县修建文庙学宫大力褒扬，由记事转入写人，人与事相得益彰，而且文中善于使用反问句，使得表达有力。作者读书广博，以《宋史》中的《循吏传》彰显所要写的人，有根有据，类比恰当。文字简练，语气端庄，在叙述中采取对比手法，把天下普遍存在的琳梵与文庙对比而写，揭示出重修文庙的价值与意义。

至于韩邦奇的传记作品，大都抓住传主的事功与个性特征，栩栩如生，引人入胜，如他写故乡的《朝邑三廉吏传》，分头撰写，互相映照，最后的"赞曰"则着笔这三个人的共性特征，既节省了笔墨，又刻画毕肖。其诗歌创作，也有自己的艺术风格。情与景交融，诗情与哲理交融，圆润而美。例如，其《狱中有感》，情真意切，读来令人感动不已：

其一

秋声瑟瑟夜茫茫，此际孤臣倍感伤。
四海生灵惟圣主，万年宗社自先皇。
殷忧直共条山尽，痛泪应同汨水长。
却忆秦庭十九客，茅焦终得悟君王。

其二

梧落霜清雁已归，可堪缧绁锁圜扉。
阶前深羡蜗知足，海上真惭鸟见几。
万死自甘明主弃，一官多与世情违。
山妻旧补牛衣在，何日重披上钓矶。

这两首诗，表现出他对国事深切的忧虑以及感慨自己忠贞国家却不被理解，本是为国着想为民请命，却深陷缧绁，不得自由，甚至联想到忠贞国家的屈原以及怀有社稷之情却忘掉自身名利、最后死于一场烧山大火之中的介之推等历史人物，也想到了孟浩然“不才明主弃”的遭遇，如此这般，还不如学习东汉时期的严子陵，去富春江上钓鱼为好，或者学习柳宗元“独钓寒江雪”的冷硬不畏世俗的精神。全诗有景有情，活用历史典故，增加了诗的悲愤情绪，甚至也有“出世”的道家情怀。其实，我国古代的读书人，大都有“入世”与“出世”的情怀，入世，是为社稷；出世，是为了寄托自己的心灵，寻找一块精神的净土。严子陵、陶渊明等是他们人生失意时所效法的理想人物。

韩邦奇除过感叹人生际遇的诗词，也有不少范山模水的游记诗以及吊古怀今的诗词，这两类诗词写得深刻而清新，气象与规模都很大。他的《满江红·吴中秋》云：

时序惊心，庭皋下，梧桐一叶。才回首，春光几许，早来秋色。遥忆去年燕市酒，忽看今夕吴中月。最飘零，无定似浮萍，功名客。

江千折，山万叠。壮志寒，归心切。算人间，业帐何时了绝。百岁奔忙愁里过，楚台汉冢君知得。若待黄粱梦醒，始知休，真痴惑。

他深爱故乡，有一首《水仙子·同州道中怀古》极力描写故乡山水之美，宛然若在目前：

落花不见采莲舟，乱柳难寻沙苑楼。莎青白冢清明后，长春宫，麋鹿游。把豪华都做了，一望荒丘。长杨坂，繁烟埋恨；夕阳亭，落日生愁。留不住，渭水流。

这首词的上阕，偏重在追忆里写故乡的“采莲舟”“乱柳”“沙苑楼”“白冢”“长春宫”，还有穿行在密林深草里的“麋鹿”。这些地方独有的景观和物事，在韩邦奇的笔下，显得优美而令人神往。历史上，大荔县城曾经是同州府所在地，这里土地辽阔，特别是洛河与渭河之间，有横贯同州府南部的沙苑地带，在唐、宋时期，是放牧马群和牛羊的地方，沙苑里生长着青葱的柳树和杨树，是一处绝胜的风景。下阕，则实写故乡已经显得衰败的景象，诗人惆怅满怀，感叹不已。

嘉靖三十四年(1556)冬，关中大地震，“声如雷，鸡犬鸣吠”。地震于午夜发生，多数人还在熟睡之中，所以导致 83 万人死亡，这是我国有记录以来死亡人数最多的一次地震。不幸的是，韩邦奇在这次大地震中遇难。但是，他的学说在我国哲学思想史和音乐史及文学史上，闪耀着悠久的光芒……

韩邦靖

洛河逶迤而来，至朝邑的东南大约 15 公里处流入渭河。商周时期，这里就已经开始建城，“朝邑”作为县名，始自南北朝时期的西魏。自古文风很盛，风景优美。黄河的西岸，隆起一道横亘40余公里的土塬，是谓华原山。流经沙苑地带的洛河两岸，桃林相连，到了春天，桃花盛开，一片绯红，这是朝邑的主要景致之一。韩邦奇的家乡，位于南阳洪。是处，四周绿树环抱，浓荫蔽天，濒临洛河，河边水洼星罗棋布，芦苇、野麻和蒲草丛生。韩邦奇在这里度过了他天真烂漫而又勤奋苦读的儿童时代。他有一个弟弟，叫韩邦靖，冯从吾在其《关学编·苑洛韩先生》里，附有他的小传。韩邦靖（1488—1523），字汝度，号五泉，小传里说他：

图14　故乡的韩邦靖雕像

幼称“奇童”。年十四，举于乡。二十一岁，与先生同第进士，为工部主事，榷税武林。比及瓜，有同年赵司李以屈安人病无子，买女婢遗之，拒不受。赵曰：“此越女有色者。”笑曰：“政恐若此耳。”既迁郎中，以建言逮狱，为民。嘉庆改元，起山西左参议，以病免。寻卒，年仅三十有六……太史王敬夫铭其墓，称为“旷世之英，全德之士”。

韩邦靖英年早逝，没有像他哥哥韩邦奇那样构建起自己的学术体系。但是，他秉持张载《西铭》里主张的“民吾同胞”，认为民众即是我的同胞。这是关学最主要的精神。这种精神也在他身上得到了充分的体现。与兄长韩邦奇一样，关键时刻，他敢于为民请命，正德九年（1514），京师地区发生大地震，乾清宫遭到大火焚烧，武宗皇帝决定重新修建，在全国加重赋税。韩邦靖挺身而出，上言进谏，请求朝廷不要动土木，减轻赋税。此举触怒了武宗皇帝朱厚照，他被投入监狱，削职为民。

故乡美丽的山水自然给了他无限的安慰，他整日读书不辍。知县王道邀请他编撰《朝邑县志》，韩邦靖愉快地接受并很快投入了这项工作。《朝邑县志》后来收入《四库全书》，并得到了高度的评价，《朝邑县志提要》云：

> 古今志乘之简，无有过于是书者，而宏纲细目，包括略备。盖他志多夸饰风土，而此志能提起要，故文省而事不漏也。然叙次点缀，若有余闲，宽然无局促束缚之迹。自明以来，关中舆记惟康海《武功县志》与此志最为有名。

韩邦靖闲暇之际，还创作了不少的诗。他的诗，清新雅致，无论写景还是抒情，均自然天成，毫无人工雕琢的痕迹，犹如带露的“夭桃”，灼灼其华，在明代的诗坛上，自成一家，具有鲜明的艺术风格。他的《漫成》为题的诗，歌咏故乡，如是：

漫成

其一

漆沮河边两岸沙，绕堤十里尽桃花。
春风纵使随流水，落日犹堪斗彩霞。

其二

沙苑烟光近白楼，黄河清渭两交流。
牛羊落日新丘陇，杨柳春风古渡头。

诗中的“漆沮河”就是洛河，韩邦靖笔下的洛河两岸的风光旖旎如画，令人陶醉。又如：

春兴

十里晴烟散薜萝，轻寒乍暖试清和。
柳眉杏脸桃花泪，各有春愁谁最多。

当然，韩邦靖的诗，不仅仅是描绘故乡的绝美景致，也有写实的篇什，揭露当时社会的真实状况。自古以来被称为“天府之国”的关中平野，渭河、洛河、泾河以及早在秦代开凿的郑国渠，浇灌着八百里秦川。然而，如今却是遍地“饥荒”和“盗贼”“纵横”，表达出诗人的深切的关注和担忧之情：

关中

不得秦中信，今传关内兵。饥荒失抚御，盗贼遂纵横。
渭北何由定，商南岂可行。不知今日将，谁是汉长城。

韩邦靖的诗，有七律、五律以及绝句等，还有许多排律，尤其是后者，反映出他春潮一般的激情与不能抑制的情绪，把审美的触角深入社会生活的各个方面，有个人际遇和对现实的喟叹，也有凭吊古来兴废的低回吟唱。这些诗总体艺术特征是关注真实的生活，反映当时社会的黑暗与民众的生存愁苦，也有优美的山水描绘，其精神根底全在于关学，在于张载提出的“为天地立心，为生民立命”——当然，韩邦靖的立足点还是替明王朝着想，不过是想“补救”一下这个已经风雨飘摇的社会而已。早在嘉庆十六年(1537)，他的《韩五泉诗》四卷就刻印风行天下了。

上述《关学编》韩邦靖的“小传”里提到，“有同年赵司李以屈安人病无子，买女婢遗之”，韩邦靖婉辞不纳。纳妾在明代社会尤其是上层社会是司空见惯的事情，况且，他的夫人因为有病不能生育，更是纳妾的理由。可是，他恪守儒家思想道德情操，持身严谨如此。明代学者谈迁在其著作《枣林杂俎》里披露：“朝邑屈安人，适韩邦靖，诗文唱和如良友。邦靖早世(逝)，安人后十四年而没。”以此来看，韩邦靖与其夫人屈安人感情非常好，而其夫人也是才女，诗词也很优秀，夫妻之间常有酬和，夫唱妇随，也算是有缘有情的夫妇了。他死后，夫人整理其遗作，他诗集的完整出版，屈安人起了很大的作用，也算告慰韩邦靖在天之灵，他可以含笑而眠了。

王建常与李元春

关学是地域性比较强的学派。从其发生、发展的整个过程来观察，大致呈现出这样一种图景：以渭河为中轴线向两岸，沿着泾河、洛河辐射，而郑国渠则勾连起整个网络——这是关学产生的历史地理特征。渭河这条中轴线上，诞生了张载、苏昞、李复、萧维斗、杨奂、南大吉、冯从吾、李颙、李柏、王心敬、刘古愚等学者；泾河流域，诞生了杨天德、杨恭懿、王恕、马理、王徵、吕柟、贺瑞麟等学者；洛河流域呢，主要有韩邦奇、韩邦靖、王建常、李元春等——这些关学家，群星灿烂，荟萃在关中平原这块人文沃土上，为我国的哲学思想做出了贡献。

韩邦奇、韩邦靖是洛河流域关学学派的代表，此外还有王建常与李元春等关学家。王建常（1615—1701），字仲复，号复斋。陕西朝邑（今大荔县）人。父亲王之宠，官居镇抚散官。王建常童年很不幸，3 岁失去了母亲，10 岁又失去了父亲。他以孝道侍奉继母，闻名于当时。20 岁时，为诸生。30 岁时，乃弃去科举，属意圣学，闭户读书，对六经、子、史及濂、洛、关、闽等学派的著述，无不进行详究，积累起深厚的学养，据《关学编 · 复斋先生》记载：

> 家贫，常不举火，而泰然自得，造次必于礼。吴县顾宁人寓华下，慕之，数以疑义相质疑。富平李子

> 德因笃、华阴王山史宏撰数称其名于当道，作书责之。学使许孙荃造庐，持金币为寿，不受；赠以诗请和，亦不答，题其门曰：“真隐。”

王建常的学问很大，就连著名学者顾炎武也与他互相讨论学术上的疑义，著名关学家、诗人李因笃和著名学者、书画家、鉴赏家王弘撰也同他有学术上的密切关系，并向当权者积极举荐，可是，王建常不改初衷，坚持布衣身份，苦读不辍。学使许孙荃亲自上门为他贺寿，赠送银两，王建常也拒之不受，写诗给他，请其酬答，也不见他一个字。于是，许孙荃在王建常的家门上题字曰“真隐”。所谓“隐”，是指“隐逸”，这是我国古代闭户山林不愿意出仕的知识分子采取的一种生活态度和行为方式。学者 Wendy Swartz（田菱）在其所著的《阅读陶渊明》里，有这样一段引文，对“隐逸”说得非常透彻，转述如下：

> 在中国社会中……（隐士）代表了对入世生活的弃绝，而兼善天下是儒家伦理的最高理想，任何知识分子的求学与修身都为此而生。另一方面，深掩柴扉、不依靠官方俸禄而自给自足，缺乏对只有通过仕途才能取得的权势名利的兴趣；同时终其一生自我修身，奉献一己于学术与艺术追求，此种种行为使得一个人足以称为隐士。

这段话说得甚是精辟，揭示出“隐士”的本质与行为特征。

王建常就是这样的“隐士”。在其《幽居吟》里，他这样表白自己：

渭埜幽居二十年，何曾一日敢徒然。
苦愚不厌翻经史，违俗还欣晤圣贤。
色臭分时惟谨独，源流合处只希天。
谁言此道于今绝，存得此心道便传。

诗里的“埜”通“野”。这就是他“隐”的初心与目的，就是为了读书和传道。这个道，便是儒家学说，尤其是程朱理学和关学。

王建常的学术观点，主要是“道体气用”“未有天地之先，毕竟有此理”的理本论。理、气范畴源自先秦文献，且含歧义，将二者结合对举为本源要素，以言宇宙万类生成变化的原理，则是始于张载，形成我国传统哲学宇宙本体论，后来的理学家由此而多条路径开展。张载关于气的理论，前边已经说过。与张载的观点不同的是朱熹的“理气论”。朱熹的“理气论”，在他的哲学思想体系里，核心范畴就是“理”，或者称“道”“太极”。这个“理”，有几方面互相联系的含义：其一，理是先于自然现象和社会现象的形而上者。当形而下的事物没有产生时，形而上的理已经存在。理是不生不灭、亘古亘今、颠扑不破的超时空的东西。“万一山河大地都陷了，毕竟理却只在这里。”其二，理的事物的定理。天下事物都有一个定理，即必然规律，人们只能顺应事物一定的定理而行，而不能违背理，万物之理是“理一”的表现，本体理印到万物之中，于是，万物各具一理。其三，理是伦理道德的基本原则。朱熹把理称为“当然之则”，亦即“道”。“道者，古今共由之理，如父子之理，如父之慈，子之孝，君仁臣忠，是一个公共的道理。”朱熹认为，理具有寂然不动、“无造作”的特点。它是一个实而不有、虚而不无的东西。但却是气、万物赖以存在的根据和本原。这个悬空而无形无象的理，必须有一个安顿、挂搭、附着的去处，这就是气，理借助“气”这个中介而展开动静、变化，理与气合，构成万物，包括人。理存在于万物之前，有物之后，但是它既不是具体之物，又不离开物，理与物不杂不离。理在朱熹看来，又称为太极，太极有极致和顶端的意思，是无以复加的最高范畴，天地万物之理的总体，即总万理的那个“理一”。“太极只是一个理字”，太极包含万物之理，万物可以分别体现整个太极。因此，人人有一太极，物物有一个太极。每一个人或物都以抽象的理作为它存在的根据，每一个人和物都具有完整的理，这叫“理一分殊”。气是朱熹哲学思想体系中仅次于理的第二位范畴。气是形而下者，是有情、有状、有迹的；具有凝聚、造作等特性，是铸成万物的质料，天下万物都是理与气相融合的产物。从这个意义上可以说，理与气的关系相依不离，无先后之别，却又相分而不杂，有主有次，理制约着、决定着气。从宇宙构成论看，理与气相依生万物，从本体论意义看，“天下之物，皆实理之所为”。王建常的“理本论”实质上是主张朱熹的“理气论”观点。不过，他认为，天地之间，“有此理便有此气”。在论及太极与阴阳的关系时，把理视为形而上，气为形而下，在《太极图集解》里说：“若以为止是阴阳，阴阳却是形而下者。”这就是说，理与气不是并行的，而是有精粗、体用、本末之别，“太极为精，阴阳为粗；太极为本，阴阳为末”，又说，“道，其体也，阴阳，其用也”，显然是以太极之理为宇宙的根本，而以阴阳之气为用为末。他主张“太极生阴阳，阴阳化生五行，进而阴阳、五行衮合以生万物”，其中，太极即“天地万物之理”，并明确指出，“未有天地之先，毕竟先有此理”——王建常的“理本论”实质上是传承了朱熹的“理气论”，不过，在具体论述过程中糅合了阴阳和五行的学说，把朱熹的“理气论”进一步拓展开来而已。

其次，他主张“性者，心之体”“情者，心之用”。王建常认同二程视心与命、性、理相通为一的观点，这是他心性之学的实质和宗旨。在这个问题上，朱熹认为，理在人身上体现为人性，在物身上体现为物性。人性与物性有同有异，相同的是，同得天地的理与气；不同的是，人性能得形气之正和全，而物性则不能。在人性论上，他发挥了二程和张载的“天地之性”与“气质之性”的观点，认为这一说法，继承了孟子，“天地之性”专指理而言，这是至善、完美无缺的，“气质之性”则以理与气相杂而言，有善有不善，两者统一于人身上，缺一则“做人不得”。与“天地之性”和“气质之性”相联系的，还有“道心”“人心”的理论。前者，出于天理或性命之正，本来便秉承仁义礼智之心，发而为恻隐、羞恶、是非、辞让之举，“人心”出于形气之私，指饥食渴饮之类，如是，虽然是圣人，亦不能无人心，不过圣人不以人心为主，而以道心为主。人心有私欲，所以危殆；道心是天理，所以精微。这里说的天理是心的本然，表现为仁义礼智四德，体现为父子、兄弟、夫妇等伦常，因此是善的，但是天理有时未纯，所以要去人欲，朱熹提出了“遏人欲而存天理”的主张。王建常则结合张载关于“气”的学说，在《复斋录》里提出：“才之清浊出于气，故有善有不善；性出于天，天即理也，故无不善。”这就是说，性的本质是理，其根源是天，保证了人性本来就是善。由于心源于天，此心“谓之明德”，而虚灵不昧，“惟虚，故具众理，是性是体。惟灵，故应万事，是情是用”。他顺承张载与朱熹兼理气的学说来说明心性的传统，进一步指出“性从理来，不离气；知觉从气来，不离理”，偏重阐发了张载的“心统性情”的说法。

再次，王建常主张“以主敬存诚为功”的功夫论。《关学编》说他“其学以主敬存诚为功，穷理守道为务”——这几句话点明了他的治学特色。敬，是程朱理学倡导的一种自我操持的道德修养的方法。《朱子语类》里讲：

> 大凡学者，须先理会“敬”字。“敬”是立脚去处。程子谓“涵养须用敬，进学则在致知”。此语最妙。“敬”字工夫，乃圣门第一义，彻头彻尾，不可顷刻间断。“敬”之一字，真乃圣门之纲领，存养之要法。

此话语认为圣学之所以成始成终者，皆由于此。程颐在《萃言·论道》中以“主一”“无适”为“敬”，即精神专注于一，不要有所游移，其深意还在于通过外表的庄严整肃，使内心有所“存”。存就是心不放逸。敬的工夫，涵养到纯熟，就会出现天理昭著的结果，这是体认天理的重要途径。朱熹认为，除过“主一”而外，还要有虔诚之意，他说：

> 因说敬。曰“出门如见大宾，使民如承大祭”等类，皆是敬之目。……敬有什物？只如“畏”字相似，不是块然兀坐，耳无闻，目无见，全不省事之谓，只收敛身心，整齐划一，不凭地放纵，便是敬。

王建常的“以主敬存诚为功”切实落实并体察了程朱关于“敬”的论说，而有新的发挥。著名关学研究专家刘学智先生，在《关学思想史·王建常的理学思想》里，这样概括他的学术观点：“在人性论上，王建常认为，人性本善而圆满自足，只要发挥人的善性，就能实现成贤成圣的人格理想，但他也看到，人性在其扩充过程中会遭遇到种种困难，这就要发挥人的主体性，通过缜密的修养工夫以保证本心不昧、善性不染，所以提出并毕生躬行的存养、主敬、窒欲、持志、格物致知、省察慎独、涵养、诚意、养气、践行等一系列葆心养性以成就理想人格之修养方法，形成了一套既与儒家学统一脉相承又兼具个性特色的修养工夫论。”这段论述简明而有力，说明白了王建常的这个学术观点。

王建常一生不出仕，晚年，家贫常不举火，而他仍泰然自若，在《赠关逊伯》里这样描绘自己的日常生活：“瑞气出河洛，钟生辟世贤。雍雍安孝友，落落喜林泉。时变心仍古，家贫志益坚。读书明大义，老到不知年。”——他经历了明、清社会更替的剧烈变化，不过，没有改变的是“心仍古”，虽然生活清贫，但是志向愈来愈坚定，专心读书知晓大义，进入老境也没有星移斗转的感觉。他的著作主要有《书经要义》《大学直解》《太极图集》《复斋录》等。

李元春（1769—1855），字仲仁，号时斋，亦号桐阁，朝邑人。《关学编·桐阁李先生》介绍他：

> 少极贫……先生与母居。方八九岁，日拾薪饲瞽驴，恒代贫家硙碾，得麸糠，采蔬和蒸以为食。

这日子确实很是清苦，自己割草拾柴喂养了一头瞎眼的驴，给人家磨面得些麸皮米糠，田里挖点野菜掺和到一块，蒸熟就食，母子二人这样艰苦度日。

> 一日，过里塾，闻诵书声，哭告母欲读书。母喜，遣入学。十二三，塾师偶讲《论语》"仁而不佞"章，辄苦思前后诸章言"仁"不同及注语，乃悟圣门之学全在求仁，惟"当理而无私心""非全体不息，不足以当之"二语为尽。

李元春在十二三岁的时候，听到老师讲《论语》的"仁而不佞"章，他联系起来前后诸章说到"仁"的不同之处和注解，醒悟到圣人的学术全部在于求仁。《论语》共有五十九章提到"仁"，共用了109个"仁"字。但是，并没有一章很明确地为"仁"下定义。因为，仁是诸德圆融的最高境界，而每一个人的才性气质不同，成德的方向也不一样，所以，孔子只是很具体地从各个角度开示人应如何行仁。他从"当理而无私心""非全体不息，不足以当之”二语“悟”出如何行仁，这是李元春的独特体悟。

> 十四，应府试，于书肆见薛文清公《读书录》，减两日食购得之。自此决志圣贤，于书无所不读。河滨先生为先生族祖，遂尽观河滨家藏书，得程、朱各集。父殁，痛父望己切，益锐志于学。

由于偶然在书店里看见了薛文清先生的《读书录》，爱不释手，省出两天的饭钱购买回来，从此他决心志于圣贤，博览群书。族祖河滨先生家里有藏书，李元春看完了其所有的藏书，得到二程、朱熹的文集。他的父亲去世以后，他觉得父亲对自己期望很大，更加锐志于学。年三十，中嘉庆戊午举人，九上春官不第。这时候，李元春已经四十岁了，父殁母老，每日里侍候母亲，母亲以百岁去世。

> 邑宰举先生孝行，以书坚辞，后闻举孝廉方正，亦坚辞。生平未尝乞假及妄受人。居京邸，亦未尝以一刺谒人，贵官有欲见者，谢弗面。

李元春写信坚决辞掉举他孝行以及孝廉方正的称号，平时居家读书思考，不轻易见人。真正做学问的人，基本都有这样的品性，涵养精神，追求学问的至高境界，不会游走社会沽名钓誉，只有这样才能成就学问。他先后主讲潼川、华原书院，给学生讲授身心性命之学，恪守程、朱理学，推崇“以诚敬为本”的治学功夫。李元春的学者精神让人欣赏，他讲求“学者须知四不愧”：

不愧天地，不愧父母，不愧圣贤，不愧吾心。

他认为，为学“须破贫富顺逆念头。贫富之念不破，即不可言学；顺逆之念不破，亦难与为学”，具体到圣贤之书，“读《论语》则见得道理之平淡，读《孟子》则见得道理之发皇。读六经、诸史及群经，皆以四子书观之，道理俱不能欺我矣”，而“敬”就是“切身可守处标出宗旨，推之则万理皆该，行之则凡功皆备”。李元春与王建常有相似之处，读书而外，一切视为不当紧，所以，在学术上很有建树。

为什么李元春读到薛文清公的《读书录》而竟至于“决志圣贤”呢？薛文清即明代开创了“河东学派”的著名学者薛瑄（1389—1464），字德温，号敬轩，山西河津人。永乐十九年（1421）进士。历任御史、大理寺卿、礼部右侍郎兼翰林院学士等官职。晚年，辞官居家讲学、著述。去世后，赠资善大夫、礼部尚书，谥号文清，故后世称其为“薛文清”。薛瑄受到张载“心中苟有所开，即便札记，不则还塞之矣”一语启发，读书每有心得，随即录之，积二十余年成《读书录》，以通俗易懂的语言，阐述程朱理学，深入浅出，同时兼及学习方法等方面的内容，被后世程朱学派视为明代理学的主要著作之一。

薛瑄在思想上与程朱理学一脉相承，他说：“自考亭以还，斯道以大明，无烦著作，直须躬行耳。”黄宗羲在《明儒学案》卷七“文清薛敬轩先生瑄”里，介绍曰：“先生以复性为宗，濂、洛为鹄。”“复性”，是指唐代李翱关于人性与教育作用的学说。认为性是人先天的内在本质，是善的；性之动而产生情，情是人后天的外在表现，是恶的。喜、怒、哀、惧、爱、恶、欲之情掩匿了善性，使之难得扩充。故须去情、复性(恢复人善的本性)。复性之法：“弗虑弗思”，“其心寂然”，达到“至诚”境界，则“邪思自息”；“戒慎乎其所不睹，恐惧乎其所不闻”，“择善而固执之”，由此成为圣人。程朱理学提出“存天理、灭人欲”，所谓“灭人欲”就是对李翱“复性”说的拓延，而“天理”是理学的最高范畴，核心是“仁”，是修养的最高境界。薛瑄沿袭了程朱理学的主要学术观点，但是又并非简单的延续，而是进一步完善和发展了程朱理学，他对朱熹的“理在气先”的认识论，在《读书录》里，明确提出了“理在气中，以气为本”观点，强调“理只在气中，决不可分先后”。薛瑄用“日光载鸟”作为比喻，来说明气有聚散，理无聚散：

> 理如日光，气如飞鸟，理乘气机而动，如日光载鸟背而飞。鸟飞而日光虽不离其背，实未尝与之俱往，而有间断之处，亦犹气动，而理虽未尝与之暂离，实未尝与之俱尽而有灭息之时。气有聚散，理无聚散，于此可见。

黄宗羲还说，薛瑄的《读书录》，“大概为《太极图说》《西铭》《正蒙》之义疏”——这说明，他的学术思想与张载有着直接的关系，认为气是构成宇宙万事万物最原始的物质本体。他说：“天地间只一气”，“天地万物皆气聚而成形”，这是对张载唯物主义的“气”论的秉持，这些论述都是正确的，应该充分肯定。薛瑄在明代创立了影响很大的河东学派，与王阳明心学学派一时成为南北两大学派。李元春因为受到河东学派的最重要的著述《读书录》的启发而走上自己的治学道路。由于有河东学派的学术背景，所以李元春恪守朱熹的思想，曾经在《重刻戴大昌驳四书改错序》里直言，“予学宗朱子”，在《桐阁文钞》“杂文类十一篇”里的《祭朱子文》里，评价朱熹先生云：

> 先生道本尼山，功阐邹峄，自汉、晋以来正学若周、程，非先生亦谁与绍？即元、明而后传真儒如许、薛，非先生又谁为开？郑、贾经说犹病其细，陆、王良知自形其偏。眄先贤之遗泽，知婺源独长；由后此而问流，冀泗水堪沂。

这段文字对朱熹推崇备至，对其在儒学和宋明理学发展中的地位做了高度肯定。明代后期，理学与心学互相争锋，李元春坚定地站在理学立场上批评心学，就是对李颙这样的关中大儒，因为其讲陆象山的心学与王阳明的良知而颇有意见，当学生请为邠州王吉相的《四书心解》作序时，他表示为难，在序里说：“予之学，朱子之学也。先生学二曲者也。二曲讲象山心学、阳明良知。”其学生贺瑞麟的《李桐阁先生墓表》里指出：“自少讲学即主程、朱，于心学良知之说辟之甚力。”

心学是儒学的一个学派。最早可推溯自孟子，而北宋程颢开其端，南宋陆九渊则大启其门径，而与朱熹的理学分庭抗礼。至明朝，从陈献章倡导涵养心性、静养“端倪”之说开始，明代儒学实现了由理学向心学的转变，成为儒学发展史上的一个重要转折点。陈献章之后，湛若水和王守仁是明代中晚期心学的两个代表人物。湛若水在继承陈献章学说的基础上，提出其心学宗旨“随处体认天理”，而王阳明提出心学的宗旨在于“致良知”。王阳明是我国古典哲学史上最伟大的哲学家和思想家之一，与孔子、孟子、朱熹相并肩。他生于政治腐败、社会动荡、学术颓败的明代中后期，试图力挽狂澜，拯救人心，致力于“身心之学”，倡良知之教，修万物一体之仁。他官至南京兵部尚书、南京都察院左都御史，因平定宸濠之乱等军功被封为新建伯，隆庆年间追封侯爵。他大力弘扬和倡导心学——也就是注重伦理道德，关注人的精神世界。其全部的学说的根本，在于直接从人的本心上用功夫，所以，称为心学。宋代哲学家陆象山主张：圣贤之学就在直指本心，而摒弃训诂辞章等支离小道，宣称“宇宙便是吾心，吾心便是宇宙”。他把整个宇宙真理，纳入了人心之中；以为宇宙有永恒不变的真理，这真理就在我们的本心，而这个不变的心，就是沟通宇宙和自己的桥梁，且四海之内，千百世以下，莫不心同理同。而王阳明也认为心就是理，主张“心外无理，心外无事”，这一点和陆象山大致相同。于是，人们以为王阳明承接了陆象山的余续，且有所推衍发扬，并称他们为“陆王”。王阳明的心学有三大纲领：心即理，致良知，知行合一。

心即理，是王阳明心学的逻辑起点。可以这样说，心即理，既是他的哲学思想的理论基础，也是他的宇宙观。这里所谓心，同朱熹一样，不是单指物质器官，而且指主体精神。他特别强调，不能把心理解为一团血肉，他说：心不是一块血肉，凡知觉处便是心。如耳目之知视听，手足之知痛痒，此知觉便是心也。身之主宰便是心，心之所发便是意，意之本体便是知，意之所在便是物。耳目口鼻四肢，身也。非心，安能视听言动？心欲视听言动，无耳目四肢亦不能。故无心则无身，无身则无心。但指其充塞处言之谓之身，指其主宰处言之谓之心。身之主宰便是心，与程、朱的说法类似。但程、朱所说的心主要指腔子里的血肉之物，是一种客观存在的物质实体。而在王阳明的理解中，心已不是物质的存在，而是人的主体精神，它可以主宰人身，化生万物。

王阳明所说的“心”，就是孟子的本心，也就是朱熹的天心与道心；“理”就是我们的心去应接事物的道理，也就是天理。这天理由天心而发，所以天理就在我们心中。只要此心不被私欲遮蔽，就充满了天理，不须由外边增添一分，也绝不外求于他事他物。“心即理”等于说“良知就是天理”，这是他的心学哲学的本体论，由此得出“致良知”说。

良知这个概念，始于孟子，但王阳明的良知与孟子的良知有所不同。孟子曰：“人之所不学而能者，其良能也；所不虑而知者，其良知也。”(《孟子·尽心上》)孟子的良知指一种天赋本能，包括恻隐之心、羞恶之心、辞让之心、是非之心等，但不是指生命中最根本的“东西”，不是指生命本性。它仍属于本性之作用，比《中庸》中“诚”之概念仍低一些。在孟子那里，良知为人所独具，禽兽是没有的；在王阳明那里，良知为宇宙万物所共有。这显然是从本性、本体的层面论良知的。孟子良知和王阳明的良知相通，有很多共同点。

所谓“知行合一”，不是一般的认识和实践的关系：“知”，主要指人的道德意识和思想意念；“行”，主要指人的道德践履和实际行动。因此，知行关系，也就是指道德意识和道德实践的关系，也包括一些思想意念和实际行动的关系。

王阳明用四句话概括其为学宗旨：“无善无恶心之体，有善有恶意之动，知善知恶是良知，为善去恶是格物。”这就是著名的四句教，这四句话的意思是：心的本体晶莹纯洁、无善无恶；但意念一经产生，善恶也随之而来；能区分何为善、何为恶这种能力，就是孟子所说的“良知”；而儒学理论的重点之一就是——格物，在这里就是“为善去恶”。这是王阳明哲学思想的高度概括和凝练总结。

清代另外的重要学术流派是汉学，注重名物训诂和考证，与宋学注重阐发经典义理的学术路径不同。汉学兴起，主要是纠正心学末流空疏之弊端。明清之初，顾炎武、阎若璩是其代表人物。顾炎武，字宁人，原名顾绛，江苏昆山人，因为居亭林镇，学者称为亭林先生，后定居陕西华阴。对国家典制、郡邑掌故、天文仪象、河漕、兵农及经史诸家皆有研究，以“学有根底”著称，有《天下郡国利病书》《日知录》等著作。阎若璩（1636—1704），字百诗，山西太原人，寓居淮安。主要著作是《尚书古文疏证》，证明《古文尚书》为伪作。黄宗羲在读完《尚书古文疏证》前四卷之后就说：“一生疑团，见此尽破矣！”并且亲自为之作序。

到了乾、嘉年间，惠栋、戴震才真正建立起来汉学这个学术流派。前者属于吴派，其学风是搜集汉儒的经说，加以疏通证明。它的特点是“唯汉是信”，即推崇汉代经说，遵循汉代经学研究，重视名物训诂、典章制度的传统，主要学者有沈彤、江声、余萧客、江藩、王鸣盛等。后者属于皖派，则重视“三礼”(即《周礼》《仪礼》《礼记》)中名物制度的考证。此派的特点是从音韵、文字入手，来判断和了解古书的内容和含义，即以语言文字学为治经的途径。他们在文字、音韵等方面做出了不少的贡献。戴震的学生以段玉裁和王念孙、王引之父子最为有名。

汉学往往将朱子学、陆学、王学等一概目为宋学而加以批判，在李元春看来，这是“悖谬”，以为“乱经败道莫此为甚，真人心世运之忧也”。他认为，朱子并不是不讲考据，只不过是为了阐发儒家经典的微言大义而进行考据，是以义理为主考据为末。汉学家则是为了考据而考据，重考据而遗义理，是舍本求末——这种意见，出于维护朱子学的立场，却对汉学偏重考据训诂文字而求得儒家经典的真正“义理”的实事求是学术态度有所保留，这是囿于学术成见的情绪性批评，不见得高明。做学问，考据训诂是基本方法，离开了这个基本的方法，只能是游学无根的“义理”阐发而已。

李元春最大的学术特点，是在辨析朱熹与张载学说之异方面。往往以朱熹的学说来注释张载的学说，认为张载是“儒者中豪杰”，在《性理十三论》里，论述了太极无极论、主静立人论、诚诵诚复论、几善恶论、太虚即气无无论、乾父坤母论、为天地立心论、性合内外论、名实一无论、性即理论、学始不欺暗室论、知行先后论、动止语默皆行论等论题，这些论题里，有程、朱常讲的，也有很多是出自张载的，而凡是朱熹与张载不同的地方，他采取了以朱熹来解释张载加以调和——这种方法，朱熹本人也早就采取过，他编辑《近思录》和《伊洛渊源录》，已经将张载融合进濂、洛、闽这个理学系统里了。而张载与朱熹的哲学思想不同之处，后者认为理在气先，而“理”在张载那里不是核心概念，他讲的是太虚与气，这与朱熹的理与气的关系没有丝毫的联系——张载的太虚与气的论述，前边已经说过，此处不再重复。韩邦奇曾经依据张载的“气”论，对周敦颐、二程和朱熹的理与气关系说进行过批评，但是，李元春则说：“韩苑洛以张子言谓濂溪、伊川、紫阳置气言理为非，予久不敢然其言。”他不赞同韩邦奇的观点，他认为，“张载哲学体系里的‘太虚’就是程、朱体系里的‘理’，因此，濂、洛、关、闽无异旨，是儒家一脉相承的正统”——这段话，引自著名关学研究家刘学智先生的《关学思想史》，在我看来，刘学智先生的分析符合李元春的观点，这是李元春极力调和张载与程、朱关于认识论上重大分歧而说的话，这种调和论是不正确的，还没有他的前辈学者韩邦奇先生看得分明与透彻。不过，李元春到底还是受关学重视礼教、学以致用的学风的影响，其一生遵行礼教，至老不衰，他讲：“‘修身之谓教’，‘教’谓品节，品节即礼。”还说：“讲礼尤其是救衰世之法。”在他看来，礼不但是人的品节，还与拯救“衰世”联系起来，礼的重要性不言而喻。民国时期的学者张骥所撰写的《关学宗传·李桐阁先生》里，说“先生虽不仕，然极留心世务，如邑中坐运换仓诸弊及联村保甲诸法，皆兴革宜民”。李元春的这些言与行，充分体现了关学追求的人格与“民胞物与”关爱人和一切的精神。他的著述主要有《四书简题课解》《诸经绪说》《经传摭余》《春秋三传注疏说》《桐阁先生文钞》《诸子杂断》《桐阁先生性理十三篇》《张子释要》《桐阁杂著四种》(内含《潼川书院志》《华原书院志》等)等三十余部，还编有《关中两朝诗文钞》等多种文集，仅《清照堂丛书》，计收书八十九种，二百三十二卷。

洛河流域明清以来的关学家，诸如蒲城的单元洲、王再复、侯伯仁、刘伯容、王省庵、屈佩玉等；同州(今大荔)的关逊伯、马相九、马仲足、白含章、张孰庵、李叔则……这些学者，继承了关学学脉，且著述丰富，应该得到重视，值得很好地研究。

第七章　杜甫在洛河流域的岁月与诗歌

荒年离京师

杜甫(712—770)，字子美，自号少陵野老，远祖是京兆杜陵人，后来迁居湖北襄阳，其曾祖杜依艺做巩县(今巩义市)县令，他家从此就居住在巩县，杜甫即生于此地。京兆杜氏本是魏晋以来数百年的高门士族，不过，杜甫家庭这一支已是逐渐衰落了，他祖父杜审言是初唐有名的诗人，官至膳部员外郎，他父亲仅做过兖州司马、奉天县令等官职。杜甫在少年时代已经显露才华。20 岁以后长期漫游，南到吴、越(今苏州、绍兴一带)，东到齐、赵(今山东北部、河北南部)。杜甫一生的游迹，很有意思，主要是沿着黄河、长江这两大水系行走。黄河水系，主要沿着渭河、洛河行走；而长江流域，主要是沿着嘉陵江、湘水行走。后者暂且不说，在黄河水系，他活动过的主要地点有洛阳、汴州、兖州和齐州等地；渭河横贯关中平原，杜甫活动过的地点有长安、华州、凤翔、秦州等地；在洛河水系，杜甫活动的城镇主要是蒲城、白水、鄜州等地。开元二十三年(736)，杜甫赴京考进士，不第。天宝三载(744)，李白自长安赐金放归，两人在东都洛阳相识，杜甫有《赠李白》诗云：

二年客东都，所历厌机巧。
野人对膻腥，蔬食常不饱。
岂无青精饭，使我颜色好。
苦乏大药资，山林迹如扫。
李侯金闺彦，脱身事幽讨。
亦有梁宋游，方期拾瑶草。

这首五言古诗共分两段，前八句为一段，后四句为一段。第一段八句自述，表达厌都市而羡山林之情。第二段四句方及李白，表明欲遂偕隐之志。公元744年，李白受诏供奉翰林，旋被高力士谗言，帝赐金放还。李白托鹦鹉以赋曰："落羽辞金殿，是脱身也。"是年，李白从高天师授箓，同时事华盖君，隐王屋山艮岑。因此说"脱身事幽讨"。第二年，杜甫与李白、高适等人同游梁、宋(今开封、商丘一带)、齐、鲁(今山东)。在齐、鲁，杜甫曾经写诗再赠李白，今存三首，李白赠杜甫之作存两首。

天宝五载(745)，唐玄宗下诏，凡以为有一艺以上者均可赴京参加考试，杜甫前往长安。天宝六载(746)，应诏入京者，全部被宰相李林甫黜落。天宝十载(751)，进《三大礼赋》，唐玄宗觉得很好，命集贤院学士招试杜甫，将他名籍列入候选官员名单。这年的秋天，杜甫与高适、岑参、储光羲等人同游慈恩寺，几个朋友都登塔赋诗，杜甫的《同诸公登慈恩寺塔》最为优秀。全诗有景有情，寓意深远。钱谦益认为此诗言天下将乱，宴乐不可以为常，这是全篇的旨意。天宝十三载

(754)的秋天，据《旧唐书》卷一百八“韦见素传”中记载：

> 霖雨六十余日，京师庐舍垣墉颓毁殆尽，凡一十九坊污潦。

这场降雨持续不断地下了60天，城里的房舍大片倒塌，郊区的庄稼也被毁掉。前几年连续干旱，没有雨水，而今年却淫雨不断，饥荒开始了。杜甫呢，彻底绝望了，吏部没有任何令人鼓舞的消息而粮价飞涨，虽然唐玄宗下令将100万斛太仓米以低价卖给长安城中饥饿的人们，但是，每个家庭每天只能买二十分之一斛。这点粮食远远不够杜甫一家人填饱肚子，再说，他经济拮据，一时间陷入穷困，在《秋雨叹》(共有三首，选其二)里，杜甫描述了这场因霖雨带来的饥荒：

> 阑风伏雨秋纷纷，四海八荒同一云。
> 去马来牛不复辨，浊泾清渭何当分？
> 木头生耳黍穗黑，农夫田父无消息。
> 城中斗米换衾裯，相许宁论两相直？

在无休止的霖雨、贫困和饥寒交迫的情况下，唯一可行的办法就是迁出京城，找一个饥荒尚未波及或者灾情能轻点的地方，度过目前的困境。于是，杜甫决定，迁移到地处洛河流域的奉先(因唐玄宗的父亲唐睿宗葬在此处的丰山，故有此名)，也就是今天的蒲城县。这里土地平整而肥沃，庄稼收成好，属于关中平原上有名的产粮之地。杜甫携带家人，一路风霜，在一个夜间终于抵达目的地，先被安置在一个不常用的廨署临时住宿。之所以迁居蒲城，还有一个主要原因，是当时的奉先杨县令，是杜甫岳父、司农少卿杨怡的同族，杜甫希望得到这位亲戚的关照与帮助。

在奉先及白水的诗

由于天宝十三载(754)霖雨带来的生活贫困，杜甫离开长安，迁居奉先，开始了洛河流域的生活和诗歌创作。他在《桥陵诗三十韵，因呈县内诸官》这首长诗中，这样描述道：

先帝昔晏驾，兹山朝百灵。
崇冈拥象设，沃野开天庭。
即事壮重险，论功超五丁。
坡陀因厚地，却略罗峻屏。
云阙虚冉冉，风松肃泠泠。
石门霜露白，玉殿莓苔青。
宫女晚知曙，祠官朝见星。
空梁簇画戟，阴井敲铜瓶。
中使日夜继，惟王心不宁。
岂徒恤备享，尚谓求无形。
孝理敦国政，神凝推道经。
瑞芝产庙柱，好鸟鸣岩扃。
高岳前嵂崒，洪河左滢濙。
金城蓄峻址，沙苑交回汀。

永与奥区固，川原纷眇冥。
居然赤县立，台榭争岧亭。
官属果称是，声华真可听。
王刘美竹润，裴李春兰馨。
郑氏才振古，啖侯笔不停。
遣辞必中律，利物常发硎。
绮绣相展转，琳琅愈青荧。
侧闻鲁恭化，秉德崔瑗铭。
太史候凫影，王乔随鹤翎。
朝仪限霄汉，容思回林坰。
轗轲辞下杜，飘飖陵浊泾。
诸生旧短褐，旅泛一浮萍。
荒岁儿女瘦，暮途涕泗零。
主人念老马，廨署容秋萤。
流寓理岂惬，穷愁醉未醒。
何当摆俗累，浩荡乘沧溟。

到了奉先后，杜甫安顿好家眷，心情暂时从沮丧与忧愁中解脱出来，在县内诸公的热情陪同下，他前去县城西北方向大约十几公里巍峨的丰山，拜谒先帝唐睿宗的陵寝，看见桥陵山势高耸林木茂密，而山前旷野辽远，端的好风水，不由得诗情大发，挥笔写下了这首长诗。先写桥陵之地形壮美异常，再记寝殿与守陵的情景，中间笔锋一转，赞美了县内诸公称职而有好的声名，最后，感叹自己迁居此地的缘由与客况的凄凉。写景与叙事及抒情交织在一起，是杜甫诗歌中能体现他独特的艺术笔法的重要篇章。在这里，杜甫结识了县尉（尊称少府，管军事）刘单。刘单父子三人合画一幅山水画，他兴趣盎然地欣赏，不由自主地吟诵了一首《奉先刘少府新画山水幛歌》，诗云：

堂上不合生枫树，怪底江山起烟雾。
闻君扫却赤县图，乘兴遣画沧州趣。
画师亦无数，好手不可遇。
对此融心神，知君重毫素。
岂但祁岳与郑虔，笔迹远过杨契丹。
得非玄圃裂，无乃潇湘翻？
悄然坐我天姥下，耳边已似闻清猿。
反思前夜风雨急，乃是蒲城鬼神入。
元气淋漓障犹湿，真宰上诉天应泣。
野亭春还杂花远，渔翁暝踏孤舟立。
沧浪水深青溟阔，欹岸侧岛秋毫末。
不见湘妃鼓瑟时，至今斑竹临江活。
刘侯天机精，爱画入骨髓。
自有两儿郎，挥洒亦莫比。
大儿聪明到，能添老树巅崖里；
小儿心孔开，貌得山僧及童子。
若耶溪，云门寺，我独何为在泥滓，
青鞋布袜从此始。

刘少府父子所作的这幅山水幛子，画面上近有野亭，远有杂花，时节正当仲春。江面上漂着孤舟，舟上站着位渔翁，暮色中似乎正在望着什么。水是深的，天是空阔的，还有那倾斜的岸边和水面上的岛屿，显得真切而灵动。画家的两个孩子，“挥洒亦莫比”：一个能在巅崖上画树，一个能画出一位老和尚，和尚后面还跟着一个童子。画中不但有好山川、好景物，更有托身世外的山僧——这般景致，引起了诗人飞翔的思绪，似乎来到了风景如画又如诗的若耶溪和云门寺，使人顿生出世之心。全诗用笔飘洒自由，顿挫淋漓，有对画面的描写；有对诗人心态感受的描写，既写了作画过程，也写了画面细节。有对画面的实写，也有对画面的虚写；有对画面空间布局的描写，也有悠长时间的概括；有对作画功夫和画艺的称赞，也有对画面美感作用的展示。此诗在诗人的全部咏画、题画诗中，称得上是一篇力作。

在奉先，杜甫不仅享受到来自亲戚杨县令亲情的温暖以及热情好客的县内诸公欢迎，而且借此拜谒先帝的陵墓、游览了奉先以及大荔等洛河沿岸的著名风景区，心情自然愉悦，尤其是从沙苑归来，那里独有的类似塞外风光和河流迂回、绿树成荫、青草萋萋、骏马飞驰的景致以及丰富的传奇故事，令人激动不已，《沙苑行》诞生了：

君不见，左辅白沙如白水，缭以周墙百余里。
龙媒昔是渥洼生，汗血今称献于此。
苑中騋牝三千匹，丰草青青寒不死。
食之豪健西域无，每岁攻驹冠边鄙。
王有虎臣司苑门，入门天厩皆云屯。

骕骦一骨独当御，春秋二时归至尊。
至尊内外马盈亿，伏枥在垌空大存。
逸群绝足信殊杰，倜傥权奇难具论。
累累塠阜藏奔突，往往坡陀纵超越。
角壮翻同麋鹿游，浮深簸荡鼋鼍窟。
泉出巨鱼长比人，丹砂作尾黄金鳞。
岂知异物同精气，虽未成龙亦有神。

不管生活有多少艰辛和困顿，杜甫这时候的诗总是充满了自信与昂扬的气象，尽管受到自然灾害的影响，但这些生活的不顺很快就能过去，自己或许能获得较为理想的前程。带着这些梦幻一般的希望，他安顿好家眷后，返回了长安。天宝十四载(755)，杜甫终于授官，先授河西尉，他不愿意接受。河西，在唐代不同的时期所指地域不同，而杜甫授官的河西，是指距离蒲城不远黄河西岸属于同州府管辖的地方，即今天的合阳县附近。唐代制度有规定，允许任职者拒绝一项任命，既然不愿意接受，于是，改授右卫率府胄曹参军。这个职位，是虚职而不是实职，基本上无事可做。在官阶上属于八品下阶。这个级别的职位，赋予任职者以 200 亩土地的永久拥有权，在任职期间有 250 亩，年收入约 134 斛谷物，月收入总计 35640 文钱，还配备有两名仆人，使用马匹等，这样的收入可以维持十口之家的日常开销。这个官职，对杜甫这样怀有大志向并具有旷世诗才的人来说，显然有点不相称。杜甫在《官定后戏赠》中，不无嘲讽地说：

不作河西尉，凄凉为折腰。
老夫怕趋走，率府且逍遥。
耽酒须微禄，狂歌托圣朝。
故山归兴尽，回首向风飙。

此时的唐王朝已经百弊丛生，杨贵妃的堂兄杨国忠做了宰相，把持朝政，杨氏家族飞扬跋扈，不可一世，杜甫曾经写过《丽人行》揭露这些超级奢华的排场与骄奢淫逸的生活：

三月三日天气新，长安水边多丽人。
态浓意远淑且真，肌理细腻骨肉匀。
绣罗衣裳照暮春，蹙金孔雀银麒麟。
头上何所有？翠微㔩叶垂鬓唇。
背后何所见？珠压腰衱稳称身。
就中云幕椒房亲，赐名大国虢与秦。
紫驼之峰出翠釜，水精之盘行素鳞。
犀箸厌饫久未下，鸾刀缕切空纷纶。
黄门飞鞚不动尘，御厨络绎送八珍。
箫鼓哀吟感鬼神，宾从杂遝实要津。
后来鞍马何逡巡，当轩下马入锦茵。
杨花雪落覆白蘋，青鸟飞去衔红巾。
炙手可热势绝伦，慎莫近前丞相嗔！

而底层的老百姓却过着异常艰难的生活。一次，一位老朋友来看望杜甫，他邀请这位老朋友出去走走，触目所见的是：

远林暑气薄，公子过我游。
贫居类村坞，僻近城南楼。
旁舍颇淳朴，所愿亦易求。
隔屋唤西家，借问有酒不。
墙头过浊醪，展席俯长流。
清风左右至，客意已惊秋。
巢多众鸟斗，叶密鸣蝉稠。
苦道此物聒，孰谓吾庐幽。
水花晚色静，庶足充淹留。
预恐尊中尽，更起为君谋。

贫富对比如此鲜明。有学者把杜甫的一生划分为青年时期、长安落魄时期、政治觉醒时期、战乱中的国与家、战乱中的人民、艰难的逃难岁月、短暂的清闲生活、奔走于梓阆之间以及晚年。那么，杜甫在洛河水系活动期间，正是他认清社会现实的政治觉醒与战乱中的人民时期，这是杜甫重要的人生阶段，也是他的诗歌创作走向更广阔的现实主义时期。从天宝十三载(754)至天宝十五载(756)，这三年，也就是杜甫从长安迁居奉先的这段时间里，是他的政治觉醒期——杜甫直观地看见了社会的不平等与贫富之间的巨大鸿沟，唐王朝表面上的盛世假象已经显露出即将崩溃的种种迹象。诗人的心灵总是非常敏感的，或许不能从本质上去认识这个社会，但是，明显的社会“错位”早就暴露出来了……

天宝十四载(755)的冬天，杜甫从长安赴奉先探望家眷。

路过地处临潼的骊山，唐玄宗与杨贵妃及贵戚大臣们正在华清宫荒淫作乐，他联想到民生的困苦，写出了《自京赴奉先县咏怀五百字》这首震撼人心的诗：

杜陵有布衣，老大意转拙。
许身一何愚，窃比稷与契。
居然成濩落，白首甘契阔。
盖棺事则已，此志常觊豁。
穷年忧黎元，叹息肠内热。
取笑同学翁，浩歌弥激烈。
非无江海志，潇洒送日月。
生逢尧舜君，不忍便永诀。
当今廊庙具，构厦岂云缺。
葵藿倾太阳，物性固莫夺。
顾惟蝼蚁辈，但自求其穴。
胡为慕大鲸，辄拟偃溟渤。
以兹悟生理，独耻事干谒。
兀兀遂至今，忍为尘埃没。
终愧巢与由，未能易其节。
沈饮聊自适，放歌颇愁绝。
岁暮百草零，疾风高冈裂。
天衢阴峥嵘，客子中夜发。
霜严衣带断，指直不得结。
凌晨过骊山，御榻在嵽嵲。
蚩尤塞寒空，蹴蹋崖谷滑。

瑶池气郁律，羽林相摩戛。
君臣留欢娱，乐动殷樛嶱。
赐浴皆长缨，与宴非短褐。
彤庭所分帛，本自寒女出。
鞭挞其夫家，聚敛贡城阙。
圣人筐篚恩，实欲邦国活。
臣如忽至理，君岂弃此物。
多士盈朝廷，仁者宜战栗。
况闻内金盘，尽在卫霍室。
中堂舞神仙，烟雾散玉质。
暖客貂鼠裘，悲管逐清瑟。
劝客驼蹄羹，霜橙压香橘。
朱门酒肉臭，路有冻死骨。
荣枯咫尺异，惆怅难再述。
北辕就泾渭，官渡又改辙。
群冰从西下，极目高崒兀。
疑是崆峒来，恐触天柱折。
河梁幸未坼，枝撑声窸窣。
行旅相攀援，川广不可越。
老妻寄异县，十口隔风雪。
谁能久不顾，庶往共饥渴。
入门闻号咷，幼子饥已卒。
吾宁舍一哀，里巷亦呜咽。
所愧为人父，无食致夭折。
岂知秋未登，贫窭有仓卒。

生常免租税，名不隶征伐。
抚迹犹酸辛，平人固骚屑。
默思失业徒，因念远戍卒。
忧端齐终南，澒洞不可掇。

杜甫一路霜冻，“严寒衣带断，指直不得结”，回到家里，尚未进门，屋内就传出了悲痛的哭声，原来自己的小儿子饿死了。此惨状使杜甫悲痛欲绝，回首往日及回家路上所见所闻，他终于清醒了，愤怒地喊出了“朱门酒肉臭，路有冻死骨”这样揭露现实社会贫富之间巨大的矛盾的诗句。这是声讨，是批判，是埋葬在心底不满的呼叫——这首诗标志着杜甫政治的觉醒。在我看来，杜甫从此以后的诗风大为改变，没有了青年时期和中年前期急于入仕四处干谒而表白自己的“豪气”，真正走向沉郁顿挫的道路，从不自觉转变为自觉地担负起历史赋予的时代责任，从上层转变为下层的立场，由此，他的艺术风格和审美追求有了比较彻底的转变。

“安史之乱”与流亡路上的诗

就在杜甫返家的时候，“渔阳鼙鼓动地来，惊破霓裳羽衣曲”，安禄山起兵叛唐——史称“安史之乱”。安禄山是一个混血儿，母亲为突厥人，父亲是粟特人，其母亲带着他嫁给突厥的安延偃，于是便姓了安。史书上说他是“营州柳城杂种胡人”，营州，今辽宁省，这是一个多民族交汇之地。开元年间，唐曾经在这里设置过安东都护府。安禄山在这里掌握了多种民族语言，因而担任过低层官吏“互市牙郎”，负责各民族之间的交易及调停。后来，投奔幽州节度使张守珪的帐下，因功受到赏识，成为张守珪的义子。自此后，一路升迁，历任以营州为据点的平卢兵马使、营州都督等官职，天宝元年(742)被任命为平卢节度使，并以此为契机，安禄山得以入朝，与玄宗和杨贵妃建立了关系。为了强化这种关系，他请杨贵妃收自己为“义子”，从而深得信任，不久，兼任范阳节度使、河东节度使。天宝十四载(755)十一月甲子(九日)，公历的 12 月 16 日夜晚，调集军队，第二天，安禄山宣布出兵是为了清君侧，把留守范阳的任务交给史思明，一场极大的动乱拉开了帷幕。叛军自河北南下，迅速攻陷洛阳；次年正月，安禄山在洛阳自称大燕皇帝，改年号为圣武；同年六月，叛军攻克唐军老将哥舒翰以 20 万军队把守的潼关，随后占领长安。

安禄山叛乱的消息，很快传到了正在骊山华清宫的玄宗耳中。官兵仓促应战，几乎没有抵抗力，节节败退，好不容易在潼关稳住阵脚，负责潼关守卫的哥舒翰在杨国忠的压力下，被迫出城应战，结果兵败失守。玄宗悄悄带着杨贵妃等皇亲国戚及一部分禁军，离开长安向西边逃去。至马嵬坡，兵士不满情绪爆发，杀死祸国殃民的杨国忠后，并未平息愤怒的兵士们认为杨贵妃也应该同罪，“六军不发无奈何，宛转蛾眉马前死”——据说，杨贵妃自缢于道边的一株梨花树下——“君王掩面救不得，回看血泪相和流”。处死这两个人后，已经 72 岁的唐玄宗，仓皇逃到了四川的成都。皇太子李亨留下来，担负起指挥与安禄山作战的任务，七月，在朔方节度使所在的灵武(今属宁夏回族自治区)即位，是为肃宗皇帝。

这期间，杜甫从奉先带领着一家人，北上到了洛河流域的白水县，寄住在其舅父崔顼的高斋中，眼前还是风平浪静，泉声松影，他的《白水县崔少府十九翁高斋三十韵》记述了这些日子的生活情境：

客从南县来，浩荡无与适。
旅食白日长，况当朱炎赫。
高斋坐林杪，信宿游衍阒。
清晨陪跻攀，傲睨俯峭壁。
崇冈相枕带，旷野怀咫尺。
始知贤主人，赠此遣愁寂。
危阶根青冥，曾冰生淅沥。
上有无心云，下有欲落石。
泉声闻复急，动静随所击。
鸟呼藏其身，有似惧弹射。
吏隐道性情，兹焉其窟宅。
白水见舅氏，诸翁乃仙伯。
杖藜长松阴，作尉穷谷僻。
为我炊雕胡，逍遥展良觌。
坐久风颇愁，晚来山更碧。
相对十丈蛟，欻翻盘涡坼。
何得空里雷，殷殷寻地脉。
烟氛蔼崷崒，魍魉森惨戚。
昆仑崆峒颠，回首如不隔。
前轩颓反照，巉绝华岳赤。

兵气涨林峦，川光杂锋镝。
知是相公军，铁马云雾积。
玉觞淡无味，胡羯岂强敌。
长歌激屋梁，泪下流衽席。
人生半哀乐，天地有顺逆。
慨彼万国夫，休明备征狄。
猛将纷填委，庙谋蓄长策。
东郊何时开，带甲且来释。
欲告清宴罢，难拒幽明迫。
三叹酒食旁，何由似平昔。

这首诗详细地叙述了杜甫和他的一家人，从“南县”即奉先(在白水之南)来到这里，得到舅父及朋友的款待，欣赏白水的山川地貌与风景。这里暂时是安静的，他与舅父崔顼和朋友们在一个雨天，雅会在一起，边喝酒边分韵吟诗，他得到的是“过”字韵，于是写了《白水明府舅宅喜雨，得过字》

吾舅政如此，古人谁复过。
碧山晴又湿，白水雨偏多。
精祷既不昧，欢娱将谓何。
汤年旱颇甚，今日醉弦歌。

白水，地处黄土高原与关中平原的边缘地带，这里的北部是黄龙山，洛河从西北的山地与沟壑里曲折穿行流向东南，县城的西北方向，大约六七公里的路程，就是天下闻名的杜康故里，至今仍然留存着晶莹清澈的杜康泉，泉的东南不远的土塬下边，有杜康庙和杜康墓，风景优雅，山梁势如蛟龙。这里从古至今盛产美酒，清香四溢、醇厚柔绵。杜甫尽情享受着本地的美酒，和大家一起弹弦唱歌，一扫困顿情绪，放声地赞扬舅父的政声，尤其是以干旱著称的山城白水，竟然连着下了几场好雨，这不，现在仍然在下着，远山近土，碧青一片，听着这雨敲打屋瓦如音乐一般的声音，令人心情十分愉悦……在杜甫看来，虽然安禄山叛乱威胁着国家和人们的安全，但他总觉得凭着强大国家力量，可以很快平息战乱，他寄希望于镇守潼关的哥舒翰，能抵抗住叛军的进攻，然而，不久就听到兵败潼关，长安沦陷的消息，就连长安附近的地方也相继沦陷，各地的防御使弃职潜逃，在这种局势遽然变化的情况下，杜甫只好向北逃亡。后来，他回忆起来这次遭受艰难困苦的逃亡经历，写进了《彭衙行》：

忆昔避贼初，北走经险艰。
夜深彭衙道，月照白水山。
尽室久徒步，逢人多厚颜。
参差谷鸟吟，不见游子还。
痴女饥咬我，啼畏虎狼闻。
怀中掩其口，反侧声愈嗔。
小儿强解事，故索苦李餐。
一旬半雷雨，泥泞相牵攀。
既无御雨备，径滑衣又寒。
有时经契阔，竟日数里间。

野果充糇粮，卑枝成屋椽。
早行石上水，暮宿天边烟。
少留同家洼，欲出芦子关。
故人有孙宰，高义薄曾云。
延客已曛黑，张灯启重门。
暖汤濯我足，剪纸招我魂。
从此出妻孥，相视涕阑干。
众雏烂熳睡，唤起沾盘飧。
誓将与夫子，永结为弟昆。
遂空所坐堂，安居奉我欢。
谁肯艰难际，豁达露心肝。
别来岁月周，胡羯仍构患。
何当有翅翎，飞去堕尔前。

此诗作于757年秋天，杜甫在凤翔写给同家洼的孙宰。在雷雨交加和泥泞中跋涉了一天，又累又饿，他们一家人才到了彭衙。彭衙，古邑名，春秋秦邑，在今白水县城东北20公里的彭衙村。《春秋》文公二年（前625），“晋侯与秦师战于彭衙”，即此。西汉曾置衙县。半夜，杜甫才与家人疲惫不堪地逃难到彭衙故城，月照荒山，女儿饿得不住地啼哭，儿子采摘路边的苦李子充饥，阴沉沉雷雨不断的天气，路径泥滑，缺少雨具，野果当作食粮，低垂的树枝成为他们一家临时投宿的屋檐，这样一直走了好多天，才到了同家洼。还好，友人孙宰住在这里，当他在黄昏时分，敲开孙宰的家门，惊奇的主人急忙煮水给行人洗足，还在灯下按照此地的风俗剪纸替他们“招魂”，同时准备了热乎的饭菜，叫醒了困倦不已已经睡熟的孩子，赶快吃饭。友人亲热的招待，让杜甫感受到了极大的温暖和慰藉，并使他铭刻于心。《彭衙行》这首叙事长诗，不但详细地再现了杜甫离开白水县城流亡路上的种种境况，也表达出他对友人孙宰的无限感激之情。

羌村三首

在同家洼友人孙宰家休息了几天，缓了缓气，与大家商议后，杜甫继续沿着洛河向鄜州(今富县)走去，最后把家安居在鄜州的“羌村”——羌村，位于鄜州城北十五公里处，这里青山环绕，村前是一条清澈的小河，散落着几十户人家。他在村子里找到两间宽敞的窑洞，院子里安放着一盘石磨。数月间的奔波与困顿，此时才算落下心来。羌村的河滩是上好的庄稼地，只要勤劳，不难解决温饱问题，加之此处的村民热情好客，民风淳厚，杜甫比较满意这个落脚的地方。在羌村居住不久，传来了太子李亨在宁夏灵武即位的消息。

杜甫觉得既然是朝廷的命官，当国难临头的时候，就应为国分忧，追随新的皇帝参加平息这场战乱的复国大业，于是，他告别家人，离开了羌村，一路风餐露宿，经甘泉、延安等地，奔赴西北的灵武。行走至延安七里铺，无处投宿，只好在石崖下和衣而眠，后人为了纪念他而在此修建了杜公祠，至今犹存。当杜甫行至篓子关(今榆林市横山区)时，不幸却被安禄山的叛军抓获，由于当时他的名气和官阶都不足以引起叛军的注意，没有被押解去安禄山所在的洛阳，而是带回了长安监禁。

图 15　杜甫在羌村的故居

在长安监禁的难熬的时月里，杜甫除了为国家焦愁以外，也非常挂念远在鄜州羌村的妻子和孩子，看见天上明亮的月儿，他想到了她们，其《月夜》诗，情深义重：

今夜鄜州月，闺中只独看。
遥怜小儿女，未解忆长安。
香雾云鬟湿，清辉玉臂寒。
何时倚虚幌，双照泪痕干。

这首诗借看月而抒离情，字里行间，把离乱之痛和内心之忧熔于一炉，对月惆怅，忧叹愁思，“何时”才能亲人团聚呢？

国破山河在，城春草木深。
感时花溅泪，恨别鸟惊心。
烽火连三月，家书抵万金。

白头搔更短，浑欲不胜簪。

这首《春望》，叙述了长安沦陷，国家破碎，只有山河依旧，春天来了，人烟稀少的长安城里草木茂密。感于战败的时局，看到花开，潸然泪下，而自己内心惆怅怨恨，听到鸟鸣而心惊胆战。连绵的战火已经延续了半年多，家书难得，一封抵得上万两黄金。愁绪缠绕，搔头思考，白发越搔越短，简直要不能插簪了。从唐肃宗至德元年(756)的秋天到次年春天，在长安被叛军监禁的这段时间，杜甫存诗27首，大都是怀念故国曾经的繁华盛世以及担忧目前战乱的艰难时局，还有想念妻子与孩子及流落在东平郡平阴县的弟弟，其中有《悲陈陶》《悲青坂》《塞芦子》《哀王孙》《哀江头》等著名诗篇。

至德二年(757)四月的一天，杜甫趁看守不防备，伺机逃出了长安，历经千难万险来到凤翔，投奔当时已经从灵武移师凤翔的唐肃宗。《新唐书·文艺志上》里记载杜甫："至德二年，亡走凤翔上谒，拜右拾遗。"唐代进谏使命由门下省和中书省负责，又设立了补阙和拾遗两个官职，分置左右，左隶门下省，右隶中书省。右拾遗属于中书省下边的小谏官，为皇上提供咨询和及时提出一些施政方面的建议。由于杜甫与宰相房琯"为布衣交"，而房琯"时败陈涛斜，又以客董廷兰，罢宰相"。于是，杜甫为拯救房琯，大胆谏言：

上疏言："罪细，不宜免大臣。"帝怒，诏三司杂问。

幸亏宰相张镐替他求情，说“甫若抵罪，绝言者路”，这才使唐肃宗减轻了对他的处罚，其中，还有一个重要的因素，即认为杜甫“数尝寇乱，挺节无所污，为歌诗，伤时桡弱，情不忘君，人怜其忠”——杜甫确实忠君爱国，这是他的最为基本的思想立场，同时，也写出了深刻反映战乱带给老百姓的灾难和伤痛的诗歌。

尽管唐肃宗没有给杜甫治罪，但是，从此却疏远了他，特别给杜甫放了三个月的省亲假，让他回鄜州与家人团聚。八月，诗人被迫离开凤翔，返回鄜州羌村。回到鄜州羌村，见到了久别且思念不已的家人，杜甫心情自然非常高兴，尤其是羌村的父老乡亲见他归来，嘘寒问暖，叙说家常话，令他感受到了浓浓的亲情与乡情。杜甫趁着这个机会，沿着村前的小河，尽情游览此地的风光，在他曾经到达的地方，后人在山崖上镌刻了“少陵旧游”来纪念他。一路上，杜甫看到由于长年战乱，人民生活困苦不堪，在羌村，他陆续写出了《北征》等诗作，真实、客观地反映了广大人民群众的苦难生活。而《羌村三首》则是直接描述了这次回家的情形，诗云：

其一

峥嵘赤云西，日脚下平地。
柴门鸟雀噪，归客千里至。
妻孥怪我在，惊定还拭泪。
世乱遭飘荡，生还偶然遂！
邻人满墙头，感叹亦歔欷。
夜阑更秉烛，相对如梦寐。

其二

晚岁迫偷生，还家少欢趣。
娇儿不离膝，畏我复却去。
忆昔好追凉，故绕池边树。
萧萧北风劲，抚事煎百虑。
赖知禾黍收，已觉糟床注。
如今足斟酌，且用慰迟暮。

其三

群鸡正乱叫，客至鸡斗争。
驱鸡上树木，始闻叩柴荆。
父老四五人，问我久远行。
手中各有携，倾榼浊复清。
苦辞酒味薄，黍地无人耕。
兵革既未息，儿童尽东征。
请为父老歌：艰难愧深情。
歌罢仰天叹，四座泪纵横。

第一首诗写刚到家时合家悲喜交集的情景，真实描写了乱离生还的意外惊喜；第二首诗写还家后心中仍然忧虑国事，烦闷不安却又无可奈何的矛盾苦闷心情；第三首诗则写邻人来访，共谈世事，感叹战乱造成田园荒芜，生活艰难。这三首诗既能独立成篇，又相互联结，构成一个完整的统一体，语言平易，诗意凝练，音韵协调，抒情气氛浓郁，描写日常生活尽见杜甫运用白描艺术手法的厉害，有诗论家评析说：“俱似脱胎于陶。叙述家人及乡邻情景……弥哀婉而弥深厚。”这话说得真好，得此诗三昧矣。

图 16　杜甫游迹遗址

在羌村，杜甫还写有《北征》长篇叙事诗，共一百四十句。这是用诗歌体裁写得哀婉动人的陈情表，是向肃宗皇帝汇报探亲路上及到家后的见闻感想。全诗结构自然精当，笔调朴实深沉，充满了忧国忧民的情思，怀抱中兴国家的希望，反映了当时的政治形势和社会现实，表达了人民的情绪和愿望。宋代学者叶梦得《石林诗话》评价说：“长篇最难。晋、魏以前，诗无过十韵者。盖常人以意逆志，初不以叙事倾尽为工。至老杜《述怀》《北征》诸篇，穷尽笔力，如太史公《纪》《传》，此固古今绝唱也。”

杜甫从奉先至白水至鄜州，沿着洛河一路坎坷北上流亡的历程，使他的思想与情感发生了前所未有的巨变，他真切地感受到了人生的辛酸与无奈以及命运的残酷，国家不幸诗家幸，正是因为有了这样不堪回首的时月的磨难，更是在这些不期而遇的各种艰难困苦中却感受到了深深的亲情与乡村父老的热情帮助与爱戴，才有了这些具有真切的历史价值的诗，才成就了一代伟大的现实主义诗人！

十月，终于传来了绝好的大消息，唐肃宗收复了京师长安。杜甫听说后，迅即带领全家人赶回长安。他的家小在鄜州的羌村，生活了一年零四个月的时间。唐肃宗乾元元年(758)的六月，杜甫出任华州司功参军。从至德二年(757)四月至乾元元年六月，他一共写了60余首诗，而大部分都是写于洛河流域，且几乎篇篇为精品之作。不过，离开了洛河流域之后，杜甫还将面临着人生新的顿挫与颠沛流离……

第八章　洛河流域的大诗人屈复

三秦之秀

屈复(1688—1745)，初名北雄，后更名复，字见心，号悔翁，晚号逋翁，金粟老人。父亲屈必旦，字祥门，号俭巷。三岁时，生母冯氏谢世。八岁入私塾，从单子敬学于城内的崇寿寺。他的妻子是同邑王诜女儿，王诜曾先以长女许配，长女病故后，又以次女继配。十九岁，应童子试得全县第一。这年，他萌生了游历关中山水的想法并得到父亲的支持。

关中，北部群山连绵起伏；中部渭河横贯入黄河，洛河、泾河从西北方向逶迤而来，两岸景色秀丽；南部则是巍峨的秦岭，“秩秩斯干，幽幽南山”——太白山、终南山、西岳奇峰叠嶂，幽然如画，且是华夏文化的发祥地之一，名胜古迹遍于各地。尤其是北宋张载开关学之流派，自此，历代关中学者辈出，代有传人。当此时，号称“关中三李”的李颙、李因笃、李柏是关学翘楚，名重天下。

屈复拜访了家居富平的著名学者与大诗人李因笃，李因笃称他：“三秦之秀，尽在是矣。他日成就，非余所能量也!”后又专程造访西府眉县李柏先生——李柏，字雪木，号太白山人。这是一位具有独特个性的学者和著名诗人，隐居太白山中读书，飘然云外，其诗瑰丽奇特，有《槲叶集》流行天下。留谈月余，李柏步行20里送屈复出太白山。当时，“关中三李”之一的李颙，其学术成就当推首位，为什么屈复没有拜访问学于李颙呢？李颙，字中孚，号二曲，周至人。明清之际哲学家，与浙江余姚黄宗羲、直隶蓉城孙奇逢并称为“海内三大鸿儒”。原来，他前去拜访问学而中途病倒，听从乡友也是学者的刘伯容先生的劝阻，未能成行，这也成为屈复一生的大遗憾。

康熙三十三年(1694)，屈复27岁，这年他告别妻子，开始游历。先到了洛阳、开封等地，结交文朋诗友以及高僧，遍游名胜。次年，进京游历，又到达齐鲁河济之间，感受异于关中及中原之风情，登泰山、凭日观、拜先师陵墓、谒阙里庙堂。后至山东郯城。县宰刘三异、济南司马王寄堂及幕僚胡秋潭诸人诚恳款留。屈复见郯城风土纯厚，遂在贡士张谐六家坐馆授徒。郯城成为屈复的第二故乡。康熙三十八年(1699)春天，赴山西宁乡，六月到沂州读书。冬季，由山西南下，游历江南，至扬州、金陵、苏杭一带。康熙四十年(1701)，返回郯城，静居著述。

康熙四十一年(1702)，屈复得知妻子王氏去世的消息，悲痛不已，后续弦当地何氏为妻。康熙五十年(1718)，应巢寄斋司寇、赵晓亭阁学、塞芝园司业、岳蕉园观察、马授畤、司监等之联名邀请，再次进京，写下许多诗篇。雍正五年(1727)，自北京出发，再游江南，先到苏州，后相继到达宁波、杭州等地，最后返回郯城。

雍正八年(1730)，受在北京的友人与门生屡次邀请，三进北京，这次，长达12年。乾隆七年(1742)，离京返回郯城。一年后，三下江南，先到扬州，复到苏州。这时候，他的曾孙屈来泰前来苏州，想把他接回蒲城。但是，此时的屈复身体已经很差了，不能成行，滞留在苏州将息养病，加紧整理自己的诗集与著述。

乾隆十年(1745)，屈复75岁，眼看时日不多，遂起“叶落归根”的强烈念头，执意返回故土蒲城。他先去山东郯城告别亲友然后再启程，然而他一病不起，病逝此地。屈复的一生，在外著述授徒50余载，三上北京，三下江南，足迹遍及南北，接触了黄河流域与长江流域、乡村与城市、三秦与齐鲁等地域文化，圆润一体，真正地实践了“读万卷书，行万里路”的学者生涯，终于成为清初名震南北的大诗人和著名学者。

游历与咏史

屈复诗的风格浑劲朴真，悲凉郁勃，内容大多咏史记事、旅游酬答以及怀念故乡与亲人。他在不少作品里抒发了故国兴亡和凭吊历史古迹的感慨。如《过流曲川》记述顺治六年(1649)，吴三桂屠杀家乡义兵十多万人的惨痛往事：

回风陷日天如梦，流曲川平暮尘涌。
行人马嘶古道傍，离离禾黍旌旗动。
杀气腾凌古战场，前啼鸺鹠后鸷鸧。
降将云台曾未闻，三边侠骨空自香。

岂知到海泾渭血，寒潮不上天山雪。
井底蛙声竟何在，十万游魂哭夜月。
满地闲花落新愁，至今河汉皆东流。
同入蒲城化为碧，仙人掌上芙蓉色。

这首诗，在沉郁的诗风里，表达出诗人强烈的愤怒及对惨遭屠杀的“十万游魂”深刻的同情。屈复来到长江南岸的安徽马鞍山的采石矶，看见这里峭壁千寻，江流突兀，他久久站立在岸边，看着眼前波涛万顷的江水，想起了唐代大诗人李白，情不可遏地写出了《登采石矶》这首诗：

秦川狂生之身天下无所依，独驾扁舟将安归？
白日两袖携风雨，飘然来登采石矶。
波涛汹涌动地轴，仰天放声一痛哭。
青莲今古之仙才，此地曾经泛舟来。
烂醉著宫锦，一去江中捉月不复回。
空留祠上青松树，至今阶下连云栽。
野鹤巢其颠，哀鸣长徘徊。
忆昔作赋黄金殿，开元天子亲调膳。
一日声名遍九州，平步凌云驻云汉。
庐山月，青山云，拂衣归与猿鹤群。
手攀绿玉枝，洒泪向西秦。
少年才高不得展，天涯漂泊伤心魂。
力士铛，舒州杓，夜台想已久寂寞。
竟须质我衣，沽酒对君酌。

非君能识郭汾阳，安得中兴之业复属唐？
古来功高不受赏，翻教西谪流夜郎。
吁嗟乎痛哉！
昔人衔冤而死以终古，今人犹点风流处。
萧条自愧不同时，叽头痛哭亦何补？
日月天一区，山河地一隅，
宇宙之广大，独不能容斯人之生于江湖！
我不问天，天胡为乎？

屈复的这首《登采石矶》采取了古风的形式，一唱三叹，曲折往还，犹如山石溪水触处迸发出对李白强烈的爱戴之情，借景生情，情景交融，诗句随着作者的情感起伏长短交错，铺排出磅礴的艺术气势，这是他咏史记事的代表作之一。他还在故乡蒲城的时候，曾经出东城门西北行十余里，访唐玄宗泰陵脚下的敬母寺，诗云：

钟磬高空际，香花古殿间。
寺犹名敬母，谁不慕慈颜？
马系风号树，乌啼雪满山。
三龄泪应尽，忽染白云斑。

其咏史记事诗的特点，善于把历史事件与眼前的景物巧妙地联结起来，寓情于景，情景交融，构成生动感人的艺术画面，令人回味无穷。他的《梁园怀古》：

龙香可寻隔云蓺，红愁绿惨犹未歇。
著处晴烟裊碧萝，尽日春风叫鶗鴂。
数株残柳不胜情，野花斑斑照宫阙。
乐府新歌一字无，黄河流水一朝掘。
蛇老精灵引虺过，寒影荒地堕秋月。

屈复往往把评说历史事件或对人物的议论，寄托在古迹遗址的景物描写上，这首诗里的“数株残柳”“野花斑斑”等，就蕴含着他对历史事件或人物的褒贬或者价值判断，当然，更多的是借以表现自己的情怀。这种诗的艺术，有情有景，通过视觉的艺术感受来寓意作者的思想与情感，这是很好的艺术表现手法。

屈复离开故乡后，四处漫游并安居郯城，怀念故乡的风物与人成为他诗的重要内容。得知有来自故乡的亲友，离开京城返回关中的消息，他亲自为之送行，作诗而别，《送故乡亲友下第旋里》就一连写了七首，情真意重，思念家乡之情跃然纸上：

燕山三月暮，名花落桃李。
有客金粟来，群货凤凰子。
凤凰千仞飞，安得接芳趾。
相逢不相识，谈话甘如醴。
从容世次言，历历皆可纪。
风沙厉夕阴，残阳在庭梓。
得见故乡人，如饮故乡水。

当时屈复在北京，偶然遇见前来参加考试的“金粟”(蒲城东北方向有金粟山，即唐玄宗陵寝所在地)故乡学子，虽然并不认识，然而，听见乡音，他非常激动并攀谈起来故乡熟悉的人与事，情不自禁地感叹“得见故乡人，如饮故乡水”，这两句结尾有力的诗句，传达出诗人无法遏制的浓浓思乡之情，使人感动不已。在《送陈宗五旋里》十首诗，也写了对故乡的思念与自己人生际遇的感慨，读来情真意重。屈复不能忘记的是他的发妻，离开故乡的时候，妻子的身体就不好，但还是支持他外出漫游天下，成就他的宏大事业，可是，天不假年，她竟然青春早逝，每当思念起妻子，屈复心情异常沉痛，在《悼亡》这四首诗里，他写道：

其一

我方鼓盆歌，忽复陨双泪。
松月露清光，犹照纱窗里。

其二

风晴向西园，斜阳照梅树。
一子结不成，飞花落香雨。

其三

苦菜何曾秀，雨余长小草。
嚼得菜根香，甘心以终老。

其四

依然角黍香，独酌雄黄酒。
从此菖蒲花，人间未曾有。

这四首五绝诗，从各个层面回忆了与妻子一起的生活情境，虽然当时生活比较清贫，然而，夫妇并不嫌弃，就是“嚼”菜根，也觉得很“香”。尤其是在明月初上，照射到纱窗里的清光，摇曳着窗外浓绿的松树的影子，煞是好看，妻子犹如深山的“菖蒲花”，幽然静俏……仔细想来，屈复与她并没有生活多久，然而，感情如此之深切，离世多年还让他怦然心动，可见其伉俪之情绵绵无期。

西北山高水长，关中平原属于暖温带大陆性气候，具有春暖、夏热、秋凉、冬寒等特点。冬季，用土坯砌成土炕以御寒，这里庄稼茂密，收获过后的秸秆，是烧土炕的主要燃料。一盘土炕，常常引发背井离乡之人的深切乡愁，屈复亦复如此，其《土床》就是表达这种深切乡愁的诗篇：

地炉红焰有余欢，八尺氍毹护画栏。
大雪高眠春万户，奇温初起日三竿。
当门木叶呼风急，隔牖梅花带月寒。
犹似尧阶淳朴意，蒙头归梦到长安。

你看，窗外大雪纷纷扬扬，寒风吹得树叶乱飘，墙角的梅花在月光下开出嫩黄色的花，屋里，地炉烧得土炕温暖如春……抓住特有的生活场景来写自己的思乡之情，往往最能打动人心，比如，唐代著名田园诗人孟浩然的《过故人庄》：“故人具鸡黍，邀我至田家。绿树村边合，青山郭外斜。开轩面场圃，把酒话桑麻。待到重阳日，还来就菊花。”——从乡村农舍四周的特有景物着笔以及主人热情招待客人的细节入手，写得异常真切感人。而屈复的这首诗，也具有同样的美学特征，只是气象规模稍稍逊于人家，不过，能把诗写到这份儿上，也非大家手笔不可。

屈复一生大部分时间都是在游历中度过，三上北京，三下江南，足迹遍于中原、齐鲁与晋西北等地，经见了不少的名川大山以及名胜古迹，也结交了不少有趣的文朋诗友，他的文思敏捷，才华横溢，每有登临或者会见人物，必有诗作，此类诗数量也不少。比如，屈复游览一古寺，但见寺院荒凉无有人迹，于是，写诗以纪，名之曰《古寺》：

古寺无僧白昼阴，重来凄断百年心。
青山不改春风路，黄叶苍苔一尺深。

他游历至邯郸的卢生祠，便写出《黄粱梦卢生祠》这首诗：

梦作公侯醒作仙，人间愿欲那能全。
从知秦汉真天子，不及卢生一晌眠。

诗作以调侃的语气叙述了卢生“黄粱美梦”的传说故事，表达了自己对这个故事的看法，读来饶有趣味。屈复写得比较出色的游历诗，如《夜泊新集》，叙述了自己的旅次中的一个生活片段，有情有景，叙述分明，脉络清晰：

破庙神横斜，败垣屋倾圾。
鹑衣暮灌园，鸠面晴覆笠。
自古有穷乡，胡然曰新集。
并缆结两舟，当河排短楫。
童仆更不眠，秉烛防盗贼。
云暗木门城，鬼啸砖河驿。
惭愧绿林豪，辱顾空囊客。
风水一激薄，呼讯交相迫。
我方伸足眠，杳杳东方白。

不过，我还是比较欣赏《红芝驿》这首诗，诗云：

红芝驿前杨柳绿，千枝万枝风谡谡。
江山谨具追饷时，有身无首当怨谁。
宁武关头血成碧，金马玉堂好颜色。
胸中甲兵七篇锦，能多武功无惭德。
西山薇蕨留余香，闻说夷齐下首阳。
今日春风不忍见，桃李花开古道傍。
东海空蹈鲁连节，边头枉啮苏卿雪。
泪尽终南犹未倾，秦淮烟水渔阳月。

这里的红芝驿，当是山西运城的泓芝驿吧，因为，从潼关过黄河就是运城地界，运城地界上的永济有座著名的首阳山，据说是伯夷、叔齐不食周粟采掘蕨菜的地方，而此诗里也谈到了这个典故。因此，我觉得屈复的《红芝驿》写的就是泓芝驿这个地方。这首诗写得真有分量，既有历史背景也臧否历史人物，意境开阔，笔力雄沉，自有一番大气象。他的《金陵怀古》《钟山》《钱塘怀古》《万柳堂》《白云观》《碧云寺》《满井》《过梁家园》《苏邱揽古》《北来寺》《平山堂》《登金山》《白塔寺》《卢沟桥早发》等，都是出色的旅游诗，发思古之幽情，并能结合自身抒发感受，写出迥异于其他人的诗。至于友朋之间的酬答诗，真切中见深情，没有俗套，质朴而动人。《赠王志仁四十韵》《答五岳游人》《寄薛万宅主人》《送胡大中旋里》《怀同志四十韵》等，均具有如是的艺术特征。屈复很是看重友朋之间的情谊，他出门在外游历讲学授徒五十余年，在学业和生活上得到许多与他志同道合的友朋的有力帮助，他们成为屈复念念不忘的人。屈复东出函谷关，漫游洛阳及嵩岳名胜的时候，与秀才孙云霞、高僧醉雪相遇，一见如故。在洛阳寺遇河南新安进士吕履恒，屈复对他说：

人贵自立，萍水相逢，处贫为谄。若以文章道义交则可，否则请勿复敢见矣！

这段话，是屈复结交友朋的准则，只要学问好，讲求道义，不论贫贱如何，皆可以成为文朋诗友，互相探讨共同进步，所以，当屈复离开洛阳去开封时，吕履恒作诗相送，其中说道：

君不见，秦川客子旷世之逸才，吟诗百篇酒百杯。
但见饮尽市中酒，不知诗似黄河天上来。
瀚海鹏飞蔽日月，龙门鳣起随风雷。
华岳三峰在脚底，蹴踏万里昆仑摧。

并推崇他道：

婕妤羞见邢夫人，低头下泣不敢妒。
我织流黄，君织纨素，
五丝为章，不如衣故。
思公子兮未敢言，怨美人兮恐迟暮。

屈复实际是一介书生，他不为利禄所动，终其一生，勤奋读书，笔耕不辍，从《读书》这首诗，可以想见他的书生日常生活情境：

桃李荣新雨，烟云散颢穹。
摊书对虚牖，依树送飞鸿。
日月光难隐，山河意自通。
我心惭未满，人事济何穷。
梁父吟愁外，治安策梦中。
微香生露影，远霭接芳丛。
忽睹一花落，悠然万虑空。

正因为胸中有万卷诗书做底子，是熟知历史兴亡的人，他借着《曝书》这首诗来表达自己的抱负：

四海无家有断编，蠹鱼两地饱神仙。
随行一卷惟黄石，烂在腹中三十年。

从这首诗来看，屈复并不是不问世事的人，他熟读经史子集，自觉有经国济世的本领，然而，社会现实并没有给屈复施展政治才华的机遇，如同他深深为之抱屈的先贤李白一样，只能在青灯黄卷中度过一生，只能借着写诗抒发自己的政治热情而已。由于屈复的学问好，诗名满天下，前来拜见的人自然不少，有的见过就见过了，留不下丝毫的印象，有的则不是这样，他觉得人家是“枉驾”，他的《杨司寇枉驾寓斋》就是这样的诗：

陆沈愧通识，荒谬悖时彦。
置兹凉炎区，即理鹓鹭贱。
高轩一以临，高言饫食楝。
砌苔延古意，众籁洁庭院。
艰哉何巍巍，出处蕴深鉴。
谁能慎所守，隆持表独善。
月露濯烟埃，疏雨洗河汉。
因心结素云，惊飙吹不散。

杨司寇就是一位有学识有见解的人，屈复与他谈论起来，棋逢对手，互相皆有启发，因此，他很是看重这样的朋友，并且愿意与这样的人结交，成为挚友。书斋生涯当然离不开观赏树木花草以及乖巧怜人喜爱的禽类，有时候，甚至把它们引以为自己的好友甚至妻子与孩子，流传最广的是林和靖“梅妻鹤子”的故事，表现出其高洁出世的品格与情操。屈复当然也非常喜欢树木花草，写了不少有关树木花草的诗，在其诗集《弱水集》中，有不少是吟咏此类的诗，清新淡雅，状物如在目前。例如，他的《十月斋中盆菊始作花》：

昨夜风寒雪似霜，寥寥天地一枝芳。
安能终寄人篱下，随例年年九日香。

此类诗作还有《凤仙花》《松涛》《竹影》《柿园》，等等。屈复的诗视野开阔，几乎生活里所有的诸如建筑、山石、园林、湖泊……皆能成为诗的题材，且写来不觉是司空见惯之物，总能翻出新意，这是屈复诗的高妙之处，在俗物之中见出了蕴含的美。

屈复的精神骨架与民族气节

屈复接受的教育和自我认同仍然是恪守儒家学说，尤其是自从北宋以来张载开创的关学流派，对关中平原渭河流域有很大的影响，而且关学代有传人，其学问、人格和情操，对后学者起到潜移默化的作用。屈复十九岁时，漫游关中诸地，专程拜访“关中三李”（因病未见李颙先生），首先是一种思想的认同，其次才是讨教学问，虽然屈复没有走上承继关学的道路，但是关学基本的学术思想对他起着决定的影响，构建起来其精神骨架——张载的“为天地立心，为生民立命，为往圣继绝学，为万世开太平”的学术宗旨与思想抱负成为屈复的精神动力与治学目的，体现在积极探求多方面知识、努力开拓广阔的学术领域、崇尚节操等方面。他专程拜谒张载祠，有诗曰：

斜谷空明积雪光，皋比拥坐仰遗芳。
运离寒色凝天地，门掩春风起栋梁。
北斗高悬三古后，南山直上五云傍。
何时方扫孙吴迹，重艺平生一瓣香。

这首《谒张横渠夫子祠》表达出屈复对这位伟大的哲学思想家由衷的敬仰之情。他深入太白山，拜访李柏先生，在《李子隐居》这首诗里，他称赞道：“天下幽人多抱膝，终南佳处一编书。披残黄石圮桥履，隔断红尘太乙庐。”先哲的思想与品行不能不对屈复起到引导的作用，至少是他潜意识里永久磨灭不掉的精神刻印。

值得说的是，他的诗学“寄托说”。

清代前、中期，在一系列文化政策的主导下，文以载道、温柔敦厚以及雅正清真成为主流的文学批评标准。这时候，文学流派和文学思潮风起云涌，论证辩难此起彼伏，如王士祯的“神韵派”，沈德潜的“格调派”，翁方纲的“肌理派”，袁枚的“性灵”说，姚鼐的“桐城派”，还有“宗唐宗宋”之争等等，而屈复呢？提出了“寄托”说，建立起自己的诗歌艺术流派。

王士祯的“神韵派”，主张“不著一字，尽得风流”，他曾以此为标准选编了《唐贤三昧集》，以扩大影响。这种学说的根本特点，即在诗的艺术表现上追求一种空寂超逸、镜花水月、不着形迹的境界，而神韵为诗中最高境界。沈德潜的“格调说”，认为“温柔敦厚”是诗歌的“极则”。因为诗歌的作用是“理性情，善伦物，感鬼神，设教邦国，应对诸侯”，所以作诗的态度应该“怨而不怒”“中正和平”。在艺术上，则十分重视诗歌的律法格调——体制、音律、章法、句法、字法等。沈德潜还以他的“格调说”为标准，选编了《古诗源》《唐诗别裁》《明诗别裁》《国朝诗别裁》等著作。翁方纲的“肌理派”，讲究作诗“以肌理为准”，而“肌理”包括义理与文理两个方面。所谓义理，主要是指以儒家经籍为基础的学问；所谓文理，主要是指自古以来的各种作诗方法。肌理说把义理与文理统一起来，即把学问材料与写作方法统一起来，以做到内容(义理)质实而形式(文理)雅丽。袁枚的“性灵”说与姚鼐的“桐城派”则是提倡散文创作的文学理论与批评标准。“寄托说”呢？对屈复素有研究的学者认为，屈复的“寄托说”是针对以上三种学派而提出的现实主义诗歌主张。李元度在《国朝先正事略·文苑》里指出，“其论诗，于兴赋比外，专以寄托为主”；郑坤在《清名家诗人小传》也说，“先生论诗专以寄托为主，谓陶之饮酒，郭之登山，左之咏史，彼自有所以伤心之故，而借题发挥之，未可刻舟求剑也”——这些话，概括了屈复“寄托说”的实质。屈复在自己的诗创作中，始终秉承“寄托”的艺术主张，呈现出托事于物，因事寄兴的美学特点。应该承认，屈复的“寄托说”在当时的诗坛上，不及王士祯、沈德潜、翁方纲等人的诗学主张影响范围广，但是，他敢于提出自己关于诗的艺术见解并躬身实践，这种学术勇气，倒是与张载关学“敢于造道”的精神一脉相承，值得肯定也值得深入研究。

关学的主要特点就是“明道救世”和“学贵有用”，还有“身体力行”的实践精神，这些都在屈复身上鲜明地体现出来，尤其是民族气节，与关学家李颙、李柏如出一辙。李颙多次拒绝官方乃至朝廷的征召，特别是在康熙四十二年(1703)，皇帝在西安等他，李颙却以“高年有病”为由，推辞掉了。而李柏也是多次拒绝推荐，“荐牍在廷，橡栗在野”，布衣终生，贫贱至死。屈复也有这种气节。他两次进京，前后共有十五年之久。这期间，由于他的名声日隆，想与他结交的达官贵人不少，但是，屈复秉持先前与友人相约的不送迎、不做寒暄语、一意谈诗的规定，除此而外，概不谈论其他。清宗室怡贤亲王曾让巢可托给他推荐博学端人，作为顾问。巢可托三次推荐屈复，并以年资千金为酬，屈复都婉言谢绝，并作《贞女吟》以明心志，诗曰：

女萝虽小草，不愿附松柏。
平原赠千斤，仲连笑一掷。
妾身非仲连，妾心亦匪石。
修竹倚天寒，织锦秉刀尺。
餐英饮甘露，聊度风雨夕。
细微鸿鹄志，愿终此清白。
感君风云意，千金非所惜。
荔枝生东粤，橘柚生南国。

荔枝不知西，橘柚不知北。
物性固莫移，谢君邛山力。

1735年，雍正帝驾崩，乾隆即位，屈复已69岁高龄，刑部右侍郎杨起曾虽不认识屈复，却因久闻大名而仰慕其学问品德，上疏推荐他应“博学鸿词科”，屈复借口年老多病，坚不应征。博学鸿词，原名博学宏词，在唐代已经设立，是科举考试制科之一种，在科举制度之外选拔能文之士。而在清代乾隆时曾两次举试，因乾隆名弘历，“宏”与“弘”相近，故改为“博学鸿词”。所试为诗、赋、论、经、史、制、策等，不限制秀才举人资格，不论已仕未仕，凡是督抚推荐的，都可以到北京考试。考试后便可以任官。屈复拒绝应征的缘由，与前述的李颙先生一样，可见其注重气节若是！

屈复著有《弱水集》，收诗2200余首，还写出了《楚辞新注》8卷、《杜工部诗评》18卷、《唐诗成法》8卷、《玉溪生诗意》8卷等诗学研究著作。

第九章 “水圣”李仪祉

求学与立志

洛河穿过渭北纵横的沟壑，进入澄城与蒲城交界的洑头，这里的地势类似黄河的壶口，两岸巉岩耸立，河道狭窄，本来宽阔的河面忽然收束起来，水势从天而降，飞湍奔腾，溅起浪花，一直向南流去……黑峡谷处在黄土高原的深壑里，沿着曲折的山路上来，便是平平展展的田野，距此不到5公里的西北方向，有一个不大的村子名叫富原村——这里就是“水圣”李仪祉的故居所在。村庄民风淳厚，至今盎然有古风存在，民居多为青砖箍就的窑洞。

李仪祉(1882—1938)，名协，字宜之，后改仪祉，蒲城人。父亲李桐轩和伯父李异材都是关中名儒、同盟会会员。李桐轩在辛亥革命后曾任陕西省咨议局副议长、省修史局总纂、西安易俗社首任社长。李异材是数学家，曾任川汉铁路工程师、同盟会陕西分会会长。

李仪祉7岁开始识字，第二年，到距离家乡大约30里地的永丰镇，跟随伯父读书。1889年，随刘时轩先生读四书五经。刘时轩是名师贺瑞麟的学生。贺瑞麟(1824—1893)，字角生，号复斋，陕西三原县人，曾拜朝邑县(今大荔)关学名

图 17　故居的李仪祉雕像

儒李元春为师，致力于程朱学说的学习研究，颇有成就。刘时轩先生秉承老师教学精神，于学生言行必绳以礼法，李仪祉一生的德器基于此。父亲和伯父对李仪祉要求很严格。李仪祉11 岁时，在父亲的指导下，学作八股文；次年，赴县城应试。回家后，跟随父亲学习数学及西学大成等知识。不久，跟随伯父学几何、代数及诸子百家。17 岁，至同州府(今大荔)应试，考取第一名秀才。被选拔为泾阳崇实书院上舍生。清光绪十三年(1897)，督学赵维熙奏建格致实学书院于味经书院东，建成后，改名“崇实”，其课程设置注重格致，有英文、算术、制造等课程。20 岁，入关中学堂学习。与张季鸾为同学。学习日文、英文。22 岁，应商州中学堂总教习于右任的邀请，赴商州中学堂任教员。于右任因著《半哭半笑楼诗草》，被当道严缉而辞职。23 岁，与其兄同考入京师大学堂，赴北京入京师大学堂预科德文班。28 岁，自京师大学堂毕业，由西潼铁路筹备处派德国留学。这一年，他经福州、槟榔屿、锡兰岛、苏伊士运河、开罗、英吉利海峡，由比利时登陆柏林，进入皇家工程大学土木工程科，专攻铁路水利，除读书外，喜欢游览风景。李仪祉在《自传》中说：

> 我是除用功外最喜游览，即觅不得伴也，常以独游为乐，并且觉得独游胜于同许多人一块，寂寞之中且有天然的景象做伴，常常一个人星期日携一本书到树林中睡觉。尝吟曰：“一卷相随势不孤，林中偃卧鸟相呼。醒来神识忽颠倒，误认青天作碧湖。”

从他的自述和诗里，可以知道李仪祉此时的心境非常好，学习也很用功。他时常与马君武等朋友，同游巨人山以及德、奥、瑞典等处的风景区。《留欧纪实》是李仪祉早期在欧洲留学期间顺手写的一篇散文，刊发在当时的刊物上，记叙了他的一件艳遇逸事：

> 有一天，早晨起来，便是大雾，一路用小杖摸索而行。走到一个山脊上，云雾里忽然一片开朗，显出一个少女，赶一只驴子，都显出半身。我走的地方也很多，遇见美色的女子也不少，而这次所遇的，我敢说这是绝色了。虽然昙花一现，能使我一生不忘。尤其在这个地方，这种景色中，一现我前，真有神仙的态度。我感激此行，真值得千万次旅行，可惜我不会画，然而脑海所存的一幅画图，时时可以默探得的。这一天，差不多完全在雾里行走，我的脑子也常常想

象这一个无名女子。忽然一个大屋当前，雾有点消，我也顿然清醒，原来到了一所简易旅社了。

其时，国内还是清朝末年，可以想见，李仪祉猛然遇见域外的美女春心萌动的可爱模样，而这次艳遇，竟然使他魂不守舍，辗转反侧，不能忘记：

在雪冠顶住了一宿，狂风怒吼了一夜，旅社完全用木造的，我觉得板壁门窗都忽忽闪闪着，摇晃不定，有点害怕，因此睡不稳。又回想到昨天遇见那回风景，自己想想，也觉得好笑。城中绮罗锦绣，声伎音乐，漠然远之，偏偏到这荒僻山中，赏识一个赶驴子的赤脚婢。可惜那女子一瞥而过，也不曾想到有一个异邦之人欣悦她哩。

总之，天地间事，便如是如是。有时夕阳将落的时候，云山缥缈间，放出霞光异彩，其美无比，然而刹那之间，夜色沉沉，一无所有，这不是同这个一样吗？人的灵魂，总是有深越固有的调谐(harmony)性，所以好好色，喜音乐，正是圣人所不免，且更教凡俗超越一等。我固凡庸，平时不接近女色，并且对于音乐是门外汉，然而天色天籁，偶尔寓目入耳，便终身不忘，回想起来，总觉如在目前，胡思乱想，倦不可支，也便沉沉入梦了。

李仪祉的这篇游记散文，围绕艳遇展开议论，并联想到平日自己的谨严端正，“不接近女色，并且对于音乐是门外汉”——这番表白，能说明什么呢？先前读过的四书五经，尽是为人为学的伦理道德指教，丝毫没有在如此情形下如何应对的措施，倒教在留学生中有“圣人”之誉的李仪祉“胡思乱想”起来，然而，人家赶驴的女子呢，惊鸿一瞥，悠然闪过，只是风景，未曾走进心里，引起清朝留学生心潮澎湃不已，还好，一番检讨之后心浪平息下来，却不小心成就了一篇情景散文，也算是很有收获。

此时，他开始接触佛学，翻译有《佛学问答》等。1911 年，春假中参观了莱比锡建筑工程博览会。这年的秋天，爆发了震惊中外的辛亥革命，李仪祉乘车经瑞士、意大利乘船回归祖国，在上海登陆。当时的军政府派他为津浦铁路局局长，陕西的都督举荐他为省参议员，他均不就职，只身西归省亲。1913 年，李仪祉再赴德国留学，完成学业。他曾与陕西省水利局局长郭希仁同行，经俄国而到德国，再去法国和比利时、英国、瑞士等国，考察河渠闸堰堤防，他对郭希仁讲，我国的水利事业颓废，毅然有振兴之志。郭希仁返回陕西之前，专门嘱咐他研究探求水利。他立下了专攻水利科学技术，振兴祖国水利事业之志。在德国留学期间，李仪祉著有《甲寅修学旅行记》。1915 年，他学成归国。

水利教育与“八惠”

回国后，张謇在南京创办了河海工程专门学校，邀请李仪祉为教授，并倚重他编制课程设置等。除过教学而外，李仪祉对中外治河书籍穷搜博览。其后的八年时间，皆以掌教河海工程专门学校，乐育不倦，广泛收集治河书籍、矿物标本、建筑材料，制作各种河工模型，并赴各河流域视察形势，涉及天文、气象、地质、数理、史地以及文艺宗教等知识——世界上的知识应该是网状结构，任何学科都不是单一的孤立，与其他学科没有联系的，而是紧密地勾连在一个完整的知识体系之中，无分学科，无分疆界，到了一定的高度缺一不可，是统一的综合。只有占领了这个知识的顶点，才能做好要做的事情，不然，总是带有缺陷的不完整的。这样，才能俯视要从事的工作，制定比较合理的科学的行为路径，也许，才能达到创新的地步吧。从李仪祉治学的方法，我们应该得到这样的启发。

这一时期，李仪祉著有《水功学》《诸模术》——虽然，我们不大知晓他的这些关于水利工程的专门的学问，但是，可以感受到李仪祉为以后从事实际的水利事业做好了充分的学科理论准备和知识储备。后来，他相继写出了专著《潮汐论》《水工实验》《土积计算裁法》及《实用水力学》等，《工程学之面面观》《森林与水功之关系》也相继写就。他在《工程学之面面观》里说：

实行爱国唯有工程家做得远大，实行打倒帝国主义亦唯有工程做得结实。

这句话使人想起，李仪祉还在年少的时候说过的话：“不求有用实学，顾乃溺思沦精于此，吾不为也。”——这说明，他深受关学务实的学问精神，更受当时流行于社会的实学思潮的影响，故有此思想观点，也奠定了他一生的为学为人的基本追求。

我国兴办现代水利教育肇始于李仪祉。他主政河海工程专门学校期间，聘请茅以升、竺可桢等著名学者讲学。他经常对学生说：“水利事业关系国计民生，至深至巨。”毛主席在中华人民共和国成立后，也提出“水利是农业的命脉”，只要是立足于国家与人民未来命运的伟大人物，无不关心和重视水利。

李仪祉自幼生长在渭北高原，这片土地长期缺水。他家所处的村落，向东不远的深深的沟壑里，就是滔滔的洛河流过，然而，塬上的土地却受到干旱的影响，水井很深，提水辘轳上的绳索须得两个精壮小伙才抬得动。因此，在这一片居住的人们都在深厚的黄土地上，往下深挖成水窖，下雨了，收集院落里的雨水储存起来，以备饮用——异常缺水的情景，深刻地烙印在李仪祉的心里，他的终生夙愿就是效法郑国、白公，振兴关中水利。

1922 年，李仪祉离开南京，回陕西任省水利局局长兼渭北水利局总工程师，开始了他兴修水利的生涯。他回陕后积极网罗人才，组织引泾灌溉工程勘测设计，但因经费一直没有着落，直到 1927 年仍无法开工，李仪祉辞职东去。

陕西关中在古代之所以被称为“天府之国”，是因为公元前 246 年战国时期开凿了郑国渠、汉代又开凿了白渠，这也几乎成了我国古代灌溉水利的标志。自古就有“郑白之沃，伊势之源”的说法。然而，关中也是灾荒发生频繁的地方，远的不说，自从辛亥革命以来，据邓云特先生的《中国救荒史》统计，1920 年，陕西、河南、河北、山东与山西五省大旱，灾民

2000万人，占全国五分之二人口，死亡50万，灾区370个县。接着，又发生了陕西、甘肃地震，人民流离失所，哀鸿遍野。尤其是1928年，江西、贵州、湖南、安徽、四川、浙江和云南等地，相继发生水灾。其中安徽灾情最重，灾民达7000万人以上。而北方的陕西、甘肃、河南、山西等地大旱，灾民3400万人，这场旱灾一直延续到1932年，大旱与瘟疫，使关中从天堂变成了地狱。田园荒芜，渠道废毁，恢复农业极需重修水利，兴修水利的呼声越来越高。

在陕西水利博物馆，馆内大厅迎面有这样一句话"善治秦者必治水，善治秦者必先治水"——这话说得真好，陕西经济社会要发展，离不开水，水是制约陕西发展的关键所在，解决了水的问题，陕西才能振兴，恢复古代的"天府之国"。1930年，杨虎城将军督陕，任省主席，邀请李仪祉任省政府委员兼建设厅厅长，在国外华侨的赞助和杨虎城将军的支持下，解决了款项问题，他的引泾计划得以实施。当年开工建设泾惠渠，1932年6月，第一期工程完工通水。杨虎城将军在《泾惠渠颂并序》里说：

> 民享乐利，实泾之惠。肇始嘉名，流芳百世。洛渭继起，八惠待兴。关中膏沃，资始于泾。秦人望云，而今始遂。年书大有，麦结两穗。忆昔秦人，谋食四方。今各归里，邑无流亡。忆昔士女，饥寒交迫。今渐庶富，有布有麦。

泾惠渠建成后，李仪祉明确宣布有劣迹的人，特别是官家子弟不能参与管理，有人请地方有头脸的人前来说情，他一概拒绝，李仪祉说：

> 我不能一生一世做官，但我却要一生一世做人。我不能为了做官，而忘了做人的义务；我不能为了自己的利益，而忘了大众的利益。

泾惠渠竣工后，李仪祉辞去建设厅厅长，专任省水利局局长，创立陕西水利专修班，后并入武功农学院为农业水利系。这时候，他患了大病，几濒于危，仍抱病开始筹划洛惠渠工程。这期间，李仪祉陆续写出了《灌溉有无自动方法之可能》《泾惠渠工程报告》《泾惠渠管理意见》《陕西省水利应要做的许多事》《推广凿井灌溉之计划》《陕西省灾情与农村经济破产原因及其状况报告》《汉江上游之概况及希望》等著作。

还有一件事值得注意：这年，泾惠渠第一期工程完成放水，农民初获灌溉之利，在泾阳的原野上载歌载舞，李仪祉与父老约定，凡渠水所到之处，概不得有一株毒卉发生——因为，这时节关中一带遍植罂粟，诸如陈忠实先生在《白鹿原》里所描写的情形，就连白嘉轩也种植这种“毒卉”以获厚利，而泾阳地面上，罂粟成片摇曳，李仪祉却严格不允许以泾惠渠水浇灌一株，可见他心地磊落光明。是年，灌溉 20 万亩庄稼，灾荒之年，活人无算。

1933 年的春天，李仪祉亲自勘查洛惠渠引水地址及干渠所经沟壑，成立了引洛测量队，实施测绘。李仪祉生长在洛河畔，而地处黄土高原沟壑上的他的家乡，却世世代代忍受着干旱的无情肆虐。蒲城处于关中东部少雨地带，雨雪稀少，分布不均，降水变率大，常常发生干旱。所以旱灾居各种自然灾害之首。据 1993 年出版的《蒲城县志》记载：

唐天宝十三年(754)，大饥荒。

贞元元年(785)，大旱，大饥。河水枯竭，井中无水。

明嘉靖三十三年(1554)，大饥荒，人相食。

万历十五年(1587)，秋禾受旱无收。次年春，小麦一斗值铜钱一千文，乡民饿死大半，县城四门和四乡皆挖大坑掩埋死尸，埋满复挖。

万历四十五年(1617)，旱灾，歉收。

崇祯七年(1634)，天旱，大饥荒，人相食。据三合乡《修义龙村堡碑记》载：北至延安，南至都省，四野寡炊，民掘白石者遍山，食木皮者遍野，桑榆皆枯，饿殍载道，填转沟涂者，已无其数。

崇祯十四年(1641)，大饥荒，一斗小米售银二两五钱，饿死者十分之六七，四乡、四门掘坑埋尸。

清康熙四十九年(1710)，连续三年荒旱，米价每斗银七钱，民食草根树皮，逃荒流离，妻子儿女莫保。

乾隆二年(1737)，秋田歉收。

乾隆十三年(1748)，天旱，夏秋两季均成灾。

乾隆三十六年(1771)，天旱岁饥。

乾隆五十七年(1792)，旱灾，发放赈银四万五千两。

道光二十六年(1846)，秋冬干旱无雨，粮价昂贵，饿死人甚多。

光绪三年(1877)，大饥荒，人相食，饿死者三分之二。

光绪十二年(1886)，夏旱。

光绪十八年(1892)，连续两年天旱歉收。

光绪二十六年(1900)，天旱，大饥荒，民食野菜树皮。连续两年，死人无数。

民国3年(1914)，大旱，夏田歉收。

民国17年(1928)，大旱，夏秋均无收成。

民国18年(1929)，大旱，赤地百里，饿死21000余人。西门外“万人坑”尸满，复掘数次。

这些关于旱灾的数据，呈现出蒲城虽然属于关中平原的主要产粮区，但是，历史上最大的自然灾害还是旱魔，这也是整个洛河流域的气象气候特征——水的问题，始终是生存在这方土地上人们的主要威胁。也许，缺水的意识早已成为蒲城人的心理潜意识，他们内心永远充满着对水的渴望与祈求。李仪祉也不例外，他很小的时候，就决心学习“有用之实学”，在他的心灵深处隐藏着一个最大的愿望，就是为这方土地解决水的问题——因此，后来他提出了“善治秦者必治水，善治秦者必先治水”的观点，确实是有其历史和心理潜意识的根本缘由的。尤其是1928年的关中大饥馑，给他心灵留下了难以抚平的深刻伤痛，他留学德国专门学习水利，梦想有一天让滔滔流去的洛河水浇灌这关中平原东部万顷良田，使这里的老百姓不再受旱魔的威胁。1932 年，泾惠渠第一期工程完工后，李仪祉就派人勘测设计洛惠渠工程，他给杨虎城将军写信说：

泾惠渠由公手而成，亦复有意再成洛惠渠乎？

杨虎城将军也是蒲城人，他的家乡距离洛河不过十余里路，从小生活在干旱的故乡，干旱留给他的阴影太深太深了。现在，主政陕西，有能力解决蒲城乃至关中平原整个东部千万亩良田的水利问题，他太赞成这位中外驰名的水利专家且还是同乡的李仪祉的建议了——开建洛惠渠。杨虎城将军欣然同意。两人同到大荔县铁镰山视察，并成立了引洛工程局。计划由洑头筑坝引水，穿越铁镰山，灌溉大荔、朝邑的大片肥沃农田。铁镰山是横贯大荔与朝邑正北的一道土垣，古籍称为商颜许原，因其形似镰刀彩虹，俗称铁镰山、长虹岭。它由南而北，多为东西向的多级台地，加之长期被流水切割，又形成了许多南北向的沟壑。远远望去，塬崖壁立，峡谷幽深——据说，汉武帝元狩三年至元鼎六年（前 120—前 111），命万名兵卒修龙首渠，因为在铁镰山修渠时曾经发现有“龙骨”，即谓之“龙首渠”，“穿洛以溉重泉以东万余顷故卤地”，但是，龙首渠没有发挥理想的引水作用，因为引水渠修到铁镰山出现了问题，这座山土质疏松，易于塌方，工程难以进展，后来，采取“井渠法”即凿井在井下通水的方法，才引水穿越铁镰山。在原来汉武帝时期修建的“龙首渠”旧址上，开建洛惠渠，再次穿越铁镰山，难度是非常大的。洛惠渠工程局按照李仪祉主持规划，由洑头的左岸引水，修筑起来气势恢宏的大坝，横截飞湍的洛河水流，然后穿越铁镰山至大荔、朝邑。这项工程，从1934年3月动工，直到1947年年底完工，举行放水典礼。

图18 龙首坝

1932年8月，黄河决口，李仪祉扶病去南京，担任黄河水利委员会委员长及总工程师，筹划黄河治理工程，同时，积极筹办洛惠渠工程。在紧张的工作之余，他不忘著述，写出了《导渭之真谛》《黄河治本探讨》《关于治导黄河之意见》《治黄关键》《陕西引洛工程计划书序》等十七篇关于治理黄河、洛河以及淮河的论述。在《治黄意见》里，他指出：

> 惟治黄意见，自古至今，主张不一。总其扼要，不外疏、导、防、束，大都皆以囿见，不能顾及全局，此所以河患不已也。河患症结所在之大病，是在于沙。沙患不除，则河恐终无治理之日，是此沙患症结之所在，不得不知也。

李仪祉接着分析了沙患的形成与来源，提出了在黄河上游沿河植树，遏止下游沙患；第二步，治理黄河各支流，广开渠道，振兴水利。关键是治理沙患，具体措施是：

> 在黄河沿岸积极造林，广蓄水灌溉，地既开沟引水，使风不能起沙，可使沿河不良之田变为可耕之地，所栽之树又易于成活。但森林力量仅能遮蔽风沙不致远飏，欲断绝来源势不可能。已入河床之沙，自应设法寻其出路。出路之要点，应将尾闾河口广为浚治，使水畅流入海，沙无积成，河患可减。

这个治理黄河的意见很有道理也很有见地。可惜，在那个时代，只能被束之高阁。次年，李仪祉兼任西北农林专科学校水利组讲座教授。接着又赴黄河上游查勘并视察汉江一带。是年，著有《函德国恩格尔斯教授关于质疑之点》《黄河上游视察报告》《黄河水文之研究》等论著，翻译了《弯曲河道挟沙之大模型试验》等著作。从根本上对治理黄河进行理论研究和思考，并提出治理的远景规划。

1935 年，渭惠渠开工。这时候，关中水利有泾、洛、渭三渠同时进行建设。这年，黄河决口，李仪祉赶往董庄，提出了治理方案。秋天，赴浙江、山东等地，巡视不牢河、微山湖及运河上下水灾，辞去黄河水利委员会委员长职务。返回陕西，筹备梅惠渠工程。写出了《农田水利讲义》《陕西水利十年计划纲要》《黄河水患原因及其急切补救办法》《黄河治本计划概要叙目》《黄河流域之水库问题》《纵论河患》《视察导淮工程后发表概念》等论述，翻译了《彭胃氏水力学》等著作，共计 11

种。此年，是李仪祉最为劳苦的一年，除去视察黄河及定黄河铁桥以及三赴董庄黄河决口勘查等事务外，又在10月间，视察了洛惠渠大坝工程，视察泾惠渠灌溉情况，还专程回到蒲城老家富原村省墓，他太劳累了！

翌年，梅惠渠开工。李仪祉兼任扬子江水利委员会顾问。视察江汉期间，他在长安崇义路艮垒建成，李仪祉感慨道：“俟渭惠渠工程完竣，即辞去一切职务，居垒中闭户著书，不问世事。”这年的冬天，渭惠渠第一期工程完成，陕西水利大楼也竣工了。此时，发生了震惊中外的“西安事变”——1936年12月12日，张学良和杨虎城为了达到劝谏蒋介石改变“攘外必先安内”的既定国策，停止内战，一致抗日的目的，在西安发动“兵谏”，史称“西安事变”。1936年12月25日，在中共中央和周恩来主导下，以蒋介石接受“停止内战，联共抗日”的主张而和平解决。“西安事变”的和平解决为抗日民族统一战线的建立准备了必要的前提，成为由国内战争走向抗日民族战争的转折点。事后，杨虎城将军被迫出洋，欢送会上，杨李二人相对凝视，双手紧握，不能言语。回到家中，侄子李赋林向李仪祉询问有关杨将军出洋考察的事，李仪祉沉重地说：“你杨叔早有思想准备，这次出国不是好征兆……”话没讲完，眼泪夺眶而出，哽咽着没有再讲下去。李仪祉之所以能施展手脚兴起三秦水利事业，与杨虎城将军的全力支持分不开，没有杨虎城将军的全力支持，怕只能是“梦想”而已。

从1932年到1938年，李仪祉把自己的精力和心血全部倾注在关中平原上的泾惠、渭惠、洛惠、梅惠、黑惠、涝惠、沣惠和泔惠渠等水利工程的设计、筹备和兴建上，不怕困难，勇往直前。据说，就在修建泾惠渠工程的最关键的时段，武汉行营主任何成浚到了陕西。他曾是杨虎城将军的顶头上司，杨虎城将军派了几名高官隆重接待。这当口，李仪祉却心急如焚。原来引泾工程的材料眼看就要用完，工程款再接济不上就得停工待料。而且当时渭北发生了瘟疫，泾惠渠建设工地上已经有民工因此死亡。所以李仪祉火急火燎地从泾阳赶回西安，紧急找财政厅和民政厅厅长催款，但二人均不知去向，经询问才知原来都去接待何成浚了。据时任杨虎城将军秘书的米暂沉回忆，几天后适逢省政府召开会议，刚一开会，李仪祉便冲着杨虎城将军高声指责，说他们不顾民穷财困，撂下公务去阿谀上司花天酒地。杨虎城将军听了面有愧色忙回应解释说：“李厅长误会了，何主任来西安，是我让他们做接待工作。”话未及半，李仪祉即厉声骂道：“什么何主任！什么接待！都是些混账王八蛋！”由此可见，李仪祉心里只装着水利工程，遑论其他！

殊功早入河渠志

由于积劳成疾，李仪祉病倒了！

在病床上，他从当日送来的报纸上，知道发生了“卢沟桥事变”——1937 年 7 月 7 日夜，日军在北平西南卢沟桥附近演习时，借口一名士兵“失踪”，要求进入宛平县城搜查，遭到中国守军第二十九军严词拒绝。日军遂向中国守军开枪射击，又炮轰宛平城。第二十九军奋起抗战——这就是震惊中外的“卢沟桥事变”。已经病体难支的李仪祉顿时义愤填膺，在医院里实在待不住了，提前出院，抱病投入抗日运动。

他加入陕西抗敌后援会，在报纸和电台发表文章与讲话，宣传抗日，组织募捐，不但带头捐出自家全部积蓄500大洋和夫人张孟淑的玉镯一对、金戒指一枚，还专程前去哥哥李约祉家，动员嫂子张季珍(张季鸾之妹)捐献出了她的全部金银首饰。此时，他的心更焦急了，深深为国家命运担忧。然而，李仪祉认为，只有加紧组织渭惠渠、织女渠的施工，才能以富国强兵的实际行动，支援抗日。

1938年，刚刚过完元旦，李仪祉抱病去眉县参加渭惠渠拦河大坝南土坝合龙工程。2月19日，李仪祉急性胃炎发作，病倒。3月7日，李仪祉病情危重，脸色蜡黄、骨瘦如柴。他嘱咐家人道：

> 处此国难时期，身后葬礼，须力求简约，尸体送医院剖验，以探病相之究竟，为医界做一贡献。

积劳成疾的李仪祉，于是年3月8日病逝于西安。弥留之际，他勉力支撑起身子，在学生手上写下“大坝”二字，终年56岁。

李仪祉病倒后，三秦的各大报刊均发文报道，民众闻讯后自发赶至先生在西安静修巷寓所外祈福探望，有的送佛念经，有的求医问药，有的甚至还在院子里搭起了帐篷，日夜守护，不愿离去。先生去世当日，沿街更是哭声一片……家属见状无不动容，劝说大家都赶紧回去，但民众依旧沉浸在悲痛中无法自拔。此时，有一个老农民突然站了起来，说：“大家都不要哭了。活龙王已经被上天召回去了，他要去干更要紧的事了。”听罢此言，人们才意识到，人死不能复生，李仪祉是真的离去了。

这天夜里，大雪纷飞，天地一片素白……当灵柩运到泾阳陵园时，当地群众有 5000 人挥泪送葬。国民政府发了特令褒扬，称他“德器深纯，精研水利，早岁倡办河海工程学校，成材甚众。近来开渠、浚河、导运等工事，尤瘁心力，绩效懋著”。《大公报》发表短评，称：“李先生在陕西经营八惠，利及万民。而若黄若淮若长江，李先生皆有计划，而为世所宗。今虽逝，其人格与事业，业已不朽！”

李仪祉毕生以治水为志，求郑白之愿，效大禹之业，兴办水利学校，凿泾引渭，治黄导淮，整治长江运河，足迹遍及十七省，普惠三秦大地。一生忧国忧民，胸怀社稷，崇尚科学，精研水利，学贯中西，著述宏富，鞠躬尽瘁，志行高洁，德器深纯，堪称道德文章冠冕一代，功德圣绩流芳百世的水利泰斗。他还对天文、地理、文史、宗教都有研究，著述丰厚，多达 200 余册（篇），尤长诗歌、戏剧，是一位很有造诣的剧作家。

李仪祉逝世后，没有回归故土蒲城，而是葬于咸阳城北 30 公里处泾阳县王桥乡寺背后村。陵园苍柏葱郁，而今成为陕西省水利博物馆，在近代水利展区突出“关中八惠”成就，以“江河赤子，郑白宏愿”“刻苦攻读，报效祖国”“兴建八惠，福祉三秦”“治黄导淮，呕心沥血”“博学多才，硕果累累”“鞠躬尽瘁，流芳百世”等六个部分，展示了李仪祉先生为振兴我国的水利事业建立的不朽功勋及其在教育、戏剧、建筑等方面的建树，彰显了他“做大事不做大官，求实际不图虚名”的崇高风范——还是于右任先生说得好：“殊功早入河渠志，遗宅仍规水竹居。”

有时候，我常常这样想，近现代以来，一旦黄河出事，总是蒲城人勇敢向前。道光二十一年(1841)，黄河在河南祥符(今开封)决口，王鼎出任东河河道总督，负责督塞河口。据晚清史学家姚莹在《康輶纪行》卷二的《王相国逸事》里描述，王鼎治理黄河尽忠尽责，严正不苟：

时方冬令，诸公及河厅视工，紫貂猞猁犹畏严寒。公年逾七十，服羊裘，每日辰初至河干，坐胡床督工，申刻见火归寓。非粗粝不食，时买民夫食物，食而甘之。或言过自苦，公叹曰：“大工之役，终日胼胝于风雪水土中者，真力作之人也，工成全赖若辈，顾其衣食何如？我辈坐而督工，劳逸已霄壤矣，裘衣而肉食，尚谓苦耶！且西夷方肆，天子宵旰宫中，战士枕海上，非大臣安逸之时。”夫卒闻之，无不感动踊跃，工日倍。

王鼎终日在工地上并体贴劳工辛苦，得到大家的认同与赞扬，极大地鼓舞了士气，提高了劳动效率，加快了工程进度。他时刻关心国家安危，忧国忧民溢于言表，令人敬仰。这还不说，至为重要的是，王鼎利用担任东河道总督封堵黄河决口需要人才的机会，上书朝廷，希望因为“虎门销烟”而被清政府削职流放新疆伊犁的林则徐，来帮自己治水，以此立功以免远戌。林则徐在王鼎的支持下，前后半年的时间，在风沙和风雪中奔波，工程进展很快，终于于道光二十二年(1842)合龙。

由于治理黄河，王鼎与林则徐结下了深厚的友谊。王鼎奏报道光皇帝说，“林则徐襄办河工，深资得力”，盼望能按照惯例，论功行赏，重新起用。可是，道光皇帝下旨：“林则徐于合龙后，仍着往伊犁。”随后，王鼎不断举荐林则徐，然而，道光皇帝被求和派所左右，王鼎愤而在圆明园自缢身亡，遗书劝道光皇帝“恶例不可轻开，穆不可任，林不可弃也”——完成了此生的一大壮举，其爱国之心昭然如日月辉映后世。

千百年来，奔腾不息的黄河同长江一起，哺育着中华民族，孕育了中华文明。早在上古时期，炎黄二帝的传说就产生于此。在我国5000多年文明史上，黄河流域有3000多年是全国政治、经济、文化中心，孕育了河湟文化、河洛文化、关中文化、齐鲁文化等，分布有郑州、西安、洛阳、开封等古都，诞生了“四大发明”和《诗经》《老子》《史记》等经典著作。九曲黄河，奔腾向前，以百折不挠的磅礴气势塑造了中华民族自强不息的民族品格，是中华民族坚定文化自信的重要根基。

因此，治理黄河是历代也是当今一项重大任务和要求。最近，习近平总书记在《求是》2019年第20期发表的《在黄河流域生态保护和高质量发展座谈会上的讲话》中指出：“黄河生态系统是一个有机整体，要充分考虑上中下游的差异。上游要以三江源、祁连山、甘南黄河上游水源涵养区等为重点，推进实施一批重大生态保护修复和建设工程，提升水源涵养能力。中游要突出抓好水土保持和污染治理。水土保持不是简单挖几个坑种几棵树，黄土高原降雨量少，能不能种树，种什么树合适，要搞清楚再干。有条件的地方要大力建设旱作梯田、淤地坝等，有的地方则要以自然恢复为主，减少人为干扰，逐步改善局部小气候。对汾河等污染严重的支流，则要下大气力推进治理。下游的黄河三角洲是我国暖温带最完整的湿地生态系统，要做好保护工作，促进河流生态系统健康，提高生物多样性”，“黄河水少沙多、水沙关系不协调，是黄河复杂难治的症结所在。尽管黄河多年没出大的问题，但黄河水害隐患还像一把利剑悬在头上，丝毫不能放松警惕。要保障黄河长久安澜，必须紧紧抓住水沙关系调节这个‘牛鼻子’。要完善水沙调控机制，解决九龙治水、分头管理问题，实施河道和滩区综合提升治理工程，减缓黄河下游淤积，确保黄河沿岸安全。”进入 21 世纪，世界对河流治理的能力进一步增强，更加理性化，取得了前所未有的成就。习近平总书记的讲话，是新时代我国黄河流域生态保护和高质量发展的指导思想。这是在总结前人治理黄河以及吸纳世界治理河流的成功经验基础上提出的，黄河将会展现出一个光明辉煌的未来。

第十章　洛河流域的红色文化

长征的落脚点与革命胜利的出发点：吴起

2018年的冬天，我决定再次奔赴黄土高原，这次主要目的是探访洛河流域的红色文化，拜谒陕北革命的旧址。沿着高速公路到达定边县，然后深入白于山，沿着头道川省级公路，一路颠簸，过铁边城，进入吴起县境内。吴起，这是一个令人鼓舞的名字，也是令人鼓舞的地方。看着这洛河两岸的山川、绿树和庄稼，忽然，耳边回响起熟悉的歌声，这就是《长征组歌》里的《到吴起镇》：

锣鼓响，秧歌起。黄河唱，长城喜。
腊子口上降神兵，百丈悬崖当云梯。
六盘山上红旗展，势如破竹扫敌骑。
陕甘军民传喜讯，征师胜利到吴起。
南北兄弟手携手，扩大前进根据地。

《长征组歌》，尤其是这首歌，欢快而优美的旋律，这么多年来，一直在我的心底里回旋着激荡着。是啊，从1934年10月至1935年10月，红军经过二万五千里长征，爬雪山、过草地，战胜了敌人的围追堵截，终于胜利到达了陕北红色根据地。我非常喜欢《清平乐·六盘山》这首词：

> 天高云淡，望断南飞雁。
> 不到长城非好汉，屈指行程二万。
> 六盘山上高峰，红旗漫卷西风。
> 今日长缨在手，何时缚住苍龙？

1936年10月7日，红军翻过六盘山主峰，向甘肃省的环县和庆阳方向前进，毛泽东同志在行军途中创作了这首词。这首词写得太好了，既回顾了万里长征的行程，赞扬红军战士们勇往直前的钢铁意志和抗战必胜的坚定信念，也是一首在战斗中前进的胜利曲，是一篇振奋人心、激扬斗志的宣言书——是啊，正义的事业是不可战胜的，正义的事业是必将胜利的！如今，“南北兄弟手携手，扩大前进根据地”——昏暗的世界即将闪亮出黎明的天色，能不激动吗？10月18

图19　毛主席在张湾子的故居

日，中央红军到达当时保安县铁边城附近的张湾子村(今属吴起县)。这个村庄不大，北边的原坡上散落着数十户人家，村前树立着一块石碑，上书“张湾子毛泽东旧居”——这是吴起县人民政府2011年5月公布的。村前有简易的停车场，有台阶通向毛泽东故居。这是一座典型的陕北院落，北边是一排窑洞，整洁而敞亮，1935年10月18日晚上，毛泽东就居住在这排窑洞西边的一间比较宽敞的窑洞里，窑洞里靠墙放着一张简陋的木桌。这家院落的主人，热情迎接风尘仆仆的远方客人，赶快忙活起来，给客人做了一餐“剁荞面”——剁荞面是陕北黄土高原的好吃食。陕北白于山一带，气候干旱，靠游牧和耕种庄稼过活，生活极端贫困，陕北早期党的领导人之一的赵通儒在其所著的《陕北早期党史资料》里说，府谷、神木、榆林、横山近沙漠地区，地主过年也有吃不到面而吃大米或黄米饭或荞面，而荒凉偏僻的铁边城附近的张湾子的生活条件就可想而知，能为客人做上一餐剁荞面，已经属于上好的饭食。这家现在的主人是一位淳朴的老农民，他说，是他爷爷接待毛泽东一行客人的，夜已经很深了，窑洞里的灯火还亮着，客人几乎没有睡觉，一直在看文件写东西，第二天一大早就离开了张湾子，沿着通往保安的方向走去……事后，他们才知道，住在家里的客人，原来是毛泽东等中央红军的领导。是的，就在这时候，中共中央政治局召开了常委会，毛泽东在会上发言，为中央红军进入陕北红色根据地做好了战略部署。

吴起县城的南边，有一座巍峨的高山，称为“胜利山”——中央红军刚刚进入保安县的吴起，国民党军队马鸿逵、马鸿宾和毛炳文的骑兵尾追而来，企图对红军形成夹击之势——这只是敌人的痴心妄想而已！毛泽东同志站立在山顶的一棵杜梨树下，和周恩来、彭德怀将军指挥了这场著名的“割尾巴”战役，有力地击溃了敌人声势浩大的“追兵”2000余人。这是红军进入陕北红色根据地的首次军事大捷，此役胜利之后，毛主席兴奋之余，挥笔写下了《六言诗·给彭德怀同志》，诗云：

山高路远坑深，大军纵横驰奔。
谁敢横刀立马，唯我彭大将军。

如今，在胜利山脚下的中央红军长征胜利纪念园广场上，矗立着高耸入云的纪念碑，铭记着刘志丹、谢子长、习仲勋等老一辈无产阶级革命家和革命先烈，在血雨腥风的斗争中开辟了陕甘革命根据地，使吴起成为中央红军长征落脚陕北的“第一站”和中国革命走向新的胜利的出发点。吴起，是一块神奇的土地，也是一块红色的热土。

图20　胜利山夜景

过去的吴起镇，现在已经成为吴起县。在进入县城的高速公路口，矗立着一尊高大的战国时期名将吴起的石雕。吴起

(前 440—前 381)，姜姓，吴氏，名起，卫国左氏(今山东曹县)人。一生历仕鲁、魏、楚三国，通晓兵家、法家、儒家三家思想，在内政军事上都有极高的成就。在楚国时，辅佐楚悼王主持变法。周安王二十一年(前 381)，因变法得罪守旧贵族，惨遭杀害。著有《吴子兵法》。显然，吴起县是以这位战国著名军事家的姓名而命名的。它隶属于延安市，位于延安市西北部，西北邻定边县，东南接志丹县，东北是靖边县，西南毗邻甘肃华池县。前边曾经说过，洛河是水到吴起成大河，是的，确实是这样……

永远凝固着诗意的永宁山

到达永宁山，是中午时分。冬天的洛河结了一层闪着白色光的冰，在阳光的照射下，远远望去，似乎凝成一河碧绿色的玻璃。从蒙古高原吹过来的风甚是寒冷。可是，永宁山呢，在天空下，像一团升腾燃烧的火焰——我知道，这是洛河特有的丹霞地貌呈现出来的地理特色。沿着山脊上的小路，慢慢登上永宁山。是处景色奇秀，山势陡峭，山石呈红色，有的石阶经洞穴连绝壁盘旋而下，十分险要。

永宁古寨位于永宁山上，这是一处险峰之上，在石壁上凿出的摩崖古寨，古寨分为上中下三层，每层各自独立，上层是雄居突兀的山顶，中层微向内倾，十分陡峻，下层通洛河供汲饮、瞭望、饮食、住宅等，可容千人。这里曾经是保安县政府所在地。在古寨盘桓半天，总想寻找到刘志丹当年上学的学校，然而，却没有指示牌，只能伫立山上，凭栏想象了。洛河环绕永宁山，古称“石楼山”，若是战争年代，此山确实易守难攻。而平日里，这里绝对是观光的好去处。

下得山来，不远处有一小饭店，经营荞面饸饹，大锅里烩了土豆粉条，饸饹是现做。天已过午，觉得有点饥饿，于是上前点了饭菜，站立青石板旁，边吃边与主人闲聊。向主人打问刘志丹当年上学的地方，得知这间学校早已经不存在了。1928年，刘志丹在这里成立了中共永宁山党支部。渭华起义失败后，刘志丹秘密潜回保安县，利用永宁山寨的险要地势，组织民众抗粮抗税，要求官府减免税银、救济灾民，从此拉开了“闹红”的序幕。1930 年，他又在永宁山中秘密组织了革命军队，从此陕北革命揭开了崭新的一页。

小饭店的主人说，永宁山一带流传着这样一个故事：1936年，毛主席率领红军到达吴起进而进驻保安，刘志丹曾经邀请毛主席在永宁山住过一段时间，因而，老百姓传唱起非常好听且流行天下的信天游《边区的太阳红又红》这首民歌。为了考证这个故事，我特意从藏书里边，找到逄先知主编的《毛泽东年谱》，可惜的是，没有找到相关记载。1942 年，在纪念刘志丹同志牺牲六周年时，毛主席亲笔题词里说：“我到陕北只和刘志丹同志见过一面，就知道他是一个很好的共产党员。”——由此可见，毛主席确实未曾应刘志丹同志邀请去过永宁山。然而流传的这个故事，从一个侧面反映出当地人民群众对毛主席和刘志丹同志的爱戴和拥护，尤其是这首信天游，唱出了老百姓的心声，也唱出了世世代代的穷苦人在共产党领导下翻了身，过起了幸福生活的感恩之情，听：

高楼万丈平地起
盘龙卧虎高山顶
边区的太阳红又红
咱们的领袖毛泽东
天上三光日月星
地上五谷万物生
来了咱们的毛主席
挖掉了苦根翻了身

刘志丹（1903—1936），名景桂，字子丹、志丹。中国工农红军高级将领，忠诚的共产主义战士，杰出的无产阶级革命家、军事家，西北红军和西北革命根据地的主要创建人之一。1936年3月，率红二十八军参加东征战役，由罗峪口附近东渡黄河，挺进晋西北，迭克敌军，在山西中阳县三交镇战斗中不幸牺牲，年仅33岁。永宁山，是刘志丹同志早年求学的地方，他从这里出发，和他的革命战友谢子长、习仲勋等革命领袖，创建了西北红色根据地照金和南梁苏区，迎接中央红军胜利到达陕北，开辟了中国革命的新篇章。刘志丹还是才华横溢的革命文艺家，写出了许多优秀的文学作品。他的散文《我的母亲》，情真意重，回忆母亲留给自己深刻印象的生活片段，字里行间透露出对母亲深深的爱，特别是对母亲逝世的哀痛与悲伤：

这时我的灵魂儿，却伴着母亲去了！只呼呼的一阵响，睁眼看时，母亲棺材已经埋入黄土堆了！天宽地阔，无母亲的儿子！何处寄托呀！

他叙述母亲对他求学的支持：

悲痛的生活，流着热泪，过了一冬了，今天是我上榆林中学的前一天，我便回想起：去年我预备到省城里考学校的时候，父亲还怕经费困难，有些犹豫不决的意思。这时母亲便说："你叫娃去，念书是好事情，咱们在家里殷勤些，俭省些，几十块钱的学费算什么呢！"但是她背过我，却流了几次泪——怕我走远了，她要挂念呢！

读到这里，令人深切感到母爱的伟大，在儿子人生的关键时刻，总是母亲当机立断，做出明智的选择，支持儿子外出求学，为刘志丹以后从事中国革命奠定了丰富的文化知识基础，也使得他在外求学期间，选择了自己人生的伟大道路。

刘志丹的散文还有《春天的榆林》《万恶的狂风》等作品，大都表现出对黑暗现实的愤恨与不满。在后者中，他写道：

呼噜噜的一阵狂风，卷挟着黄沙，吹迷了我的眼睛，耳鼓中只有咆哮的风声和沙沙的沙粒声。这时我进退不能，只得在这凶猛势重的风沙中，呆呆地站着。只觉得黑暗！只觉得愤恨！

面对着"凶猛势重的风沙"，怎么办？作者的态度是"只管伤痛是无用的，盼望你们赶紧召集同伴，拿起百折不回的精神，拼命地与狂风飞沙相抵抗”，“飞沙虽猛，它能战胜和平的细雨神仙吗？到了这个时候，只有我们的自由！只有我们的光明！抵抗！快起来抵抗吧！”这是刘志丹写于 1923 年的壮美作品，蕴含着他勇敢面对黑暗势力倔强抗争的精神。这时候，正在榆林中学上学的刘志丹，在进步老师的指导下，组织社会科学研究会、文学研究会等团体，为进步书刊撰稿，有力地抨击时弊。同时，刘志丹还写出了大量的诗篇。1922 年，他写出《登镇北台》，意境阔大，表现出宏伟的政治抱负：

红石峡急流直下，镇北台狂风高旋。
看长城内外破碎，重收拾有待吾辈！

“重收拾有待吾辈”——这种敢于担起河山的大无畏精神，至今读来令人油然而生万丈豪情。他创作于 1924 年的《爱国歌》：

黄河两岸，长城内外，
炎黄子孙再不能等待。
挽弓持戈，驰骋疆场，
快，内惩国贼，外抗强权，
救我中华万万年。

1928 年参加渭华起义时，他创作了鼓舞人心的诗歌《决心为民要共产》：

二月十五夜不眠，满月陪我上高山。
宝华山上红旗飘，决心为民要共产。

这里的“宝华山”是指西岳。这首诗充满了革命的乐观主义精神，抒发了为人民求解放的豪情壮志，有情有景，情景交融，浑然一体。这时候的刘志丹已经是卓越的军事指挥者，虽然渭华起义遭到敌人的镇压，但是，革命的火种必将燃起漫天熊熊烈焰。此后，几经转战，刘志丹回到陕北，投入创建西北红色根据地的伟大战斗中去，再也没有进行文学创作。不过，仅有的流传至今的文学作品，仍然是我国现代文学尤其是革命文学的典范之作，具有永久的艺术生命力。

永宁山，不但是洛河流域具有典型丹霞地貌特征的名胜之地，也凝固着诗意，犹如一团升腾的火焰，永远在燃烧，永远在燃烧……

埃德加·斯诺与《西行漫记》

沿着白于山继续向东行走，到达吴起县城，登上胜利山，拜谒了红军长征胜利纪念园，采集了山麓盛开的黄灿灿的野菊花，敬献在纪念碑下。然后，我继续东行，到达志丹县城（志丹县原名保安县，1936 年 4 月，民族英雄刘志丹牺牲后更为此名）——这是一座美丽的县城，沿着洛河而建，山水环绕，优雅而又充满了现代化，高楼林立，街道古朴而又整洁。保安革命旧址，位于县城北边的炮楼山麓。1936 年 7 月 3 日至

图 21　保安革命旧址

1937 年 1 月 13 日，这里是中共中央所在地。旧址的第一排有 5 孔石窑，依山开凿，坐东面西，毛主席的办公室为南起第 2 孔石窑，还有周恩来、张闻天等领导人的旧居和中共中央政治局会议室和中国工农红军大学旧址等。毛主席在这里撰写了《中国革命战争的战略问题》等重要著作。就在这一排山石开凿出来的窑洞院落里，召开了 21 次政治局(扩大)会议，研究方略，调整各项政策，使抗日统一战线形成，实现了红军三大主力在西北大会师，宣告万里长征胜利结束。

在保安，毛主席接见了第一次踏进红区的美国记者埃德加·斯诺。埃德加·斯诺(1905—1972)，生于美国密苏里州，美国著名记者。他于 1928 年来华，曾任欧美几家报社驻华记者、通讯员，同时兼任北平燕京大学新闻系讲师。1936 年 6 月，斯诺从北平出发，经过西安，访问陕甘宁边区。斯诺和毛主席进行了长时间的谈话，搜集了大量关于红军长征的第一手资料，写了不少的通讯报道。他在《西行漫记》中译本初版的序文里说：

> 从字面上讲起来，这一本书是我写的，这是真的。可是从最实际主义的意义来讲，这些故事却是中国革命青年们所创造，所写下的。这些革命青年们使本书所描写的故事活着，所以这一本书如果是一种正确的记录和解释，那就是因为这是他们的书……此外，还有毛泽东、彭德怀等人所作的长篇谈话，用春水一般清澈的言辞，解释中国革命的原因和目的。还有几十篇和无名的红军战士、农民、工人、知识分子所作的对话。从这些对话里面，读者可以约略窥知使他们成为不可征服的那种精神，那种力量，那种欲望，那种热情——凡是这些，断不是一个作家所能创造出来的。这些是人类历史本身的丰富而灿烂的精华。

早在20世纪80年代初期，我就已经认真读过《西行漫记》。这部著作，文笔朴实简练，叙事清晰，在他的笔下，毛泽东、周恩来、朱德、彭德怀、徐海东等受访人物，活灵活现，呼之欲出。我最喜欢读长篇《一个共产党员的由来》，使人了解到毛泽东同志是怎样走上革命道路并成为伟大的无产阶级革命领袖的光辉人生，斯诺写道："毛泽东生平的历史是整整一代人的一个丰富的横断面，是要了解中国国内动向的原委的一个重要指南。"他甚至断言，"毛泽东也许可能成为一个非常伟大的人物"。同时，"毛泽东是一个令人极感兴趣而复杂的人，他有着中国农民的质朴而纯真的性格，颇有幽默感"，

“然而毛泽东还是一个精通中国旧学的有成就的学者，他博览群书，对哲学和历史有深入的研究”，斯诺由衷地说，他“是一个颇有天才的军事家和政治战略家”。斯诺记述了毛主席读书的一个生活片段：

> 有一次一个客人带来了几本哲学新书来给他，于是毛泽东就要求我改期再谈。他花了三四夜的工夫专心地读了这几本书，在这期间，他似乎是什么都不管了。他读书的范围不仅限于马克思主义哲学家，而且也读过一些古希腊哲学家、斯宾诺莎、康德、歌德、黑格尔、卢梭等人的著作。

广泛阅读哲学著作并且研究西方古代和现代经典哲学，是由于毛主席在保安这一时期，除过非常繁忙的革命工作而外，主要集中思考哲学的理论问题，因为，在当时共产党的内部存在着对待马克思主义的教条主义态度，照抄照搬苏联模式指导中国革命。这一错误的态度使得共产党从 1927 年到 1934 年先后出现了三次“左”倾错误，其结果导致中国革命遭受了致命的打击，红区和红军损失了 90%，白区工作几乎损失 100%。如不对这种错误进行有力的回击，中国革命将会最终走向失败。1935 年 1 月，在贵州遵义召开了中共中央政治局扩大会议，这次会议上对“左”倾教条主义的军事路线进行了深刻的批判，选举毛泽东同志为中央政治局委员，并确立了他在党内的领导地位。之后，党的工作思路、思想路线逐渐转移到了正确的方向上来，取得了万里长征的伟大胜利。为了进一步厘清党的思想路线和指导方针，毛主席开始系统思考“左”右倾机会主义在认识和思维方式上的错误，系统思考和总结中国革命的历史经验和教训——在红军大学，毛主席亲自讲课。1937年，他在延安只用了几个星期就写出来了简明扼要、意蕴深刻的哲学讲义——《辩证唯物论(讲授提纲)》。中华人民共和国成立后，毛主席亲自校阅、修改，将提纲中的“实践论”和“矛盾统一法则”定名为《实践论》和《矛盾论》。这两部哲学论著，既是中国共产党批判“左”右倾错误的哲学总结，又是中国现代社会革命经验的哲学概括。哲学研究学者崔丽华在其《〈实践论〉〈矛盾论〉导读》中评价这两部著作“创制了现代中国革命的哲学逻辑，塑造了现代中国革命实践经验的理论形态，描绘了中国共产党如何引领人民进行革命的思想蓝图，开辟了马克思主义哲学民族化的中国道路。《实践论》《矛盾论》不仅是中国哲学史上具有里程碑性质的思想劳作和哲学创造，而且也是世界哲学史，特别是世界马克思主义哲学史上一道具有中国式实践哲学特色的独特理论景观”——这个评说不但富有诗意而且是很正确的。斯诺作为杰出的记者，敏锐的观察和记述能力，也很是让人敬佩。斯诺在《西行漫记》的末章里，充满激情地说：

> 中国社会革命运动可能遭受挫折，可能暂时退却，可能有一个时期看来好像奄奄一息，可能为了适应当前的需要和目标而在策略上作重大的修改，可能甚至有一个时期隐没无闻，被迫转入地下，但它不仅一定会继续成长，而且在一起一伏之中，最后终于会

> 获得胜利，原因很简单(正如本书所证明的一样，如果说它证明了什么的话)，产生中国社会革命运动的基本条件本身包含着这个运动必胜的有力因素。而且这种胜利一旦实现，将是极其有力的，它所释放出来的分解代谢的能量将是无法抗拒的，必然会把目前奴役东方世界的帝国主义的最后野蛮暴政投入历史深渊。

他的预言最终成为事实。斯诺在保安和陕北红色革命根据地四个月的采访和旅行，使一个来自资本主义发达国家的新闻记者，在思想感情上发生了极大的变化，他对正在进行着的伟大的中国革命有了深刻的正确认识，成为第一个向世界全面报道中国共产党和中国工农红军真相的记者，在国际和国内都产生了很大的影响，对在艰苦条件下从事中国革命斗争的人们给予了有力的鼓舞。中华人民共和国成立后，斯诺曾经三次访华，为中美建交做出了历史贡献，这是后话了。

丁玲在洛河流域的文学活动

1936 年 9 月，丁玲从上海登上西行的列车，到达西安，决心投奔陕北红色根据地，寻找一个追求光明的革命作家的精神归宿和一个崭新的天地。11 月 1 日，在党组织的安排下，丁玲经过三原、耀县(今铜川市耀州区)、宜君、洛川，沿着洛河北上，一路艰苦跋涉，到达保安。

现在回过头来，简单勾画一下丁玲这位中国著名作家。丁

图 22　丁玲

玲（1904—1986），女，原名蒋伟，字冰之，又名蒋炜、蒋玮、丁冰之，笔名彬芷、从喧等，湖南临澧人。她的父亲是清末秀才，曾留学日本，因体弱多病早逝。母亲是一位具有民主思想的进步知识分子。在母亲的教育下，丁玲自幼萌发反封建的思想意识。在桃源第二女校、长沙周南女校、岳云中学读书时，受到五四运动的影响。1922 年，在上海进入陈独秀、李达创办的平民女校读书，后经瞿秋白介绍转入中国共产党创办的上海大学中国文学系学习。丁玲尊崇鲁迅先生，后来说过这样的话："鲁迅先生说他自己吃的是草，挤出来的是奶。我便是吃鲁迅的奶长大，以至于成熟起来的。"鲁迅先生的作品和思想，成为青年丁玲的精神营养。

丁玲渴望到北京大学学习，听鲁迅先生讲课。1924 年，她到了北京，但升学的愿望难以实现，只好住在西城一所补习学校自学，同时在一家私立图画学校学习绘画。这期间，她认识了左联青年作家胡也频。此时，丁玲开始拿起笔来揭露旧中国的黑暗，倾诉心中的苦闷。第一篇小说《梦珂》在《小说月报》上发表。发表于 1928 年 2 月《小说月报》上的《莎菲女士的日记》，则是这个时期她的代表作——冲破封建枷锁的束缚，破茧而出的"莎菲女士"，是新民主主义革命来临之际，中国青年知识界追求个性解放和女性解放的鲜活代表，小说产生了很大的影响。

1931 年 2 月 7 日，左联青年作家胡也频、李伟森、柔石、冯铿、殷夫及其他革命者饮弹倒在上海的龙华监狱，为此，愤怒的鲁迅先生写下了著名的文章《为了忘却的纪念》，以此纪念这五位牺牲的左联青年作家。丁玲强忍着心头的悲痛，奋不顾身地投入斗争，负责编辑出版左联机关刊物《北斗》杂志。在冯雪峰的指引下，她加入中国共产党，担任左联党团书记。这时期，丁玲创作了《韦护》《水》《母亲》等许多作品，显示了左翼革命文学的创作实绩。

1933 年，丁玲被国民党特务绑架，拘禁在南京。国内外著名人士宋庆龄、蔡元培、鲁迅、杨杏佛、柳亚子及罗曼·罗兰等发起抗议和营救活动。鲁迅先生得知丁玲被捕，对国民党的迫害行为表示极大的愤慨，他挥笔写下《悼丁君》这首诗：

如磐夜气压重楼，剪柳春风导九秋。
瑶瑟凝尘清怨绝，可怜无女耀高丘。

在被监禁的日子里，敌人曾对丁玲威胁、利诱、欺骗，企图利用她的社会名望让她为反动派做事，遭到了她的坚决拒绝。同时，丁玲积极寻找地下党组织，1936 年 9 月，在党组织帮助下逃离南京，到达上海。

丁玲到达保安后，进入洛河流域的红色根据地，受到了大家的隆重欢迎。中共中央宣传部在一孔窑洞里，举行了一个欢迎会。毛主席、周恩来、张闻天、凯丰、林伯渠、李克农等三十余人出席了欢迎会。丁玲走进会场时，周恩来热情地招呼她："欢迎我们党的好女儿回到家里来！"蒋祖林在《丁玲传》里，这样描写道：

> 丁玲此刻只有一个念头：到家了，真的到家了！欢迎会上，亲密、和谐的气氛更加深了她的这种感受。她感到这是她有生以来最幸福、最荣光的时刻。在这孔窑洞里，她几乎见到了所有党中央的领导人，她应邀在会上讲话。丁玲无所顾虑，满怀欢乐，第一次在这么多领导人面前讲话。她讲了她的追求与向往，讲了她从事文学后的奋进，讲了她被囚南京三年的斗争，讲了她初到苏区的感受，就像从远方回到家里的一个孩子，在向父亲、母亲那么亲昵地喋喋不休地饶舌。

丁玲实现了多年的愿望，走进了一种新生活，全然不同她以前曾经生活过的那个世界，她觉得一切都很新鲜。在这里，人们全都充满着革命的激情，洋溢着快乐的青春的活力。在这生机盎然的气氛中，丁玲只感到欢快，也受到鼓舞。

丁玲完全沉浸在投入母亲怀抱的那种幸福的情绪中，但是，作为一名作家，一名党的文艺工作者，她也思考着红色根据地的文艺工作。她认为，应该把红色根据地的文艺工作者组织起来，如同在上海那样成立一个左联一样的文艺组织，这对促进整个中国的革命文艺能起到很大的作用。因此，丁玲向毛主席、周恩来、张闻天谈了成立一个文艺团体的想法，得到了他们的赞同，并初步定名为"文艺工作者协会"，随后，发布了《文艺工作者协会缘起》，发起人有丁玲、成仿吾、伍修权、李伯钊、徐特立、李克农、陆定一等 34 人。1936 年 11 月 22 日，举行了陕北红色根据地第一个文艺团体成立大会。会上，大家讨论这个团体的名称，毛主席提出叫“中国文艺协会”，被一致通过。毛主席在讲演中说：

> 中国苏维埃成立已很久，已做了许多伟大惊人的事业，但在文艺创作方面，我们干得很少。今天这个文艺协会的成立，这是近十年来苏维埃运动的创举。

毛主席指出：

> 我们要抗日首先就要停止内战。怎样才能停止内战呢？我们要文武两方面都来。要从文的方面去说服那些不愿停止内战者，从文的方面去宣传教育全国民众团结抗日……发扬苏维埃的工农大众文艺，发扬民族革命战争的抗日文艺，这是你们伟大的光荣任务。

丁玲担任了协会主任，立即着手调查会员登记，通知各地各军队成立分会，拟定研究计划等，同时在《红色中华》报上创办《红中副刊》。她在《红中副刊》创刊号上，发表了《刊尾随笔》，作为代发刊词，文中写道：

> 有人说一支笔可以生死人命，那我们也可以说一支笔是战斗的武器……我们要从各方面使用笔，用各

种形式，那些最被人欢迎的诗词、图画、故事等等，去打进全中国人民的心里，争取他们站在一条阵线上，一条争取民族解放抗日的统一战线上。

毛主席在成立中国文艺协会大会上的讲演里，提出“两个发扬”，即“发扬苏维埃的工农大众文艺，发扬民族革命战争的抗日文艺”，明确了协会的任务，而丁玲的文章贯彻落实毛主席提出的工作任务，把文艺与祖国的前途命运紧紧地联系起来，把文艺与伟大的民族解放抗日战争联系起来，成为丁玲在洛河流域文学创作的鲜明主题。党中央批准了丁玲当红军上前线的要求，丁玲跟随杨尚昆领导的红军前方总政治部北上定边。

北上定边的旅途对丁玲来说，无疑是一次深刻的生活体验与人生历练，全然不同于城市的艰苦生活和新鲜的陕北风光，让丁玲很快就写出了散文《到前线去》，她描写当时在洛河岸边的行军：

开始两天全跟着洛川河走，一时在冰上，一时又爬到两边的岩岸上，这些路都非常陡峻，牲口不能上去，得远远的绕着河的对面，岩底下的小路走，大半的时候还有许多烂泥，一些被太阳晒溶了的地方。后来的行程，便转到山上了，越过了一岭，又有一岭，几十里，几十里看不到一个村庄。这些山都全无树木，枯黄的荒草，或是连草也看不到的那末无际地起伏着，一直延展到天尽头，但这天是无尽头的，因为

> 等你一走到尽头的山上，你又看见依旧是那一幅单纯的图画铺在你脚下了。这些地方有着一些奇怪的地名，但随即就会忘去的。

实际上，丁玲他们进入了黄土高原上的白于山脉，沿着洛河走向定边，她的感觉确实不错，笔下洛河岸边的景物也描述很真切。如果没有走过这条山道，那是肯定写不出这样比较准确的行程感受的。说真的，时间虽已经过去了 80 多年，我自己驱车沿着白于山洛河岸边的省级公路行走，还不时有类似丁玲当年的感受，尤其是她说的“一些奇怪的地名”，也确实常常遇到，虽然有村名的标识牌高高树立在路边，然而，却不认识这些标识牌上的汉字，常常是冷僻的不常见的，过后，随即就忘记了。到底是大作家，丁玲的艺术感觉确实很敏锐，文字表达也准确。经过几天的连续行军，他们到达目的地——定边县城外的绍沟沿——红军前方总司令部就驻扎在这里的小村庄。绍沟沿，虽说叫村庄，其实地面上也没有房屋，几十孔窑洞散布在辽阔的黄土高原上的一条小沟里。这是一条干沟，缺水，人们都是在深窖里储存头年冬天的积雪来解决饮水，然而，这里——白于山脉，却是洛河、延河、无定河等多条河流的发源地，似乎是矛盾，其实，并不矛盾，黄土高原看起来是异常干旱，却蕴含着极其丰富的地下水资源，只是水土流失严重，地表层储水很少而已。在绍沟沿，丁玲见到了红军前方总司令部的彭德怀司令员和任弼时政委。

这里靠近沙漠，朔风刺骨寒，满目荒凉，生活极端艰苦，丁玲并不以为苦，愉快地感到四处都是勃勃生机。在《怀念仿吾同志》里，丁玲笔下的白于山脉和定边风物却是那样的优美而令人愉悦：

> 这天，太阳刚从东边地平线上冒出来的时候，我在一群新集合起来的一伙人中间，策马东行。空气很冷，很新鲜。路很平，塬上极少树棵，偶然看见几棵长不大的杨树。满天红霞，不是灿烂如锦如火，倒似从冰霜中冷冻过的那样浮着一层既淡又薄的雾似的轻纱，笼罩大地，含着一种并不强烈的淡淡的温柔，却很能稳定我容易激动的心情。我极目环宇，悠然自得，脑子里浮现出古代的诗歌，那些印证着此情此景的诗句，是多么豪迈和使人舒坦！这里是冬日，又似霜晨；是征程，又似遨游；是战士，又似游子……蹄声得得，风沙扑面，我如在梦中，如在画中，只是从同志们那里传来的欢声笑语，才使我想到我是在哪里，正向哪里去！

这段饱含着诗意的语言，表达出丁玲舒畅而高兴的心情，也描写出洛河流域白于山脉独特的冬天的优美景致——真是应了一句话，一切景语皆是情语。人的心情喜悦了，眼里尽是好风景，丁玲此时就是这样的心情，所以其散文作品也跳荡着激动不已的情绪和一切美好的景致。在定边，她参加了纪念广州暴动九周年的群众大会，会后，写有《广暴纪念在定边》，发表在《红中副刊》第二期上。

丁玲不但观察周围的山川树木以及起伏不已的山脉，而且观察和深入了解红军战士甚至红军将领。此时，丁玲对彭德怀有着极好的印象，她对彭德怀观察得那样细致，彭德怀的一言一行、一举一动她都看在眼里，她在随军南下途中的日记里这样写道："沿途都没有休息，只要一休息下来，便又拟着电稿或指示的彭德怀同志又已坐在人来人往的门边写着什么了。""忽然从门外传来一个有力的声音，使大家都肃静地听着，这正是那坐在门槛上写东西的前敌总指挥。""说话总是很幽默的彭德怀，也是一个喜欢说一句两句的，并且有时还会做出一点胡闹的举动，我以为只有小孩子才会感兴趣的举动。不过，在那极其天真的脸上，还没有完全消失顽皮的时候，他已经又在严肃地说着一些横梗在心头，没有一时放松的我们目前的任务。""我同着指挥部一块儿行军，有三天了，我还没有看见他们有一分钟是想着别的。""十一点了，我还坐在火边，借火光写着日记，炕上已响起鼾声……只有机要科不时送来一些电报给总指挥和政治委员，而这些电报，有许多关于远方的时事的，也是我每晚愿意等着看的。"她的著名散文篇章《彭德怀速写》，生动地刻画出彭大将军的个性与神态：

脸色是看不清的，因为常常有许多被寒风所摧裂的小口布满着，但在这不算漂亮的脸上有两个黑的、活泼的眼珠转动，看得见有在成人脸上找不到的天真和天真的顽皮……昂奋的心都在他那种最自然诚恳的握手里显得温柔起来。他有时也同这些人开玩笑，说着一些粗鲁无伤的笑话。……有些时候他的确使人怕的，因为他对工作是严格的，虽说在生活是马马虎虎；不过这些受了严格批评的同志却会更爱他的。

“西安事变”发生后，彭德怀率红军主力开赴庆阳、西峰一带，尔后又南下至咸阳、三原、淳化。丁玲亦随总指挥部南下。就此，丁玲离开了定边，离开了洛河流域。在洛河流域，她还创作《保安行》七八篇作品，其中有《记左权同志话山城堡之战》《一颗没有出膛的枪弹》等篇章，后来，丁玲收集整理成《北上》《南下》等作品，准备出版，因为战事紧张搁置起来——虽然，丁玲在保安，在洛河流域的这段时间并不算长，在党的关怀下，在毛主席的指导下，却是她文学创作一个新起点，一个转折，也是她文学艺术风格发生巨大变化的历史时期，为此后的文学创作奠定了强大的思想基础，坚定了文学为人民、为中国革命事业服务的文学创作的正确方向。因此，在保安，在洛河流域的丁玲的文学活动与创作值得认真研究和总结。

就在跟随红军主力南下到达庆阳的时候，丁玲收到毛主席用军事电报发来赠送她的《临江仙·给丁玲同志》：

壁上红旗飘落照，西风漫卷孤城。
保安人物一时新。
洞中开宴会，招待出牢人。
纤笔一支谁与似？三千毛瑟精兵。
阵图开向陇山东。
昨日文小姐，今日武将军。

这首词充分表达了毛主席对丁玲的高度评价和极高的期望，也看出毛主席正是从革命需要的角度把丁玲对抗日文艺所能起的作用看作是同军事力量的增长同等重要的——毛主席一生创作的诗词中，题赠人的作品，也就仅仅上述的《六言诗·给彭德怀同志》和这篇《临江仙·给丁玲同志》而已，而这两首诗词，都是在洛河流域的保安写的，弥足珍贵！

爱国将领杨虎城的诗歌

洛河冲出洑头大峡谷，曲折蜿蜒流向横贯蒲城境内南部连绵不已西起紫荆原东至洛河西岸的黄土高原脚下，拐过一个弯，再向南流入大荔县横贯东西的沙苑，形成了富饶而美丽的河湾……这里风光绮丽，绿树成荫，阡陌纵横，而翻过这道突然隆起的土塬，向北却是一望无际的平阔土地，村庄稠密且历来文化发达，注重文教，风气醇厚。就在卧虎山山下，有个蒲城东乡的名镇，是谓孙镇，著名爱国将领杨虎城将军就出生在孙镇的甘北村。

杨虎城将军(1893—1949)，乳名长久，亲邻称“久娃”(九娃)，后名忠祥，号虎成(虎臣、虎尘)。伯父，名全兴；父，复兴，又名怀福，以务农为主，兼擅木工，农闲时制作农具出售。母亲，名孙一莲，勤劳贤惠，家教严于父。10岁，入私塾，凡两年。13岁，在孙镇的一家小饭铺为童工。15岁，他的父亲因从事反清活动，被清政府绞杀于西安。不久，伯父全兴，也因此被杀害。所以，他从小就对反动统治阶级怀着刻骨的仇恨。16岁，焚香成立“中秋同志会”，并被推举为首领。

图 23　杨虎城将军

1911 年，武昌起义爆发后，参加陕西民军，投身辛亥革命。1915 年参加讨袁战争。1917 年任陕西靖国军第三路军第一支队司令。1921 年任靖国军第三路军司令。1924 年，杨虎城将军加入国民党。1925 年任国民军第三军第三师师长。他拥护孙中山的“三大政策”，积极主张联共，聘请共产党员魏野畴担任他举办的三民军官学校的政治部主任。从此，一直和共产党人保持良好的友谊。在此期间，杨虎城目睹了反动军阀的黑暗统治，又受轰轰烈烈的革命浪潮鼓舞，挥毫写下：

大陆沉沉睡已久，群兽无忌环球走。
骨髅垒垒高太华，红潮澎湃掩牛斗。

1927 年，杨虎城将军任国民革命军联军第十路军总司令，参加北伐战争。这是杨虎城将军诗歌创作的历史背景和思想基础。杨虎城将军一生戎马倥偬，却也是豪情万丈的爱国主义诗人。他的诗歌紧扣时代脉搏，紧紧追随时代潮流，愤恨当时的社会现实，盼望世界清明和平的光明前景。其诗歌主要集中创作于 1925 年至 1927 年之间，至今存留有《乙丑诗稿》《坚守西安诗稿》以及《无题》诗等。

《乙丑诗稿》，写于 1925 年，共有诗歌三首。第一首《吴

孔出山有感(乙丑十月望日)》:

秦山宁当我，渭水惯风波。
回首视陇上，蠢尔奈我何!

第二首题为《病中夜不成寐闻雁声有感(乙丑冬月)》:

夜半雁声过，征人感慨多。
志坚开铁石，不必计风波。

《时局将大乱病中有感(乙丑十一月)》，诗云:

群魔竞争扰我眠，不梦周公忆龙泉。
手转三秦开生面，好将正义扶民权。

这三首诗，五言两首、七言一首，和他的其他诗歌一样，大多是抒发自己的情怀与抱负，情感炽烈，表现出忧国忧民的主题思想——杨虎城将军虽然读书不多，仅仅在私塾上过几天学，但是，他渴望知识，努力自学，还虚心向军队中的知识分子求教，因此，他的文化水平不断提高，而且博览群书。从其诗歌来看，具有盛唐诗风，壮阔大气，善于从高远处着眼，自觉地把自身命运与国家的前途紧密地扭结在一起，与生活在水深火热之中的老百姓联系在一起，也与自己所处的历史位置联系在一起，丝毫没有花前柳下吟风弄月的小情调，而是充满了正气和勇于担当历史使命的大情怀，视野开阔，意境饱满，显示出一代追求进步的军人的积极的情操。身处军旅之中，惯常遭遇的是惨烈的战争场面，不断经历着各种各样的人生体验，也经常陷入政治斗争的旋涡之中，因此，历史站位高，目光远大，且不断地敞亮自己的胸怀，表达坚定不屈的战斗意志，“志坚开铁石，不必计风波”，不去计较细小的局部矛盾，而是能跳出眼前的种种“风波”，其“手转三秦开生面，好将正义扶民权”的雄心壮志和追求光明的决心跃然纸上，令人感动不已。

在第一次国内革命战争中，原属国民军序列的陕军杨虎城、李虎臣等部，1926 年 4 月至 11 月，在西安抗击刘镇华“镇嵩军”的围攻，史称“西安围城”之战。这场艰苦卓绝的守卫战，牵制了“镇嵩军”十余万兵力，策应了国民革命军的北伐，具有重大的历史影响——在“西安围城”战争中，杨虎城将军和李虎臣等将领不畏强敌，率领陕军同刘镇华的“镇嵩军”进行殊死的“攻城”与“防守”，时间长达八个月之久。这期间，西安发生严重粮荒，城内居民数万人饿死。在这场惨烈的战争中，杨虎城将军善于团结一切可以团结的力量，充分表现出过人的军事指挥智慧，在中国共产党优秀党员魏野畴等人的全力支持下，安抚城内的老百姓，外抗强敌，终于和前来解围的冯玉祥大军内外联合，取得了胜利。杨虎城将军在激烈战斗的间隙，写出了不少的诗歌，称之为《坚守西安诗稿》。其中的《丙寅季春痛感时艰偶作(三月初五入长安时)》，表达他率部进入西安卫城的目的与决心，诗曰：

万姓倒悬我心忧，满地烽烟何日收？

联欢民众撑危局，扫尽群魔定神州。

率部进入西安卫城，不是为了占地盘，不是为了争名夺利，而是为了解救横遭军阀混战带来的灭顶之灾的老百姓，“万姓倒悬我心忧”——他不忍心老百姓遭受这“万民倒悬”的悲惨境况，愤恨这些军阀带来的“满地烽火”，所以，决意“联欢民众撑危局”，以期实现“扫尽群魔定神州”的远大政治抱负。《尚书》提出“诗言志”，就是说，诗歌要表现作者的志向和为之奋斗的政治理想——这是诗歌艺术的重要的美学要求。杨虎城将军的这首诗歌，足含此种意味，读来使人异常振奋，也非常感人。既然确定了无惧大敌当前，誓死捍卫西安这座城市，就应该心心所念，一切从这场正义的保卫战出发，他的《养病中州会馆遇张君天昂感怀旧事赋诗赠之(丙寅仲夏)》这首诗，一方面叙述友情，一方面表现出渴望早日击退敌军实现和平的心情：

去年虢国赠羔裘，今日罗衫此地游。
荏苒光阴快似箭，干戈扰攘几时休？

“干戈扰攘几时休”这句诗，也表现出杨虎城将军忧愁被围困西安城中老百姓如似“倒悬”的痛苦，是啊，干戈不休，民何以安？在我看来，他自走上从军的道路，就一直站在老百姓的立场上，先前除恶霸，剿土匪，参加靖国军，这一切的一切，不就是为了休干戈而为国尽忠吗？计利当计天下利，这才是大丈夫之所为的英雄壮举。你看，写于丙寅七月八日晚的

《夜雨述怀》同样表达了这种心情：

敌垒四郊多，疮痍其奈何！
涤氛天有意，终夜雨滂沱。

这天晚上，半夜时分下起了大雨，电闪雷鸣，杨虎城将军辗转反侧，夜不能眠，他站立窗前，听着这瓢泼的雨声，联想到西安城外到处都是敌垒，而炮火过后，一片狼藉废墟，疮痍满目，为了洗涤这满处的战火狼烟，老天降下了这滂沱的大雨。农历的九月九，是传统的重阳节，这天，杨虎城将军登上高处，抬眼远望，只看见这番景象：

日暮晚霞辉，鸣鸦觅巢飞。
来朝扫残寇，三军凯歌归。

在薄暮时分，火红的晚霞里，一群一群鸣叫的乌鸦围绕着高楼回旋飞舞，他又想到这场战争何日才能停歇呢？而要停歇，就需要在不远的时日里净“扫残寇”，那时候，三军将士才能高唱凯歌胜利归来。这首诗，既寄托了杨虎城将军敢于横扫顽敌和追求胜利的坚强信念，也表现出其乐观主义精神。这年的八月十五，在战斗的空隙，杨虎城将军再次登上“禁城”，看见一轮明月冉冉上升到天空，不由得触景生情，信口吟道：

时雨新晴后，中秋登禁城。
冰轮乍涌出，星汉失光明。

你看，刚刚下过一场秋雨，天空明净如洗，这时分，“冰轮”乍地“涌出”，明亮的月色如同白昼一般，原本在天空闪烁的星光顿时黯然失色，一切都笼罩在月色下面，呵，这美好的夜晚，这美丽的月光，真好呀！几个月的连续征战，高度紧张的神经暂时得到了放松，他情不自禁，接着吟道：

烽火连三季，风物倍凄然。
骊山吐皓月，清辉满长安。

在这里，杨虎城将军巧妙地借用了一下杜甫的“烽火连三月”这句诗，而稍作一字更改，变为“烽火连三季”，更显战争旷日持久。转而，他慨然叹息道，“风物倍凄然”，看到大好的河山，此时此际，却遭受着猛烈的战火破坏，使人无限伤情，什么时候，才能“骊山吐皓月，清辉满长安”呢？这句诗，杨虎城将军又借用了创造诗歌“推敲”典故的唐代诗人贾岛的“秋风吹渭水，落叶满长安”的后一句，将“落叶”置换为“清辉”，与整个诗意相吻合，也恰切地表达了诗人此时的情景，虽然，略略失却了贾岛原来的幽深的诗意，但却保留了其空旷而有点悲凉的气氛——从这首诗得到这样的信息，杨虎城将军读书不仅仅限于历史方面，而且广泛涉猎，特别对于唐诗体会尤其深刻，甚至达到了在写诗过程中随时化用古典诗意诗句的地步，非有相当深厚的学养，难以为此。

诗歌，对于杨虎城将军来说，并不是执意为了写诗而写诗。写诗，只是为了表达他的“志”而已，表现他炽热的爱国主义情感，也表现出其广阔的胸怀和忧国忧民的思想。1934

年，他在西京金石书画学会第二次展览会上的讲演《艺术现代化不要离开民众》里说，要“有组织的精研艺术，满足社会希望”，强调“不要离开社会，不要忘却国难”，“艺术的前提，就是不要忘记国难，并要侧重人生”，“万不可离开社会，去研究专供少数人享乐及解颐的艺术，那就太无意义了”。从这个角度谈艺术，归结起来，就是艺术要反映当前的社会现实，尤其是国难当头的时候，更应该关注社会现实，还要侧重人生。这个人生，是广大的老百姓的人生，而不是少数人享乐的人生。杨虎城将军的这一文艺主张是正确的，也和古代社会一些优秀文艺家强调的“文章合为时而著，歌诗合为事而作”的主张一脉相承，表现出深厚传统的文艺思想色彩和有益于社会和人生的进步文艺观点。

1925 年，杨虎城将军写下了《己丑春忆往事》这首诗：

西北山高水又长，男儿岂能老故乡。
黄河后浪推前浪，跳上浪头干一场。

这首诗真切地表达出他渴望建功立业的高远志向，看出了社会的发展规律是“后浪推前浪”，这是历史发展的必然。但是，认识了这个历史发展的必然性，就要具有“跳上浪头干一场”的勇敢精神。不过，这个“干一场”必须是站立在时代潮头上，追求光明，为国为民干一场大事业。杨虎城将军波澜壮阔的一生证明了，他确实做到了！

1929 年，他任国民革命军新编第十四师师长，后任第十七师师长，陆军第七军军长。1930 年任第十七路军总指挥、陕西省政府主席、西安绥靖公署主任。杨虎城将军秘密支持中共西北特别支部的工作，主张联共抗日。1933 年，与进入川、陕的红四方面军订立互不侵犯的协议。中共中央进入陕、甘后，他秘密接见中共代表，表示完全赞同中共中央的抗日民族统一战线政策，并达成与中共联合抗日的协议。1936 年 12 月 12 日，杨虎城将军同张学良顺应全国人民团结抗日的要求，响应中国共产党抗日民族统一战线的号召，发动了“西安事变”。“西安事变”发生后，中国共产党坚决主张用和平方式解决，并派周恩来等为代表到西安帮助张、杨正确解决了事变。“西安事变”的和平解决，成为时局转变的枢纽。从此，十年内战的局面基本结束，国内和平初步实现，为国共两党实现第二次合作创造了条件——这才是天地间的最伟大的“诗篇”，也是惊天动地的伟大“诗篇”！

杨虎城将军的诗歌虽然数量不多，但其质朴而刚劲的诗风和强烈的艺术感染力，在我国现代诗歌史上应该有一定的地位，也是洛河奉献给大地最壮丽的诗篇之一。“西安事变”后，杨虎城将军被蒋介石逼令辞职“出洋考察”。全面抗战爆发后回国，随即被国民党囚禁长达 12 年之久，在狱中，他大义凛然，坚贞不屈，始终坚持爱国主义立场。1949 年 9 月 6 日，杨虎城将军被秘密杀害，时年 56 岁……

第十一章　洛河萦绕着巍峨的唐五陵

洛河在蒲城地面上开始由北向南流淌，接着进入黑峡大峡谷，流经温汤之后，有小石山阻挡，又扭头向西流去，形成了一个半环形，而距离这半环形不过六七公里的东北部，隆起了一座美丽的山，名叫金粟山。金粟山向西是连绵起伏的关中平原与黄土高原边缘接壤处的渭北群山，沿着这条渭北群山，一字儿有五座唐代的帝王陵，由东向西依次是唐玄宗的泰陵、唐宪宗的景陵、唐穆宗的光陵、让皇帝的惠陵和唐睿宗的桥陵——唐代有三位有大作为的皇帝，世称“三宗”，即唐太宗李世民、唐玄宗李隆基和唐宪宗李纯，后面两位的陵墓就修筑在这洛河湾里。

泰陵与唐玄宗

金粟山属于关中平原东部逶迤而巍峨的北山群的余脉，这是一座非常有气势的山脉，主峰高耸，两边环抱的山梁稍低，如同主峰的两翼向前延伸，用古代堪舆学家的眼光打量，此地是绝好的风水宝地——这就是把唐代的经济和文化社会推向高峰的一代君主唐玄宗李隆基的泰陵。这是李隆基亲自为自己选

图 24　泰陵

定的墓穴。据《旧唐书》载，玄宗曾拜桥陵，“见金粟山岗有龙盘凤翥之势，复近先茔，谓侍臣曰：‘吾千秋后宜葬此地。’”

玄宗是李隆基死后的庙号，谥号是至道大圣大明孝皇帝，因此后人也称他为唐明皇。李隆基出生于 685 年，28 岁时，其父睿宗李旦退位，他继位。756 年，他的儿子李亨(唐肃宗)自立为皇帝，玄宗结束了长达 45 年的皇帝生涯，做了太上皇。

泰陵墓园周长 38 公里，建筑形制大致与长安城相仿。泰陵虽然与长安城相仿，不过从规模与建制上相差太远，就其神道两边的石刻而言，其气势与大小远远不能与其父李旦的桥陵相比，这与安史之乱后唐朝的国力虚弱有关，也与唐玄宗生前提倡的薄葬有着内在的联系。他在开元二年(714)曾经下令：“自古帝王皆以厚葬为诫，以其无益亡者，有损生业故也。近代以来，共行奢靡，递相仿效，浸成风俗，既竭家产，多至凋敝……坟墓茔域，务遵简俭，凡诸送终之具，并不得以金银为饰。”——这个号召也许是为了开创大唐盛世而采取的纠正厚葬风俗的措施，不过，可以看出唐玄宗确实看出了讲究厚葬的弊端而提倡薄葬是十分有益的主张。这是因为，在我国古代，人们寄托对死者哀思的主要方式就是厚葬，尤其是经济相对发达的朝代更是如此，厚葬的规模讲求宏大。当时的人们普遍相信，人死后在另一个世界里生活，所以，尽可能把死者生前所能享受的一切，甚至希望享受到的一切，用各种方式埋葬于墓中，生活用具、图画，甚至实物，应有尽有。作为帝王的陵墓，其规模达到了极端，比如，“千古一帝”秦始皇的陵墓，就今天的考古发现，其阵容庞大、造型逼真的“兵马俑”令人叹为观止。唐玄宗能有薄葬的提倡，毕竟是进步的观念。

为什么唐玄宗的陵墓选在洛河西岸的金粟山呢？除过这里山环水抱风光无限之外，还有一个重要的因素，就是唐玄宗的先祖唐太宗主张“以山为陵”，即在山腰修建地宫，以山丘作为墓上的坟头，不再另起封土，客观上讲，也是为了节省土地，而过去帝王的“封土为陵”占用了大量的耕地。土地问题，自古以来就是我国社会的一个非常重要的问题，马克思在《资本论》（第三卷）里分析资本主义产生以前的各种形式时指出：“在所有这些形式中，土地财产和农业构成经济制度的基础。”我国著名的土地研究专家赵靖教授在《中国经济思想史的对象与方法》里强调：“封建社会的主要生产部门是农业，土地是农业中最主要的生产资料，而封建的土地所有制是封建主义的基础，封建社会中的经济思想特别重视土地问题，是很自然的事情。”这个论点，其实是对上述马克思“土地财产和农业构成经济制度的基础”的进一步论述，抓住了封建社会经济制度的“核心”——土地问题。唐代社会，在吸取以前各朝代的土地经济思想基础上，提出和推行了“均田制”，体现出与土地直接有关的重农措施，李世民在《贞观政要·论务农》里说：“国以民为本，人以食为命，若禾黍不登，则兆庶非国家所有……今省徭役，不夺其时，使比屋之人，恣其耕稼，此则富矣。”既然“国以民为本，人以食为命”，那么，关键是解决土地问题，使“民”要有其“田”也就是土地。如何节省和扩大以及开辟可以耕种的土地面积，是唐王朝不得不考虑的现实问题，因此，唐代提倡的“以山为陵”不占用土地是一个积极有利的举措，这是应该予以肯定的。唐代的 18 座帝王陵墓中，有 14 座依太宗诏因山为陵。它们散布在东起蒲城西到乾县近 200 里的渭北群山之中，而泰陵是最东边的一座陵墓。

唐玄宗是一位盛世英主，缔造了开元盛世。

唐玄宗结束了唐代社会长期动荡不安的政局。自从武则天于唐高宗永徽六年(655)废王皇后，立她为皇后，弘道元年(683)高宗去世，中宗李显、睿宗李旦相继做皇帝，但是，实权仍然在皇太后武则天手里。天授元年(690)，武则天“革唐命，改国号为周”，自立皇帝，史称“武周”，她是我国唯一的女皇帝。武则天在位凡 15 年。武则天是很有作为的女皇帝，她即位的第三年(692)就复置安西四镇，长安二年(702)设置庭州(今新疆吉木萨尔北破城子)，设置北庭都护府，管理西突厥故地，为统一国家做出了极大的贡献。

武则天执政的时候，出现了一位敢于改革诗风的大诗人陈子昂。他使唐诗彻底摆脱了齐梁颓靡诗风的影响和束缚，为唐代五言古诗树立了典范，成为先驱者。施蛰存先生在《唐诗百话》中谈到陈子昂的感遇诗，说陈子昂的诗歌名义上是“复古”

其实是创新时说，“正如后来的韩愈的古文运动一样，口号是复古——‘文起八代之衰’，而效果却是开创了一种新的散文”——评价可谓很高。他还说，陈子昂的诗与韩愈的散文，如同“十五世纪中起源于意大利的文艺复兴运动”，“也是以复古为口号”，“实质上是对当时奄奄无生气的教会文化的革命，从而产生了人文主义文化”。陈子昂最著名的是《登幽州台歌》，诗云：

前不见古人，后不见来者。
念天地之悠悠，独怆然而涕下。

杨慎在《升庵诗话》里评价这首诗：“其辞简直，有汉、魏之风。”罗宗强先生在《唐诗选注评鉴》里认为，这短短 21 个字的一首诗，“实在是他整个精神风貌的集中反映，是他整个感情世界的集中表现。而且，就其中蕴含着的巨大的感情力量而言，实在是他的时代积聚的感情力量和行将到来的盛唐社会的精神风貌的先兆奇异的产物”——这话说对了，陈子昂在这首诗里，预感到了盛唐社会的来临，在这怀才不遇的悲怆里，蕴藏着壮伟的情怀。元好问在《论诗三十首》中的第八首这样称颂陈子昂：

沈宋横驰翰墨场，风流初不废齐梁。
论功若准平吴例，合着黄金铸子昂。

沈宋指的是初唐诗人沈佺期、宋之问，《旧唐书·沈佺期传》说："佺期善属文，尤长七言之作，与宋之问齐名，时人称为沈宋。"——元好问认为，开唐诗一代新风的诗人是陈子昂。陈子昂复归风雅兴寄，高倡汉魏风骨，上接建安传统，以其诗歌理论和创作实践，终于廓清了初唐半个世纪齐梁余风的影响，迎来了以"风骨""气象"著称的盛唐诗歌创作高潮。他的"兴寄""风骨"理论成为后人反对形式主义柔靡诗风的理论武器。因此，元好问充分肯定了陈子昂的历史功绩，并将其革新文风与范蠡的平吴事业相提并论，认为也应为陈子昂铸像，以表其功，以至于"合着黄金铸子昂"。武则天时代，能产生这样优秀的具有韩愈"文起八代之衰"之功的诗人，也是相当傲娇的事情。

武则天在政治上野心不小，还在唐高宗时代，她就"垂帘听政"，史称"二圣"。她登上皇帝之位，主要精力放在巩固自己的政权方面，起用武三思等人，横行无忌，大肆屠杀李氏宗室和将相大臣，任用一批酷吏做爪牙，而这些爪牙的残暴激起极大的民愤。地方上也不平稳，早在光宅元年(684)，就有徐敬业以反武为名在扬州起兵；垂拱四年(688)，宗室琅邪王李冲、越王李贞在博州、豫州起兵。由于武则天重用男宠张易之、张昌宗，神龙元年(705)，宰相张柬之发动政变，杀死二张并逼迫武则天下台，中宗李显即位。可是，武三思仍然不倒，他的儿媳妇、中宗的女儿安乐公主还有韦后成为武家势力的代表，朝政紊乱不堪。神龙三年(707)，太子李重俊受不了安乐公主等人的欺侮而政变，杀掉武三思后自己也被杀。此时，李隆基顺势而起，利用姑母太平公主与安乐公主之间的矛盾，和太平公主联合起来，杀掉韦后和安乐公主及其党羽，辅佐父亲睿宗李旦当上皇帝，自己当上皇太子。接着，他和睿宗、太平公主之间，又展开斗争，迫使睿宗在景云三年(712)退位，自己当上皇帝。但是，太平公主日益骄横，甚至宰相奏事都要经过她，援引私人，把持朝政，形成了“宰相七人，五出其门，文武之臣，大半附之”(见《资治通鉴》卷二一〇)的局面。面对这种局势，李隆基在先天二年(713)的七月，先发制人，派高力士等率禁军杀掉太平公主及其党羽，彻底掌握了政权，并改年号为“开元”，历史上有名的“开元之治”就从这一年开始。

应该承认，武则天为以后唐朝走向繁荣昌盛，奠定了基础。

唐玄宗稳定了政权之后，采取各种有力的措施大力发展社会经济，出现了前所未有的兴旺繁华的景象，杜甫在《忆昔》这首诗里，记叙了当时社会经济的昌盛景象：

忆昔开元全盛日，小邑犹藏万家室。
稻米流脂粟米白，公私仓廪俱丰实。
九州道路无豺虎，远行不劳吉日出。
齐纨鲁缟车班班，男耕女桑不相失。

唐玄宗沿袭了唐太宗“徭役不兴，年谷丰稔，百姓安乐”的经济思想，重视农业，不失农时，提倡“克俭节用”“藏粮于民”等振兴社会经济的手段，使得唐代在开元、天宝年间出现了如此繁荣的经济盛景。经济的繁荣离不开大量的劳动力资源，唐史研究专家黄永年教授在《唐史十二讲》里说，据“历代盛衰户口”，唐高祖武德时户200余万，唐太宗贞观时仍然不满300万，而开元二十年(732)达到了7861236户，天宝元年(742)是8348395户，天宝十四载(755)——“安史之乱”爆发的前夕，已经有8914709户——拥有这么雄厚的劳动力资源，这是开元、天宝盛世经济发达的重要因素。《资治通鉴》在记载了天宝十四载的户口后说：“此国家之极盛也!”唐玄宗勤勉为政，善于协调各种社会关系和矛盾，着力发展生产，尤其是重视农业。其前，由于关中粮食和农产品不能充分供应长安帝王宫卫百官的俸食，山东、江淮等地的租米要经过黄河转入渭河水运至京都，费用巨大，唐高宗、武则天长期到东都洛阳就食，李隆基也在开元五年(717)、十年(722)等年份，五度短期就食东都，然而，到了开元二十四年(736)以后，情形有了改变，《资治通鉴》开元二十五年九月记载：“敕以岁稔谷贱伤农，命增时价什二三，和籴东西畿粟各数百万斛，停今年江淮所运租。自是关中蓄积羡溢，车驾不复幸东都矣!”

唐玄宗知人善任，先后重用姚崇、宋璟、张九龄等人为宰相，这些人忠诚贤良，各有所长，管理国家有方，把朝政打理得井井有条，特别是姚崇，提出为相的几个条件，其中有实行仁政、罢兵息武、不允许皇亲国戚和太监干预朝政、允许群臣进谏等，唐玄宗全部答应并能积极支持。开元、天宝年间，由于经济空前繁荣，国力强盛，唐诗也在这个时期高度发展，出现了伟大的浪漫主义诗人李白和伟大的现实主义诗人杜甫，出现了以王维、孟浩然、储光羲、常建、祖咏等人为代表的山水田园诗歌流派和以高适、岑参、王昌龄等人为代表的边塞诗歌流派，这里就不多说了。还有我国的书法艺术和音乐艺术、雕塑艺术等都得到了前所未有的高度发展。

然而，唐玄宗取得了这些巨大成就后，逐渐以为天下从此太平了，进取心慢慢消退了。《资治通鉴》(卷二一四)尖锐地指出："上在位岁久，渐肆奢欲，怠于政事"——听不进大臣们的进谏了，任用了口蜜腹剑的佞臣李林甫为相，李林甫信用范阳(今北京西南)、平卢(今辽宁朝阳县)兼河东(治所在今山西太原市西南)节度使胡人安禄山——这就为大唐盛世埋下了严重的隐患。唐玄宗在61岁的时候，宠爱上了杨贵妃，为了讨取杨贵妃的欢心，重用其两个堂兄为官，把其三个姐姐封为夫人，并在李林甫死后，让杨贵妃的远房堂兄杨国忠接任宰相，这也是一个奸佞小人，朝政转向昏暗，终于在天宝十四载(755)十一月，爆发了"安史之乱"。

渔阳鼙鼓动地来，惊破霓裳羽衣曲。
九重城阙烟尘生，千乘万骑西南行。

唐玄宗仓皇逃离都城长安，行经马嵬坡，与杨贵妃上演了一曲动人心魂的生离死别，白居易的《长恨歌》极尽铺张之能事，对此做了令人无限伤感而又无奈的描写。不过遗憾的是，"那开得最艳的花朵，必然是最先凋落"。"凋落"的不光是"最艳的花朵"——李杨之间的爱情，从此大唐盛世也凋落了……宝应元年(762)李隆基病逝于长安神龙殿，终年78岁，代宗广德元年(763)三月辛酉日，归葬泰陵。《旧唐书·本纪第九》评价其云："开元握图，永鉴前车。景气融朗，昏氛涤除。政才勤倦，妖集庭除。先民之言，'靡不有初'。"这是对唐玄宗一生的中肯的评价。

景陵与唐宪宗

从泰陵沿着新开辟的五陵旅游专线，再向西直行，在距离蒲城县城大约 7 公里处，有横亘渭北辽阔地带北部的金帜山，这里就是唐宪宗的景陵。还在读中学的时候，我就和几位同学一起，在寒冷的冬天，大雪纷飞的天气，步行去景陵玩。穿行在田野的泥泞小路上，好不容易才到了目的地，但见洁白的雪花覆盖了整个山脉，天地间呈现出一片银色的纯美世界，只有一群群红嘴乌鸦在雪地里跳跃，给寂静的山地带来了几分活力。来到金帜山下唐宪宗陵墓的神道上，两边或站立或躺倒着笨拙的却显得有灵气的石雕，那些低眉顺眼静静呆立的石马，还有石雕出来的屈颈回望着前方的鸵鸟，与这空旷的天地构成了绝美的立体图画——这幅图画，多少年了还深刻我的印象中，栩栩如生，呼之欲出。这是我初次徜徉在唐陵，感到金帜山的主峰高不可攀，雄浑而壮丽。那时候，我们有限的历史知识，还不知道在这雄浑而壮丽的山体里，埋葬着的是怎样的一位皇帝，仅仅知道，

图 25　景陵

这就是蒲城八景里的“五陵闲云”里的一座唐陵。然而，在金帜山，却感受到了一种莫名其妙的强烈的气势，这气势足以震撼人，这就是唐陵显露出来的崇高而庄严的气象，这是前所未有的一种心理体验，至今回想起来，仍然为之怦然心动。

后来，还来过好几次景陵。记忆最深刻的一次，是傍晚时分，站立在金帜山脚下的土埝上，晚霞映红了半个天空，景陵通向附近平野上的村庄的蜿蜒土路上，晚归的羊群如同飘移的白云，从山顶上慢慢地飘浮而来，远山、树林在薄暮里如同一幅幅山水画……今天的金帜山，再也不见当年的裸露的巉岩了，漫山遍野是郁郁葱葱的新栽植的绿树。据说，当地引进了新的植树经验，先在山体上凿出树坑，然后利用骡马驮来肥沃的土壤，再栽植绿树，这样容易成活。成活后的绿树，在浩荡的山风里摇曳着枝梢，犹如美丽的少女在山坡上翩跹起舞……

金帜山不仅仅是唐宪宗的景陵，也成为渭北田野上的一道绿色屏障，挡住了从黄土高原吹过来的风沙，净化了冬日空气里的雾霭。这里除过可以发思古之幽情，也成为供游人流连忘返的公园了。

景陵是唐朝第十一位皇帝唐宪宗的陵墓。

唐宪宗李纯(778—820)，本名李淳。唐朝第十一位皇帝，唐顺宗李诵在位时，立为太子。宦官俱文珍等于永贞元年(805)八月逼迫顺宗退位后，立他为帝。他在位时，勤勉政事，裁减冗员，制定礼仪，重开武举，整顿财赋，增加收入，锐意削藩，他利用藩镇之间的矛盾，先后平定了四川的刘辟、江南的李琦的叛变，招降了河北强大的藩镇魏博节度使田弘正，任用了李愬等将领，消灭了叛唐达 30 年之久的淮西节度使吴元济，使其他藩镇相继降服，再次恢复了唐朝的统一，史称“元和中兴”。

他执政之初，尚能听从进谏。《资治通鉴》(卷二三七)里，记载了唐宪宗这样一则故事：“周至尉、集贤校理白居易作乐府及诗百篇，规讽时事，流闻禁中。上见而悦之，召入翰林为学士。”白居易写“乐府及诗百篇”，“规讽时事”，唐宪宗并不以忤逆，而是优待有加，并“召入翰林为学士”，如果没有广阔的胸怀和善于听从进谏，白居易怕不会有这样的幸运吧。还有一则故事，也说明了唐宪宗能够从善如流：“左军中尉吐突承璀领功德使，盛修安国寺，奏立圣德碑，高大一准《华岳碑》，先构碑楼，请敕学士撰文，且言：‘臣已具钱万缗，欲酬之。’上命李绛为之，绛上言：‘尧、舜、禹、汤，未尝立碑自言圣德，惟秦始皇于巡游所过，刻石高自称述，未审陛下欲何所法？且叙修寺之美，不过壮丽观游，岂所以光益圣德！’……冀得延引，乘间再论，上厉声曰：‘多用牛拽之！’承璀乃不敢言。凡用百牛拽之，乃倒。”

但是，唐宪宗重用宦官，平藩镇的过程中，任命心腹太监吐突承璀为左右神策军，兼河中、河阳、浙西、宣歙等道行兵马使和召讨处置使等要职，作为统帅带兵出征，使得宦官势力太大了。有大臣劝说唐宪宗要防止宦官权力过大，他却不以为然，说：吐突承璀“此家奴耳……若有违反，朕去之轻如一毛耳”！事实并非如此。

唐宪宗晚年信佛到了痴迷的程度。我有年过蓝关，忽然想起韩愈。于是，停车水边，踏上蓝桥。举目四望，但见：微雨垂霭，群山含翠，白雾缭绕，一片水汽。遥想当年，韩愈行经此地，大雪纷纷，天寒地冰，叹圣上之薄恩，忧前途而缥缈。山中凄冷，夜店难眠，青灯孤影，愁肠百结，于是，秉笔在手，面对远道赶来送行的晚辈韩湘，写出了名垂千古的《左迁至蓝关示侄孙湘》七律，诗云：

一封朝奏九重天，夕贬潮州路八千。
欲为圣明除弊事，肯将衰朽惜残年！
云横秦岭家何在？雪拥蓝关马不前。
知汝远来应有意，好收吾骨瘴江边。

这首诗的历史背景是，元和十三年冬，唐宪宗派遣太监，率领僧侣多人，前往法门寺再度迎奉佛骨。次年正月，将佛骨迎至京城长安，引起宗教狂热。夫子韩愈，挺身而出，坚决予以反对。他写给宪宗的《谏迎佛骨表》，以南朝梁武帝为例，指其事奉佛教，祈求福田，却事与愿违，适得其反。宪宗大怒，削去韩愈刑部侍郎官职，贬往潮州。韩愈抗佛，实质是“欲为圣明除弊事”，可是，却落得这般凄楚，冒着严寒，踏上漫漫长途……唐宪宗为了礼佛，竟然到了这种地步，根本听不进去韩愈为了社稷苍生的正确“谏言”，一意孤行，以举国之力事佛，给老百姓徒然增添了深重的负担。到了后期，社会矛盾加深，危机四伏，自己的下场也不妙。宦官吐突承璀一帮人想立李恽为太子，而梁守谦、王守澄一派想拥立李恒为储君，元和十五年(820)正月庚子日夜间，王守澄、陈弘志等宦官潜入寝宫杀害了唐宪宗，五月庚申日葬景陵。

光陵与唐穆宗

沿着五陵旅游专线继续向西行走，来到蒲城的名山——尧山。

不过端的奇怪，四周的山都长满了零零碎碎的草，而尧山却是漫山的郁郁葱葱的柏树，就像镶嵌了一块祖母绿，一年四季就这样翠色欲滴，娇羞在荒山野岭里。翠绿的柏树硬是从山石里钻出来的，平平整整的尽是苍苔的岩，几乎看不见纹丝的缝隙，而柏树便活活地立定在这里，迎着风，迎着雨，迎着霜，迎着雪，一辈子一辈子居守在这里，脚下是蓬勃的野藤野草，不见开花，却绿得醉人。

地质学家认为远在第四纪冰川时期，由于冰川的作用，出现了造山运动，气候也出现了明显的变化，陆地和生物界的面貌已经接近现代——这是一个伟大的翻天覆地的时期，不但孕

图 26　光陵

育了人类，也孕育了必将重新改造这个世界的精神文明。也许，雄峙渭北这一带的崇山峻岭就是这个时期的产物，尧山，便是钟了天地毓秀，有了这般模样。

据说，上古之时，尧巡视天下，适逢洪水暴发，一时间众山皆不见踪影，只有此山独浮于水面，便封之为“浮山”。这山因了尧曾驻足，又称尧山。攀缘上山的途中，惊异地发现，巍巍尧山的山麓，却是深厚的黄土层，那高高的断崖里，积淀了几乎等高距离的石夹层，其石头有的像鹅卵石，有的是不规则青石块，像长带一样缠绕着蔓延着。忽然有了这样的疑问，难道在第四纪冰川时期，由于冰川的挤压力硬是从地壳之中隆起了这条山脉？

尧山的南麓，凿山为陵，是为唐穆宗的光陵。

唐穆宗李恒(795—824)，原名李宥，唐朝第十二位皇帝。

唐穆宗的简略生涯是，贞元十一年(795)，生于大明宫别馆，封建安王。元和元年(806)，加封遂王。元和五年(810)，领彰义军节度大使。惠昭太子李宁逝世后，元和七年(812)，宪宗册立李宥为皇太子，改名李恒。元和十五年(820)，唐宪宗暴崩，宦官梁守谦等拥立李恒登基。

唐穆宗当了皇帝的初期，尚能努力改变弊政，加强法制，施行比较宽松的经济政策，缓和了唐朝后期的经济危机，但是，他毕竟缺少治理国家的才能，沉溺酒色，宴乐过多，畋游无度，久不视朝，政纲大坏。谏官向他进言，他感到十分惊讶，问宰相：“此辈何人？”皇帝竟然不知道谏官是干什么的。一次，游华清池，他亲自率领神策军围猎后回宫，又与太监玩击球，忽然，一位宦官从马上摔下来，惊马直奔唐穆宗而来，幸亏左右救护，才避免受伤，因此受惊而得病。就连宰相求见也不得入。《资治通鉴》(卷二四三)记载：“庚辰，上与宦者击球于禁中，有宦者坠马，上惊，因得风疾，不能履地，自是人不闻上起居。宰相屡乞入见，不报……上疾浸瘳。”唐穆宗由于受到惊吓而患“风疾”，又被宦官隔绝了与外界的联系，加之此时“牛李党争”愈演愈烈，以及边患不断，宦官专权，藩镇割据，朝政可想而知。他还喜欢服食金石丹药，以致身体受损，于长庆四年(824)正月壬申日死于长安清恩殿。十一月庚申日葬于光陵。

光陵地处光陵村后的北边，神道如今是庄稼地和满地的花椒树，沟壑上尽是青蒿，陵前的荒地里有两尊残破的石狮，还有躺埋在黄土层里的一尊翁仲，标识出这里曾经是唐朝一代皇帝的陵园。

惠陵与唐让帝

距离桥陵五公里处的东南方向，是唐让帝李宪(679—741)的陵墓。其陵墓没有凿山为陵，而是修筑在金帜山前平缓的一望无际的田野里，这是因为李宪毕竟不是“皇帝”而仅仅是个“让帝”而已。李宪原名李成器，是唐睿宗的长子，母亲是睿宗的原配肃明刘皇后。他于文明元年(684)，被立为皇太子。他为人成熟睿智，善于审时度势，以其三弟李隆基平韦后之乱有功，主动让太子之位于李隆基。长寿二年(693)，改封为寿春郡王。景云元年(710)，晋封为宋王。此后，屡有迁升。先天元年(712)，唐玄宗即位，封为司空。开元四年

图 27　惠陵

(716)，因为避昭成皇后的尊号，改名为宪，封为宁王。

李宪多才多艺，能诗，通晓音乐，尤善于击羯鼓和吹笛——唐皇家也许具有文学艺术的强大遗传基因吧，唐太宗、唐玄宗等，都善于此道，且才华横溢。唐太宗不说，就玄宗来说，其诗歌水平即使在盛唐也属于非常优秀的，清代学者沈德潜称其诗“雄健有力，开盛唐一代先声”，《唐诗三百首》中就选录了他的《经鲁祭孔子而叹之》。这首诗整丽精工，宽博而恢宏。与李宪同样，玄宗更是精于音律，《新唐书·礼乐志》载“玄宗既知音律，又酷爱法曲”，在长安专门设置了训练乐工的机构，称为“梨园”，演奏中“声有误者，帝必纠而正之”，可见其音乐水平之高。唐玄宗还工于书法，陪葬其父睿宗桥陵的金仙公主的墓碑，就是他书写的，此碑如今收藏于惠陵博物馆。他对其兄长李宪既有感激之情，又有才华上惺惺相惜的感情。他专门在兴庆宫里修建了花萼相辉楼，携李宪等弟兄时时登临，一同奏乐坐叙，谈诗论文、吃饭、喝酒、下棋。他还制作了长长的枕头和宽大的被子，与他们同床共寝，其乐融融。

开元二十九年(741)，李宪去世，唐玄宗为感激李宪让位之情，追封他为让皇帝，“其地宫建制与诸皇陵同”，号墓为陵。据说，“宪死，帝哀甚”，“垂泪扶灵柩”，“墓内置膳食千余味，药酒三十余色”，可谓伤悲并厚葬如是。

惠陵属于唐睿宗桥陵的陪葬墓，规模宏大，南邻漫泉河，地表封土呈覆斗形，陵前有青色石碑一通，上书“唐让帝惠陵”五个隶书大字，为清代陕西巡抚毕沅所书。洛河怀抱里的五个唐陵，其陵前的石碑，均为毕沅所书。毕沅(1730—1797)，字纕蘅，亦字秋帆，清代著名学者。经史小学金石地理之学，无所不通，续司马光书，成《续资治通鉴》，又有《传经表》《经典辨正》《灵岩山人诗文集》等著作。他的《关中胜迹图》中叙述了陕西境内的各处文物古迹，收录甚详，《四库全书》馆臣案推崇备至：“是编举陕西巡属诸州县，各分地理、名山、大川、古迹四目，考据本末，荟萃诸书，系之以图。”——基本概括了此书的内容。他的笔触简明扼要，譬如，说金帜山的来历，“山势高峻，铺张有若悬旆，故名”，而介绍金粟山则引用《雍胜略》：“山有碎石如金粟”，一句话就说明白。这是我非常喜欢阅读的一部书籍。毕沅对修复关中文物古迹其功莫大，尤其是对唐十八陵的精心修葺，起到了很好的保护作用。

惠陵保护性挖掘考古之后，建立了惠陵博物馆。其墓室壁画非常精美，250平方米的壁画，分布于墓道的东、西和北壁以及过洞及天井东、西壁，还有甬道的东、西壁和穹隆顶上，皆保存完好，其中最大的是《飞人图》《出行图》，分别长6.6米，图中人物有40余位，仙鹤衔带，旌旗飘扬，彩云飞舞，更为奇妙的是长约 6 米的《青龙图》，给人以超乎自然的神话力量。图画中的皇家宫阙、仪仗、宫女、仆从、乐舞等等，展示了我国唐代的绘画艺术水平，在构图上，透视准确，色泽鲜明，技艺高超，是研究历史和建筑艺术的珍贵资料。

桥陵与唐睿宗

桥陵处于洛河南岸 38 公里处的蒲城县城西北方向的丰山上，依山为陵。丰山与唐玄宗安葬的金粟山一样，主峰高耸入云，两翼山脉为半环形围绕，犹如凤凰展翅一般，主峰下边幽深的山洼就是唐睿宗陵墓的地宫。右边的山梁上半腰处，遗留有试掘的痕迹，依稀可以看见青色条石叠压在一起，异常牢固。

唐睿宗(662—716)，名李旦，是唐高宗的第八个儿子，武则天的幼子。光宅元年(684)，武则天废唐中宗为庐陵王，

图 28　桥陵

立李旦为皇帝，据《资治通鉴》(卷二〇三)载：“政事取决于太后，居睿宗于别殿，不得有所预”，实际上是“傀儡”皇帝而已。天授元年(690)，武则天称帝，废李旦，封他为皇嗣，改姓武。神龙元年(705)，中宗复位，封他为相王。景云元年(710)，中宗被毒死，唐玄宗发动羽林军攻入宫内，讨杀韦皇后，李隆基与太平公主拥立李旦复位，废黜韦皇后所立的殇帝李重茂，当时，李重茂尚在御座，太平公主走上前厉声喝道：“天下之心已归相王，此非儿座！”于是将李重茂提下座位。

李旦复位后，唯一能称道的是替被武则天迫害的皇室宗亲平反昭雪，如追谥雍王李贤为章怀太子，追复故太子李重俊位号，雪张柬之等人罪，恢复他们的官爵等。李旦最为英明的决策是立李隆基为太子。不过，这个人性格优柔寡断，《资治通鉴》(卷二〇九)云：“上将立太子，以宋王成器嫡长，而平王隆基有大功，疑不能决。”——也是的，按照传统，嫡子应当继位，但是，非常情况下，为了社稷之安危，当选择有能力的人做接班人是明智之举，此时还犹豫不决，势必引来大祸。还是唐让帝李宪善于审时度势，及时提出：“国家安则先嫡长，国家危则先有功，苟违其宜，四海失望，臣死不敢居平王之上。”还有一干大臣从旁晓以利害，这才打消了唐睿宗的疑虑，“立平王隆基为太子”，这是顺应民心也是为了社稷长远利益明智的选择和决策。此处应该给唐睿宗点赞。李旦没有多少政治才干，遇到大事需要当机立断的时候，却再三犹豫，“每宰相奏事，上辄问：‘尝与太平议否？’又问：‘与三郎议否？’然后可之。”三郎者，太子李隆基也。也许，这是唐睿宗的聪明之处，他可能知道，朝廷的事情自己委实决定不了，因为后边有太平公主和太子，这两个人都是厉害的人物，尤其是太平公主，对朝廷大权虎视眈眈，“太平公主以太子年少，意彼移之，既而惮其英武，欲更择暗弱者立之以久其权”，所以，四处散布流言，说“太子非长，不当立”。后来，太平公主“依上皇之势，擅权用事”，结党营私，安插亲信，甚至到了举兵作乱的地步，唐玄宗得知信息之后，断然采取措施，迅速铲除了太平公主的势力，太平公主“逃入山寺，三日乃出”，被“赐死于家”——唐睿宗在平定太平公主事件上，至少没有“阻碍”或者帮助太平公主及其势力，而是静默观察，这实际上“默许”了李隆基的正确主张，避免了社稷天下再次陷入动乱，也算是唐睿宗的聪明之处。

先天元年(712)七月壬辰日，李旦下诏传位于太子李隆基，自己做了太上皇。李旦前后两次称帝，共在位七年时间，开元四年(716)六月癸亥日在长安百福殿去世，享年55岁。十月庚午日葬桥陵。

唐睿宗去世的时候，正值开元盛世之初，万象更新，一派欣欣向荣的景象，唐玄宗为其父营造了规模宏大的陵园，在唐代十八个陵中名列前茅，杜甫曾经在《桥陵诗三十韵因呈县内诸官》，有“宫女晚知曙，祠官朝见星”两句，可见当初桥陵建筑之高大壮美，亦有衣冠嫔御之制。岁月沧桑，如今陵区的地面建筑已经荡然无存，虽然经过清代乾隆年间的修葺，“筑城垣百丈”，如今也只能看见一些遗迹了。不过，桥陵的石雕，大部分仍然完好地保存下来，无论是雕刻技巧还是艺术造型，都达到了唐代石雕的高峰。目前，陵园的四个神门各有一对石狮，尤其是朱雀门外的石狮体态丰腴甚是雄武。神道两边有石刻36件，分列两行，有华表、獬豸、鸵鸟相对而立，还有仗马5对，翁仲10对。最为奇特的是鸵鸟，远远望去，其眼睛闪闪发光，颈窝处的羽毛手触细密柔和，如同真的一般。其仗马，轻叩马首，贴耳细听，竟然若磬声悠扬。华表四周线刻人物生动、衣带若飘，其花草枝蔓优美，仿佛在微风里摇摇曳曳……整个石雕的特点是造型饱满，结构和谐，整体统一，体积感强，唐代工匠采用"体线并重"的处理手段，通过具有强烈的体积感的形体塑造表达出作品的内在的精神风貌，注入了生命的活力，展示出蓬勃向上的大唐气象——桥陵的石雕群是我国唐代文化艺术熠熠闪光的珍宝，有人说，桥陵石刻甲天下。

洛河半环形湾里怀抱的这五座唐陵，就是半部唐代史，尤其是从盛唐到中兴的历史。沿着关中平原北部的群山下依次走过唐五陵，眼前不由得浮现出波澜壮阔宏大雄伟的历史画面，唐玄宗也好，唐宪宗也好，就是唐睿宗和唐穆宗以及唐让帝，都扮演了历史舞台的主角，他们的个人修养与政治才能以及爱恨憎恶，直接影响了唐代社会的发展，或者成为盛世，或者再度崛起，给这个世界留下了丰富多彩的历史文化遗产。就说他们几位陵前的大型石雕群吧，除过光陵在西风残照里仅留下几尊翁仲和严重损伤的石狮之外，其余几位皇帝陵前的石雕群大都十分完整，分列而立，阵容整齐，应该推崇的首先是桥陵，其修建于"开元之治"的初期，自然具有气象万千、蒸蒸日上的大唐盛世气象，其石雕无论是獬豸还是仗马或者翁仲，都显得张扬而雄壮，充分体现了大唐社会的政治经济和文化自信的精神风貌。其次是唐让帝惠陵的壁画，简直就是大唐盛世社会生活的艺术再现，其绘画水平和艺术构思的巧妙，令人叹为观止。第三是泰陵，虽然经历了浩劫“安史之乱”，唐代社会元气大伤，然而，毕竟有着厚实的家底，泰陵的修建和规模，气势不在桥陵之下，仍然有大度开阔的气质风范，只是形制稍微缩小了点，形象地说明了大唐极盛而衰从此开始……此后，唐代宗、唐德宗以及大胆进行“永贞革新”的唐顺宗，都在积极寻找复兴之路，然而，时间过去了几乎半个世纪，都没有扭转颓败的命运，按照我国古代典籍《易经》的观点，事物的发展大体是至阳则阴生，至阴则阳生，有所谓“否尽泰来”的说法，唐朝终于在唐宪宗时代起死回生了，“元和中兴”带来了唐朝的再度振兴，国力大为增强，四海统一。这就要说到最后的景陵，你看，景陵的文武官员翁仲的表情严谨而端庄，服饰整洁而得体，反映出严格的社会等级礼仪与规范的社会秩序，这些均能表明由衰败转型为再度复兴的内在文明程度，这是当时社会政治经济逐渐步入正轨的必然的外在表现，展示出走出历史低谷趋向上升的文化内质——历史的进程就是这样，好像连绵不绝的谷波在运动在前进，有高潮有低潮，正是合乎了社会的辩证发展规律。仔细端详打量不同时期建制的唐五陵和陵前的大型石雕群，真是在阅读一部活生生的大唐的兴衰史……

唐五陵还具有无法言说的废墟之美，夕日晚照下关中平原北部山脉依次排列的各个皇陵，都具有相异的美，且不说因山为陵在视觉上的崇高之美，也不说蓝天白云下的辽阔之美，就是其中蕴含的画卷一般的山水之美，就令人顿觉心胸旷达，真有陈子昂登上幽州台的感觉，令人回味无穷。何况还有这几位唐朝不同历史时期的帝王，曾经在大唐历史舞台上演绎出来的或者是正剧或是悲剧的人生戏剧，让人陡然生出无限的沧桑之情，唐代诗人李约写的这句诗“玉辇升天人已尽，故宫犹有树长生”，真是勘破得透彻……

第十二章　洛河流域的植被与特色

绿云翻卷洛河岸

我们从埃德加·斯诺《西行漫记》和丁玲在洛河流域所创作的文学作品里，可以看到，整个黄土高原、陕北的洛河流域，缺少树木，缺少绿色，这是千百年来气候干旱、风沙肆虐以及乱砍滥伐树林和破坏植被形成的自然现象。然而，中华人民共和国成立后，党和政府一直关注和重视黄土高原以及陕北和洛河流域的绿化问题。尤其是进入新时代，习近平总书记大力提倡植树造林，强调保护生态环境，2013 年 4 月 2 日他参加首都义务植树时指出："森林是陆地生态系统的主体和重要资源，是人类生存发展的重要生态保障。不可想象，没有森林，地球和人类会是什么样子。全社会要按照党的十八大提出的建设美丽中国的要求，切实增强生态意识，切实加强生态环境保护，把我国建设成为生态环境良好的国家。"他还说："让大地山川绿起来，让人民群众生活环境美起来。"经过这么多年实行"退耕还林"政策，黄土高原以及陕北和洛河流域已经开始绿起来了，美起来了。

除过积极开展经济林带建设，洛河岸边的荒山土塬，也得到了有效的水土治理，尤其是绿化程度越来越高，树木逐渐成

图 29　洛河两岸的绿云

林。临近洛河的黄土塬和沟壑，现在已经郁郁葱葱，到处鸟语花香，绿云翻卷，再也看不见过去光秃秃的裸露出夹杂着当地人称之为“礓石”黄土的模样。我曾经写过一篇散文，刊发在前几年的《人民日报》上，写令人非常感动的植树造林的平凡而又伟大的绿化人：

渭河北岸广阔的关中平原很少有山，山都排列在这块平原的北部和南部，而且还是巍巍峨峨延绵不断的大山，南部是秦岭，北部是北部群山，唐代帝王的陵墓就一字依着这山势而建，可是呢，中部平原却坦荡如砥一望无际，渭河就像一条玉带贯穿了这整个平原。既然平原上没有山，且关中的庄稼人很少离开自己的家门，不曾见识过真正的崇山峻岭，便将类似于陕北高原那沟壑之地——例如村子东边不过七八里地的渭河最大的支流洛河西岸边上的一块独立于四周边地的高原深沟的地方——命名为东山。

东山远远望去神似了龟背，简直就是一座荒了几百万年的山。山上长满了雪一样的茅草，也长满了酸枣刺和当地人名之曰老虎膝盖的蔓菁一般的植物。老虎膝盖很经烧，如是挖了回家，甚得家庭主妇的喜爱。你想想，在宽大的案板上揉好面只待锅里水滚，好把揉扯好的面片扔入煮熟，浇泼了颜色鲜红的辣椒，便是一顿上好的佳肴——这时际，锅灶下添几根老虎膝盖，那是多么带劲的事情呵！于是，平常日子，村里的青年便三五成群，不时去东山挖老虎膝盖，一是节俭了煤，而是还能得到母亲或者小媳妇的几句夸赞，还能借机去洛河里淘洗淘洗，一身清爽回来。

不得不说的是，东山也不是一般人就能随便上得的，且不说荒野得离奇，就是那横隔着山的一条深沟就端的了得——阴黑得看不到底，一遇到阴天，沟底便闪烁着星星点点的鬼火，十分瘆人。多少年了，村里动议如何开发这块“处女山”，但是一提到这山势这风水，便搁置了这念头。

偏有不信邪的人。这年，早在解放前就是地下党的老党员六爷决心要动动这块宝山了，他毅然决然辞去了村支书的重担，带领着几个毛头后生就上了山。山上，荆棘遍地却没有一根能当材料的树，到了晚上，四周寂静得仿佛身处另外一个世界，只听得山风呼啸如同怒涛一般，绿幽幽的火光，不是狼的眼睛就是鬼火——当时，就有人打了退堂鼓，哭着闹着要回家。六爷不急不躁，平心静气地说：“不怕，要干的，留下；不干的，不留。”说完，就不再言语了，只把老眼幽深莫测地看着远处。

六爷的话就是定心丹。哭闹的不哭闹了，大家拧成一股绳，抱成一个团，要干就干他个天翻地覆，干他个天青山绿。就这样，硬是在东山上扎了根。太阳出来了，月亮出来了，草绿了，草黄了……就这样，日月开始了，日月过去了……

六爷咬定青山不放松，一个心眼：植树，在东山上植树！

在东山上植树不是说一句话，首先要解决水的问题，没有水，树就活不了。虽说洛河近在咫尺，偏偏在沟底下，要把河水抽上来，没有那条件。怎么办？六爷有六爷的办法：挖窖蓄水。关中平原虽然一马平川，渭河贯穿，但是，渭河北岸还是缺水，要吃水，就得打井，那井呀，不是在河滩上，随便挖几下就会汪出一个泉来，这井得打十几丈深。有时候，费了九牛二虎之力，井筒子打好了，却连一滴水也没有，你说气人不气人！尽管这样，井还是要打，而且要打出有好水的井——在村里居住了多少年的人，打井积累了相当丰富的经验，看地势便能推测地下有没有水，一旦打了井必能见水。六爷就有这一手绝活。现在，打水窖，先要平出一个能收水的场子。六爷勘探了整个东山，踢烂了两双大女子给他精心精意手做的鞋，才选好了场子，背风，向阳，对面就是六爷他们居住的窑洞——于是，东山上第一次升起了炊烟。

解决了水的问题，一切就都好解决了——依着山势开窑洞，这是天然的空调房，冬暖夏凉；在蓄水场子的边角开一块地种上蔬菜，韭菜、大葱、大蒜、辣椒、豆角，倒也齐整，一年四季都有青菜。六爷隔上十几天下次山，取来在村里的大队部积压了好久的报纸，再去学校借上几本书，供销社灌上几斤煤油回来，山里的生活就这样有滋有味展开了——六爷立志要让这座荒野了几百万年的东山绿起来，给后人留下一方清凉的地界！

春天，六爷下山买了蚕种，用老棉袄裹紧了带上山，整夜不敢闭眼，一直到蚕纸上爬满了如蚁群一样的幼蚕，然后，请来几个手脚灵便责任心强的人专心养蚕，等将来收获了蚕茧，再一并结清给他们付酬。我大姑，就是六爷养蚕事业的主力之一，她一直养了好多年蚕，记忆最深的是，大姑曾经用蚕屎给我做了一个枕头。枕着蚕屎枕头睡觉，第二天清晨起来，神清目明，记忆力大为好转。

夏天，六爷他们从水窖里把水用轱辘绞上来，挑水给种植的树秧子浇水，他们的脚印，踏遍了这一面坡，那一面坡，这一面一面的坡，就呼呼地长满了树，树就拉起了绿荫，绿荫慢慢遮盖了这面坡，那面坡……

秋天，六爷他们开始修剪树，剪下来的树枝，积成了山，用来烧锅，足够全村人烧上好些年；秋深了，树叶黄了，趁着还没有下霜，六爷他们赶紧挖坑栽树，坑要挖成鱼鳞状，树要栽直，土要填到树腰上，踩实再用镢把砸，然后浇水，呵呵，你就等着吧，明年春季到了，这些小树苗呀，先试探着吐出半粒芽，绒绒的，黄黄的，过几天，这半粒半粒的芽呀，忽然就伸出了一小片一小片嫩嫩的叶，再然后呢，小树开始伸腰了，伸腰的小树绿了碗大的一块地，绿了盆大的一块地，绿了碾盘大的一块地，绿了……

冬天，这是六爷他们最为惬意的季节。他们给小树缠上金黄色的谷草，把小树打扮得就像过大年的小娃娃，那么喜气那么逗人。太阳出来，山坡坡上都开满了葵花，葵花手拉手满山遍野地跑，六爷他们也跟着跑，一直跑到六爷跑不动了，歇歇脚，抽口旱烟，等攒足了劲，起身了，再跟着葵花跑呀跑……下雪了，飘舞的雪花真好看，飘过了山这边，飘过了山那边，飘得整个山坡成了琼瑶世界。六爷他们烧热了窑洞里的大炕，围着煤油灯，看书的看书，读报的读报。六爷不看书也不读报，靠墙壁坐，眼睛半闭，旱烟袋也不抽，端在手里，凝成一尊神，他的心里呀，正翻江倒海呢，思谋着明年的事：这里，地阴，栽松；那里，地阳，栽老槐；对，再挖上几口窖，多蓄点水，树娃子都长大了……

慢慢地东山上的树长大了，长大了的树六爷都能叫上他们的名字，六爷和他们亲着呢，你看，六爷来了，这些树娃子牵胳膊抱腿的，把个六爷欢喜的直乐呵，拍拍这个的头，扶扶那个的腰，直嚷嚷：好好长，好好长！树娃子挺起精神一齐答应六爷，满山里都吼叫起绿茵茵的风。

时月如梭。东山上的树越来越多越来越旺，六爷的腰却越来越弯越来越弯。六爷终于走不动了，儿子来了，女儿来了，孙子来了，孙女来了，村里男女老少都来了，劝六爷下山，六爷是个明白人，想了想，便答应了——六爷下山的那天，山崖上忽然开满了打碗碗花，直开得满山一片姹紫嫣红；山上的树娃子齐齐刷刷站起来了，齐齐刷刷拉住不让六爷走。六爷笑呵呵地向他们挥一挥手，霎时间，一片绿云便落满了沟落满了山，那绿云遮蔽了整整半个天。

之所以在这里转载这篇散文，是因为，洛河儿女在治理水土流失和绿化荒山野洼过程中表现出如此动人的高尚情怀和锲而不舍的战斗精神，正是因为他们具有了这样的高尚情怀和战斗精神，才打造了洛河这条河流的绿化林带……

苹果遍天涯

从美丽的志丹县城沿着洛河边的公路南下，沿路尽是苹果林。10 月初的天气，黄土高原上的天显得格外蓝，飘浮着白云，空气里飘荡着馥郁的果香。这条公路是省级公路。记得

20 世纪的后期，应该是 1988 年吧，我曾经乘坐公共汽车到延安。那时候，从西安乘车，一路颠簸，一直向北进发，好不容易驱车到达铜川，车子就停歇下来，然后，在这里休息一夜，第二天继续北进。中途还要在沿途的几个县城上下旅客和吃饭，直到临近黄昏的时分，才到达延安。一路风尘仆仆，车子在山沟沟里慢慢行驶，那一眼望不到头的黄土高原，光秃秃的，很少看得见绿色，偶尔看见山梁梁上闪出一棵迎风站立的绿树，别提人有多激动了，这毕竟是黄土高原上生命和活力的象征呵！不过，过了金锁关，层层的梯田里，生长着一块块的谷子，而临近延安的时候，可以看见在金秋阳光里垂着沉甸甸穗子的糜子——关中平原上，糜子是非常罕见的庄稼，但是，在黄土高原上却生长着而且很是旺盛。现在，根本看不见原先印象里的层层梯田上的庄稼了，而是绿到天涯的苹果林。这苹果林呀，从志丹的洛河畔一直蔓延到洛川、白水等地。

苹果，如今是寻常见的水果。苹果的栽培历史却是相当悠久了。有人考证，我国古代就有一种名称为“柰”的水果，就是苹果。汉代的司马相如在《上林赋》里说，“亭柰厚朴”。其中的“柰”就是比较早的关于苹果的记载。西晋郭义恭《广志》上说：“林檎，似赤柰。”——看来，这“柰”是有红色的也有其他颜色。《广韵》解释“柰”，云“果木名”。还有潘岳在《闲居赋》里，有“二柰曜丹白之色”的话。可见，“柰”至少有红色和白色的果实。“柰”在我国早经培育，已经有成片的林子了，北魏的杨衒之《洛阳伽蓝记·白马寺》记载：“浮屠前，柰林蒲萄异于余处，枝叶繁衍，子实甚大。”明代的杨慎在《艺林伐山·柰园》里云：“寺称柰园者，白马寺有柰林也。”植物学家李时珍在《本草纲目》里，对“柰”记叙得比较详细，他说：“柰与林檎，一类二种也。树、实皆似林檎而大，西土最多，可栽可压。有白、赤、青三色。白者为素柰，赤者为丹柰，亦曰朱柰，青者为绿柰，皆夏熟。凉州有冬柰，冬熟，子带碧色。”这种“柰”，有时候，可以制作为“脯”，《释名·释饮食》里云：“切柰果干之如脯也。”——如今亦有类似“柰脯”的“苹果脯”，是传统的名品。到了近代，欧洲的苹果引入我国后，逐渐兴盛起来，其最先在烟台落户，逐渐在全国种植。

有研究证明，苹果适宜于在北纬 30—40 度种植。洛河流域恰好符合苹果这个种植条件。其形成优质苹果生产地带具备特有的气候因素。洛川，是洛河流域比较早开始种植苹果的地区。洛川县位于延安市南部，地处渭北黄土高原沟壑区。对了，这里不是典型的黄土高原地貌，而是纵横的沟壑地带。洛川人的口音，已经接近关中口音了，而且，城里的饭食也具有关中平原的色彩。早就知道这里是盛产苹果的地方，到了洛川，才知道真是这样的。洛河畔上的大块土地上的苹果林，已经开始采摘苹果了，红彤彤的果实挂满了树的枝梢，苹果林里的空地上，铺着雪白的芦苇编成的席子，采摘下来的苹果就堆垒在席子上，有大型的货车停靠在公路边，等待着装车……

洛川是我国苹果的生产基地之一，这里的苹果早已名扬世界。然而，洛川苹果的种植应该提到李新安。1947 年春，他把第一批 200 株苹果苗运回洛川，开始了种植生涯。他冲破旧习惯势力的阻力，建立了洛川第一个苹果园。

李新安出身农民家庭。曾在本村上过私塾。17 岁被国民党军队拉去当兵，几年后由于受不了饥寒交迫和经常遭受皮肉

图 30　洛川的苹果

之苦的军队生活，逃回家里。随后，继续读书，读完了小学课程。1943 年，因亲戚关系给驻扎在河南的国民党一〇六师政治部主任屈伸当勤务兵。因屈伸非常厌倦旧的军旅生活，有改从实业的念头，遂于 1945 年送李新安到灵宝县(今灵宝市)一个地主的果园当学徒，学习苹果栽培和养蜂技术。在此期间，他读到了许多有关果树栽培、果树调查方面的资料，认为洛川的气候、土壤适宜栽培苹果，于是在屈伸的资助下，开始在家乡洛川进行苹果栽培试验。中华人民共和国成立后，李新安坚持研究和种植苹果，得到当地的强力支持，洛川成为苹果生产的重要基地。

苹果沿着洛河向北和向南不断扩展蔓延，特别是在近十几年来，党和政府大力提倡“退耕还林”政策，强有力地推进了苹果生产。如今，北至定边、吴起、志丹、甘泉、富县，南至宜君、黄陵、白水、澄城、蒲城和大荔等地，在洛河穿行的土地上，到处盛产着我国古代的“柰”——苹果，已经成为沿河城镇农业的支柱产业。近年来，志丹的山地苹果，异军突起，得到市场的青睐和广大消费者的欢迎。2017 年冬季，我曾经有机会在吴起和志丹等延安市的北部六个县区进行教育调研，看见沿着洛河的公路带，到处是蔚然成林的苹果园，犹如从天际飘来的绿色的云彩，遮盖了整个黄土高原……

洛河曲折盘桓于黄土高原辽阔的沟壑，进入关中平原的边缘白水县。白水县，国内外专家公认的苹果最佳优生区之一，素有"中国苹果之乡"的美誉。白水苹果以肉美色艳、酸甜适中、香脆可口而驰名中外。全县总面积 986 平方公里，而苹果栽植面积就达到了 55 万亩！据说，在全国苹果气候区划中，白水被列为我国著名的黄土高原优质高产区，为我国少有的苹果优生气候区之一，是我国发展优质苹果的理想地区。日照充足，紫外线强烈，昼夜温差大，空气湿度低，病虫害少，因而果实着色鲜艳，含糖量高，香味浓厚，品质优良，耐贮运，具有特殊的商品价值和经济价值。

吴起、志丹和洛川等地沿着洛河建设起来以苹果为主体的果业林带，形成了绿色的苹果长廊，既美化了黄土高原，抗击着来自蒙古高原的强烈的风沙侵袭，也恩惠了老百姓的幸福生活——特别是近十几年来，"绿水青山就是金山银山"有了显著的效应，洛河流域的苹果遍天涯，已经走向世界市场。

香雪海

洛河在白水与澄城相交的沟壑进入蒲城县域，这时际的洛河已经没有了在黄土高原穿行的浮躁，变得冷静与平和，然而，洛河上游水面呈现出来的清澈与碧青也一改容颜，由于众多支流不断向洛河倾注大量的泥沙，河水显得浑黄而迟缓，胸怀也开阔起来，河面较之上游和中游，逐渐有了大河的气象。特别是冲出龙首坝大峡谷，洛河进入蒲城境内。

据说，蒲城两千多年前的城池，建造在洛河之畔，由于河湾里蒲草绿及遍野，故以此命名。而今的蒲城县城，早已经迁移至尧山南麓的开阔地带，也是具有悠久历史文化的渭北名城。由于地壳运动和黄土的层积，蒲城县城的南边，隆起了一道塬，犹如龙脊一样，横穿蒲城腹地，从西到东，蜿蜒几十公里，名曰“紫荆塬”——这条塬，端的厉害，除去丰富的人文内涵而外，也是生长酥梨的良好地域。从黄土高原而来的洛河两岸的苹果林带，在这里成为驰名中外的“酥梨之乡”——到了初春季节，紫荆塬梨花盛开，漫天飞雪，一时间，千树万树竞相开放，顿时成为“香雪海”。这紫荆塬的梨花深处，还掩藏着一个美丽而哀伤的爱情故事。相传唐代青年哲学家吕才来到蒲城，时当春天，正是万花吐艳的季节，紫荆塬上，更是开满了洁白如玉的梨花，他不由信步走进梨花丛中，不意，横斜浓密之处，有一位身材婀娜的姑娘也在赏花，两人相逢，相视一笑。姑娘得知眼前这位稳重而文雅的青年，便是名传天下的才子，不由脸腮绯红，而吕才也犹如触电一般，被眼前的姑娘震惊。于是，相约来日再见。吕才回到住所，心有所念，竟然病倒在床，不幸殒身。姑娘在约定的时日，等不见吕才身影，也怏怏不乐。吕才遗命葬在紫荆塬梨花树下，生不成双，死也魂魄相依。姑娘得知此消息，泪水如沱，倾洒在吕才墓前，一缕香魂追随而去。紫荆塬顿时梨花如雪，铺天盖地……

图31　蒲城梨花

梨，是我国古老的水果之一，而且品种很多。还是郭义恭的《广志》记述得比较详细，云："洛阳北邙张公夏梨，海内唯有一树。常山真定梨、山阳钜野梨、梁国睢阳梨、齐郡临淄梨、广都梨。又云钜鹿豪梨，重六斤，数人分食之。上党楟梨，小而加甘。新丰箭谷梨。关以西弘农、京兆、右扶风界诸谷中梨多供御。阳城秋梨、夏梨。"你看，"关以西弘农、京兆、右扶风界诸谷中多供御"——这句话是说，函谷关至大散关关中平原北部的塬与沟壑地带，出产的梨多为上品，供给皇朝宫廷食用。蒲城，属于京畿之地，而紫荆塬的土质、小气候和光照条件，是梨树的比较理想的生长环境，所以，自古以来，蒲城的酥梨名传天下。况且，梨呢，除过是甘甜多汁的水果之外，还具有极好的食疗作用。《元史》里记载了许衡这样一个故事，说是他"尝暑中过河阳，渴甚，道有梨，众争取啖之，衡独危坐树下自若"——天气暑热，渴甚，恰好路边有树挂满了肥硕的梨子，大家都去摘梨子，可是许衡呢，却端正地坐在树下神色若常。这则故事，说明了许衡的儒家本色，不取“无主”之物，也说明了梨是非常解渴的果实。说到食疗，李时珍在《本草纲目》里列举了梨可以治疗“消渴、咳嗽”等疾病，还可以消食和明目降火等等。梨，还是古典文学的审美对象，李白诗云：“柳色黄金嫩，梨花白雪香。”白居易地处下邽的渭河岸边的故居，四周也种植了几棵梨树，每到春天，梨花竞相开放，雪白一片，他在诗里回忆道：“故园在何处，池馆东城侧。四邻梨花时，二月伊水色。”——念念不忘“四邻”的“梨花”。苏东坡的《寒食夜》，云：

漏声透入碧窗纱，人静秋千影半斜。
沉麝不烧金鸭冷，淡云笼月照梨花。

这首诗，非常优美，把“淡云”“月”与“梨花”交织成一幅绝美的水墨图画，意境饱满，令人产生了无穷的艺术想象。历代很多诗人都有对梨树和梨花的吟咏及描绘，占据了植物进入艺术王国比较多的份额。梨花，一般在寒食和清明前后盛开，是早春一道艳丽的风景，戴叔伦的“金鸭香消欲断魂，梨花春雨掩重门”；韩愈的“洛阳城外清明节，百花寥落梨花发”；贺铸的“三更月，中庭恰照梨花雪”等等，简直太多太多了，不胜枚举。

紫荆塬的春天，繁花似锦，而到了金秋季节，则硕果累累，压弯枝头，这梨子，形美、果大、皮薄、色亮、质脆，含有糖分、矿物质、有机酸和多种维生素，营养丰富，是果中的上佳之品。同时，紫荆塬也是蒲城绿化林带，为洛河含蓄水源提供了有利的自然条件。

河面上漂浮着枣花的清香

洛河进入大荔地面，这是关中平原东部最为开阔的地带，这里有沙苑，有坡塬，更有万顷田畴，洛河两岸以及黄河西岸，到处飘荡着枣花的清香——大荔结合本土的自然条件和耕作方式，大力推广冬枣种植，因为，大荔属暖温带半湿润、半干旱季风气候，光热资源丰富，区域内地势平坦，土壤类型以黏质壤土为主，有机质丰富，保墒性能好——这是种植冬枣的优质地带。

图 32　大荔冬枣

枣，《说文 · 朿部》段注：“枣，枣木也，从重朿。”落叶乔木，枝上有刺，花黄绿色，核果暗红色，味甜。《穀梁传》云：“枣栗腶脩。”——枣，是我国传统普遍栽植的林木与水果。王安石《赋枣》诗里说：“种桃昔所传，种枣予所欲。在实为美果，论材又良木。”——这就把枣的用途交代得甚为明白。枣相对其他林木果树来说，水肥要求不高。所以，明代诗人吴宽云：“此木颇耐旱，地宜土不濡。”

记得少年时代，到了秋天，常常去洛河岸边的村庄一位亲戚家“背枣”。“背枣”是这一带特有的方言，意思是去有枣的地方买枣。而这有枣的地方，只有塬下的洛河畔。特别是靠近河岸的荒草滩地里，成片成片的枣树林，到了金风送爽的季节，枝头尽是丹红果实。枣，结得又大又圆，很甜。可以生吃，也可以蒸熟了吃。蒸熟了吃，营养更好。而更多的是在打麦场上，把收获的青枣晒起来，经过太阳晒过的枣，变得红且软，甜度更高。

其实，故乡与大荔隔河相望。这条河就是洛河。洛河湾里密密实实的枣树林，这是塬下村社祖祖辈辈栽植下的，体现出极大的生存智慧：枣树容易成活，也不大修枝剪叶，栽植在洛河岸边的沙土地上，其根深深扎在土壤中，可以起到防止水土流失的作用，也可以防止由于洛河涨水引起的岸土坍塌，还可以抗洪。其次，枣树产量比较高，经济效益明显。

记得在20世纪的70年代吧，提倡“酸枣接大枣”——洛河岸边的荒草沟壑里，尽是生长非常茂盛的酸枣树。于是，有林业科学家开始这项实验，取得了成功的经验。那时候，村里村外，一到大枣收获季节，到处晒满了暗红色的枣，农民的日子过得红红火火——“酸枣接大枣”，所成的果实，略带酸味，生吃鲜美异常，可是，比起正经枣树结出来的枣，不经晒，有些就坏了，空气里一股酸酸的味道。后来，这项实验没有进行下去。不过，在洛河的沟壑的酸枣丛里，有时候还能看见遗留下来的“酸枣接大枣”的枣树，非常欣喜，常常顾不得荆棘遍地，走去摘取果实。事实上，塬下洛河湾里的这些枣树，由于栽植的历史已经比较悠久了，其品种没有得到及时的更新换代，虽然仍然保持着一定的产量，可是，还是被市场无情地淘汰了。

洛河流经的沙苑与黄河滩岸上，成片成片的枣树林如今已经被冬枣代替。冬枣系指果实生育期 120 天以上的晚熟品种，在秦岭淮河以北的地方，其果实都在 10 月上中旬成熟，特晚熟的品种延迟到 10 月下旬成熟，因其成熟晚而称为冬枣——这是引进的新品种，近年来在大荔得到大面积推广，特别是大棚冬枣更是深受老百姓欢迎，种植已经遍及洛河流域和黄河西岸。

总之，只要按照习近平总书记关于保护生态的指示精神，一直干下去，我想，洛河流域的绿色还将持续扩大，将会呈现出新的绿色风貌……

附

黄土高原与河流

完成了洛河的考察之后，我忽然想到了渭河的另一条主要支流——泾河。这条河流也是值得认真沿河而行的。前不久，忙完手头的事情，装备好出门应该携带的物品就出发了。这次，没有自驾，而是选择了乘坐长途大巴车。因为，行走泾河与行走洛河是有所区别的：在行走洛河之前，虽然不曾完整走过，但是，这是条非常熟悉的河流，我从小就在洛河身边长大，洛河岸边遗落了许多少年时代的梦……泾河呢，还是首次探访，先去哪里呢？

有学者认为，中国文化发生在黄河流域。其实，黄河本身并不适于灌溉与交通。中国文化发生，精确言之，并不赖藉于黄河本身，它所依据的是黄河的各条支流。每一支流之两岸和它流进黄河时两水相交的那一个角里，就是中国文化之摇篮——确实如是，黄河比较大的支流，是渭河，而渭河的主要支流，除了洛河就是泾河。就说泾河吧，中国文化的摇篮，这样的比喻甚是恰当。

泾河发源于六盘山。六盘山雄踞宁夏南部的黄土高原之上，呈东南—西北走向，平均海拔比贺兰山还要高，山势高峻。六盘山是一个狭长山脉，是渭河与泾河的分水岭，历来就有“山高太华三千丈，险居秦关二百重”之誉。很早以前，我刚刚上学读书不久，还是从毛泽东写于1935年10月的《清平乐·六盘山》词里知道这座山的。红军翻越了六盘山，突破了长征途中最后一道天然屏障，毛泽东心潮澎湃，万丈豪情，表现了英勇无畏的乐观主义精神以及对革命的伟大事业充满了必胜的坚强信念。这首词至今仍然可以背诵出来，而真正看见这座巍峨的大山还是在十余年前，驱车赶赴宁夏回族自治区首府银川开会的时候。进入陕西的北部山区，经过甘肃省的南大门平凉，再向西北沿着黄土高原上蜿蜒的沥青公路，终于在一个清晨，来到六盘山脚下。六盘山与秦岭的崇山峻岭相比较，显得更加突兀，扎根在黄土高原之上，横挡在眼前，山势巍巍，密密绿林，果然是一处好山脉。公路像一条丝带一样缠绕，曲折险仄，盘旋六道，才能到达山顶，故名曰六盘山。不过，此次没有登山，取道直奔固原而去。但是，六盘山的雄伟青葱给我留下了非常深刻的印象。

泾河是从六盘山东麓马尾巴梁发源的，在平凉市大阴山下崆峒峡入甘肃省境，流经平凉、泾川、宁县、正宁至长武县，在高陵注入渭河，河长451公里，流域面积45421平方公里。由于曾经去过六盘山，这次便省略了追溯河源之地，直接奔赴黄土高原的典型地貌所在地——董志塬。

为什么去董志塬呢？钱穆先生说中国文化的发源，在于黄河的支流，再具体点，实际上发源于黄河支流的支流——比如，黄河的支流渭河，渭河的支流洛河和泾河。除过洛河不说，泾河则是中国文化非常重要的发源地之一。泾河的支流马莲河，穿越了董志塬，而这马莲河穿越的董志塬，则是不可小觑的中华文化发源重镇。既然是这样，就选择了去董志塬。

手抓黄土我不放
紧紧儿贴在心窝上

经过将近 5 个小时的长途旅行，终于踏上董志塬了。看见董志塬的那一刻，当代诗人贺敬之《回延安》中的这句诗忽然从记忆的深处闪现出来。黄土，黄土高原，这是一个诗意缠绕的地方，不但是我国历史文化的摇篮，也是我国现代革命的摇篮。董志塬横向 110 余公里，纵向 50 余公里，黄土深厚，号称黄土第一高原。确实如此，我曾经驱车深入陕北的黄土高原，那一望无际莽莽苍苍的黄土高原，一道道沟壑，一道道塬，道道沟壑紧相连，一直曼延到毛乌素大沙漠……可是，却没有董志塬这样震撼，是的，这样震撼人心——你看，塬的上边是平野，而平野却被条条的沟壑分割开来，犹如雕刻过的巨大的倒状的半球体，匍匐在高旷的蓝天白云下边，而这条条沟壑修建而成的弧线形层层梯田，从沟壑的底部环绕上来，绿树、庄稼、窑洞、穿越在沟底的青色的公路，构筑成在天地间回旋的交响乐曲……

就是这黄土，就是这黄土高原，竟然让人莫名地激动起来，不由自主地大声吟唱贺敬之的诗——人类，就是从这儿，从黄土，从黄土高原走来。遥想千百万万年之前，黄土，黄土高原该是怎样的壮丽情景啊，也许不是眼前这番面貌，而是植被茂密的森林、草原和流淌着清凉水流的河床，沟壑里行走着我们的先人，也行走着大象、虎豹以及各色各样鸣叫声声的飞禽，当然，还有庄稼，谷子、大豆以及后来移植到这里的天赐之物“来”，也就是麦子——眼前的董志塬，层层的梯田里，是春天里正在拔节生长的麦子，绿及天涯，整个的塬、沟、壑以及河流岸边的平川地带，全都是小麦，全都是正在拔节生长的小麦，极像一块一块的绿毯，铺盖其上，间或，在沟壑的边沿，盛开着白云一样的杏花和云霞般的桃花，崖坡上的野草间也开满了绚丽的小花朵，董志塬，春天里盛装的董志塬呵，简直就是绿的海洋，充满着昂扬向上的奋发气象。

黄土，黄土高原，大自然的伟大杰作！

以我粗浅的历史与自然地理知识，曾经思考过黄土、黄土高原是如何诞生的，尽管有不少的研究者提供了许多很有见解的论见，比如，我国卓有成就的历史地理学家认为，黄土、黄土高原是由于强劲的风从蒙古高原吹过来的黄土尘形成的，这是当今比较令人信服的观点。不过，我在想，地球的形成虽然经过了46亿年的历史，而这46亿年间，地球的地壳不知有过多少次剧烈的运动变化，特别是经过了严酷的冰川纪，由于空气对流而产生的强大风力该要多少亿年才能把蒙古高原上黄土尘埃吹向这里，吹向秦岭以北广袤的地带而形成这莽莽苍苍的黄土高原？应该是地球内部结构的裂变，加上外来的自然的力量，才形成了黄土高原——不是吗？在黄土高原上，偶尔可以看见，那裸露出来的土层里，有的夹杂着大量条状的类似海洋里才会出现的贝类动物的遗留物，还有细小的沙砾地层。这些，应该是地球特别是地壳裂变的痕迹，古人所说的“高岸为谷，深谷为陵”，应该是这个真实的地壳运动的形象描写，原先的海洋成为陆地而陆地成为高山，在这天崩地裂的变化过程中，土地形成了，黄土形成了，黄土高原也形成了，这是大自然自身运动的结果，而不仅仅是外部风力的结果——这只是我的假设而已。来到董志塬，我更加相信我的这种近乎直觉的假设了，在我国最早的思想哲学里，认为世界是由五种元素构成的，“金、木、水、火、土”，这是朴素的唯物认识论，而“土”的这个元素是地球构成的基本的东西，地球以及地壳的运动，使得“土”裂变为大地、高原和沟壑，这是黄土高原的深层成因。地球并不是岩石单一构成的，即使是岩石单一构成的，那在亿万年的变化过程里，大量的岩石由于种种原因，或者雨水、海洋和其他物质的持久不断的冲刷和粉碎作用，部分岩石化解成了土壤，也由于岩石的不同构成因素吧，化解成色彩和质地不尽相同的土壤，这是非常有可能的大自然现象。

我还十分留意康德关于宇宙形成于星云的论说，这个论说不管后来被研究天体的自然科学家采纳还是不采纳，但是，他的这个论说也是对宇宙形成的一种认识。这种认识，启发了我对黄土高原成因的直觉假设。当我行走在董志塬这块典型的黄土高原上的时候，这种假设愈加强烈。在庆城城外的一个稍微相对平整的沟壑里的开阔地上，我伸开手指，深深地抓起来一把黄土，在手心碾碎，一股淡淡的黄土清香顺着手指缝弥漫开来，我的心都醉了，这把抚摸起来无骨的黄土呵，你怎么构架起这巍峨的黄土高原，构架起这沟沟壑壑呵——紧紧地攥起来这把黄土，贴在我的心窝上，仿佛听到了黄土心儿有力跳动的声音，是啊，是黄土心儿有力跳动的声音，你听，扑通、扑通、扑通，这从远古传来的黄土的心跳声，是那么有力，那么响亮，那么动听！也仿佛听见了黄土的歌唱，是啊，是歌唱，你听，是一曲穿越了亿万年的古老的歌唱，旋律有力，一个个音符在跳动，这是天地间最美的歌曲、最伟大的歌曲——仿佛听见了黄土走来的脚步声，仿佛听见了黄土激烈的嘶叫呐喊声，也听见了黄土平缓而舒畅的咏叹声……

马莲河流过庆城县城，不远处突兀起来山一样的高原，这就是周代的先祖曾经留下大量活动遗迹的地方，名曰“狮子山”。山脚下的马莲河是泾河的一条主要支流，这不是一条普通的支流，这是一条流淌我国灿烂远古文明的河流——为什么人类早期的文化大都起源于山水相间的地方呢？很简单的道理，也就是马克思揭示出来的道理，人先要解决最基本的生存问题，恩格斯称赞马克思揭示出一个硬道理：“人们首先必须吃、喝、住、穿，然后才能从事政治、科学、艺术、宗教等等。”——是啊，只有解决了人类生存的最基本的问题，人类的早期文化才能产生——沿着这800多个台阶，气喘吁吁地爬上这座被称为周祖陵的黄土高原上，站在山顶的平阔之处的时候，我更加理解了恩格斯这段话，短短的文字，却有巨大的思想内涵。

在遥远的古代，庆城这块地方，三面环山，一面临水——北面和西面高大连绵的黄土高原形状似山，遮挡住了从蒙古高原吹来的强劲而寒冷的西北风，也应和了“山南水北为阳”的古代地理信念，是人居住和生活以及农业生产的绝佳之地。周代的祖先，把他的氏族安居在这块风水宝地上，确实是智慧和明智的选择——就在这块土地上，我国历史开始了崭新的历程。

庆城是岐伯故里。岐伯，和黄帝同时代的著名医学家。岐伯故里还有陕西境内的岐山县和四川省绵阳盐亭县之说，和庆城县一样，这两处也流传有不少岐伯的传说。不过，我觉得岐伯是绝代名医，他的不朽功绩是与黄帝关于医学的对话，为我国传统的中医药学奠定了理论和实践基础，这是非常了不起的贡献。至于岐伯故里到底在哪里，似乎并不重要，重要的是岐伯在《黄帝内经》中，依据阴阳和五行的观点，系统地阐述了疗治疾病的理论和方法——我阅读这部书很晚，过去只知道这是一部医学的经籍，没有引起注意。后来，因为阅读涉猎关于阴阳五行的知识，才按图索骥找到了这部经籍。这部医学经籍，是我国古代思想重要的哲学宝库，也影响到诗歌、散文和其他文学体裁，成为滋养发展的资源。有人考证，唐代的现实主义大诗人杜甫，他曾经开过中药店铺，以此来维持生活。这是有可能的，杜甫写过这样的诗句，“读书破万卷，下笔如有神”——这是他劝解学习写诗的人多读书才能把诗写好，然而，诗里有“有神”这个词，就是借用了这部经籍里边的话。关于“神”这个概念，《灵枢》里云：“神者，正气也。”这个阐释，对于理解杜甫的这句诗很有启发。

周祖不窋的陵墓建立在“狮子山”的最高处。这是历代都予以修葺的文物古迹。陵墓位处“狮子山”头的平阔地带，面临深壑的边缘，修整得焕然一新。不过，游人稀少，显得有点儿冷清。也好，没有那些名川大山和名胜古迹摩肩接踵海潮般的人流，更适宜发“思古之幽情”。常常惊异于周代的灿烂文化，特别是西周文化。别的先不说，周代的青铜文化，简直让人陶醉不已。想象不来，在周代，科技文明和工艺文明就达到

图 33　周先祖不窋陵园

了如此高的程度，而且，在科技文明和工艺文明里又体现出浓郁的人文文明，体现出制度之美、礼仪之美、文化之美、思想之美和哲学之美，也糅合着自然之美、天体之美和和谐之美，把器物与整个社会生活和时代精神熔铸在一起，达到了青铜时代无以复加的精美地步，这是周代物质文明和精神文明的象征呵——这些年，在阅读我国古代哲学思想典籍的同时，也十分喜欢阅读关于周代器物的书籍，从周代器物进一步加深对周代文明和文化的理解，或者说，正是对周代器物的识读才对周代有了直观的认识——在陕西西部边缘的一座城市的青铜器博物馆里，看着这些出土的青铜器物，好像穿越了历史，回到“礼仪之邦”的周代，看见了东方文明的曙光，不，东方文明的一个全盛时代。这是迥异于西方文明，与西方文明并立而起的伟大文明。这与西方文明并立而起的东方文明竟然产生于黄土地上，产生于黄土高原上，这是人类文明的奇迹——而这人类文明的奇迹之肇始就在这里。来到这里，是对东方文明和我国古代历史文化的虔诚的朝拜。在不窋陵墓前，折断了几枝荒草，安插在陵墓前的石质的香炉里，长跪不起——不窋帝啊，几千年前的不窋帝啊，也许你当年挂虑的是你的国家人民的生存问题，挂虑的是安居乐业，挂虑的是防范外来的进犯和国家安全问题，挂虑的是营造一个宽松的讲求礼仪的社会环境，挂虑的是国家的长治久安，却不曾想到由你和你的子孙共同开创的周代，竟然成为中国历史上任由读书人放开想象的尺度追慕不已的时代——这时际，我的耳畔，响起来了钟鼓之声，笙簧齐鸣，听啊：

烈文辟公，锡兹祉福。
惠我无疆，子孙保之。
无封靡于尔邦，维王其崇之。
念兹戎功，继序其皇之。
无竞维人，四方其训之。
不显维德，百辟其刑之。
於乎，前王不忘！

这首诗的意思是：文德光耀先王公，赐此绵绵大福祉。无疆大爱惠我辈，子孙应当永保之。莫在封国谋私利，当以崇王为本职。常念先祖大业绩，努力让他更壮丽。兴邦在于得贤士，四方顺从不背离。荣显在于修德行，诸侯效法成风气。啊，前王典范莫忘记——真好，“得贤士”“修德行”，牢记“先祖典范”——从这首诗里，可以解读出，周代之所以兴盛，重要的因素就是建立高尚的社会道德秩序，以德行来感化天下，得到老百姓的拥护和爱戴。不窋，这位周先祖，是周代道德秩序的奠基者，给后来者树立起榜样，这就是不窋对周代文化的极大贡献吧。

在“狮子山”眺望四周，董志塬历历在目，沟沟壑壑纵横天边，天高云淡，自然别是一番大景象，山坡上的绿树和梯田，在春风里摇曳着身姿，并无黄土高原的荒凉气象，倒是一派郁郁葱葱——这当然得力于近年来的“退耕还林”大举措，昔日裸露在烈日下的黄土高原早就成为绿色世界。远古的黄土高原林木漫山遍野，董志塬曾经出土过剑齿虎化石，就能说明这里也曾属于好山好水之地——英国学者伊懋可的《大象的退却》这部论述中国环境史的名著，虽然论述的地理范围偏重长江以南地区，但是，亦能说明我国北方尤其是黄土高原从植被良好逐渐退化为荒凉的区域，如果没有良好的植被就不会出现剑齿虎这种大型动物，犹如大象一样，随着自然衰退而消失……周代的先祖之所以选择了董志塬，根本的原因就是这里是宜家宜居可以兴旺发达的理想发展之地，谁会选择一个穷山恶水举步维艰的地方作为生息之地呢？

在董志塬盘桓几天后，趁着春色正好，一派明媚，索性沿着岸边的公路，乘车顺着泾河直奔周部族又一个安营扎寨的地方彬州而去。彬州，古称豳州，横亘在陇东黄土高原与陕西北部的群山之间，呈现出塬梁丘陵沟壑地貌特征。泾河自西北向东南斜贯中部，将彬州分割成东北、西南两塬夹川道的地理格局。到达彬州市区已经是傍晚时分，街道灯火辉煌。过去曾经来过这里，专程瞻仰驰名中外的大佛像。大佛像坐落在大佛寺

（旧名庆寿寺），位于离城40公里的泾河南岸。大佛像修建于大唐贞观二年（628）。依山崖而凿成的大窟内的大佛像是阿弥陀佛，结跏趺坐于莲台上。全身姿态自然丰满，螺髻罩顶，两耳垂肩，月眉凤眼，鼻直口阔，似在深情无限地俯视着茫茫世界和芸芸众生——我在考察洛河时发现，洛河的上游沿岸也依山建有不少的佛寺。比如，香柏寺、众宝寺、开元寺，等等。看来，洛河与泾河均是佛教流传的主要线路，也是外来文化与本土文化的交融地带。

彬州，是第四代周祖公刘率领族人从董志塬的庆城迁居到此地的。为了避免与戎狄部落的战争冲突，他们来到这里，重新建立的新的根据地，揭开了周部族新的历史篇章。与庆城的“狮子山”有不窋的陵墓一样，这儿也有公刘的陵墓。位处龙高镇土陵村泾河北岸的山谷之间，泾水萦洄，山谷倒映，草色浮动；北边是连绵起伏的丘陵，东西两旁峰峦层叠，形状奇特似蟠龙，因有“周墓盘龙”之称。公刘是周部族大有作为的一代领袖人物，深受老百姓爱戴，《诗经》里有《公刘》一章，记载了公刘在彬州率领人民艰苦创业过上了丰衣足食的生活，诗里开首便称赞他“笃公刘”——“诚实忠厚的公刘呀”，全诗追叙公刘的丰功伟绩，说他划分疆界，领导人民勤劳耕作，将丰收的粮食装进仓库，制成干粮，又一袋一袋包装起来。接着又挽弓带箭，拿起干戈斧钺，浩浩荡荡向豳地进发。以下各章写到达豳地以后的各种举措，他先是到原野上进行勘察，有时登上山顶，有时走在平原，有时察看泉水，有时测量土地。然后开始规划哪里种植，哪里建房，哪里养殖，哪里采石……一切安顿好了，便设宴庆贺，推举首领。首领既定，又组织军队，进行防卫——诗篇将公刘开拓疆土、建立邦国的过程，叙述得有条不紊清清楚楚，充满了衷心的敬仰之情。一个首领，能得到人民如此赞美殊为不易。周代在彬州生息繁衍了好久，才由泾河流域转迁渭河流域，到达岐山一代落地生根，以至于战胜殷商，成为我国历史上政治经济文化达到高度繁荣的时代。孔夫子一生的志业全在于“从周”，恢复“克己复礼”的理想社会。

从黄土高原董志塬到彬州一直到岐山，周部族没有离开黄土，也没有离开泾河以及泾河的支流，泾河和其支流孕育和发展了周代，孕育和发展了周代高度发达的古代文明和古代文化，在这高度发达的古代文明和古代文化里，烙刻下黄土的色彩，展示出黄土高原的雄姿和胸怀，流淌着泾河以及其支流的血液，每一个文明和文化细胞里都充斥着黄土、黄土高原和泾河以及它的支流的精神风貌——可以说，我国历史的步伐最先踩踏着黄土、黄土高原向上登攀，蹚过泾河以及它的支流的河水，不，还有洛河，这才滋润着自己的命脉壮大着发展着……

流淌过黄土高原，泾河愈加欢畅，愈加壮阔成一阙宏大的叙事故事，它不但哺育了周代，而且还成就了大秦帝国。当地处边鄙的秦国，经过多少年的奋斗，特别是励精图强的“商鞅变法”，终于强大起来了，是该实现统一中国的历史宏图了，泾河又一次承担了“秦王扫六合”的大任。不过，这一次，再不是泾河的单独行动，还要联手洛河，共同承担起这个大任。这个大任就是修建郑国渠。郑国渠的设计蓝图，得到了秦王的肯定，他决定以举国之力开凿这条造福大秦帝国的超大规模水利工程。郑国渠建于秦王政元年(前 246)，其时韩国因惧秦，遂派水工郑国入秦，献策修渠，企图借此耗秦人力资财，削弱秦国军队。不料此举适得其反，反而促进秦国更加强大。《史记》记载：“渠成，注填淤之水，溉泽卤之地四万余顷(折今110万亩)，收皆亩一钟(折今100公斤)，于是关中为沃野，无凶年，秦以富强，卒并诸侯，因命曰‘郑国渠’。”这本来是韩国消耗大秦帝国国力的一个阴谋，而结果却走向它的反面，秦国却因这条水渠，使得渭河以北的辽阔的干旱土地，得到了泾河流水的灌溉而连年丰收，这既使大秦帝国从此“仓廪实”，也使饱受干旱影响粮食收成不佳的老百姓生活丰足起来，而且惠及汉代的老百姓，歌曰：

举锸为云，决渠为雨。
泾水一石，其泥数斗。
且溉且粪，长我禾黍。

民谣是社会的一面客观真实的镜子，这面镜子能准确反映出其时的民心和社会情绪。由于郑国渠的巨大灌溉效益，且因为泾河从黄土高原流淌而来，水流饱含着肥沃的黄土泥浆，一方面浇灌了庄稼，一方面又等于给庄稼额外施肥，这使得庄稼长得格外茂盛，收成自然很好。

郑国渠自从唐代以后，逐渐淤塞毁坏，不再发挥秦汉时期那样巨大的灌溉作用了。以后屡有修复，也未能恢复初期的水利功能。

黄土高原至泾河下游，已经渐渐消失于关中平原，但是，泾河仍然水流湍急，浇灌和滋润着这里的黄土地，浇灌和滋润着这里的庄稼。假使你在春景明媚白云蓝天的时候，一个人躺在绿草茵茵的黄土高原的山坡上，是不是觉得苍天是那么高远，大地又是这样深厚，人，处在这高远和深厚之间，不会不喟然感叹吧？长时间以来，渴望奔赴黄土高原和沿着流淌在黄土高原沟沟壑壑里曲折却坚韧不回的河流走走，或许我的潜意识里觉得这就是生命以及关中文化和精神根系所在，魂魄所在，所以，才有了我持续两年的或者驱车或者乘车的黄土高原之行，当脚踏在黄土地上，踏在黄土高原上，蹚过先是洛河，后是泾河的水流里，仿佛回归灵魂的故乡，听见那一声声悠扬而动听的信天游以及浑厚嘶喊一般的秦腔，简直觉得这就是天籁，天的声音啊！

黄土、黄土高原、董志塬、泾河呵，周代从这里迈步，大秦帝国从这里迈步，中国历史从这里迈步，中国文明从这里迈步，中国文化从这里迈步，中国思想哲学从这里迈步，中国医学从这里迈步——对了，令人痴迷的青铜器，闪烁着冷幽庄重内敛之光的青铜器，象征了伟大的家国的青铜器，不就是黄土、黄土高原之魂吗？不就是日夜回荡着穿行于黄土高原沟壑里河流之声的凝固了的金属音符吗？——“周虽旧邦，其命维新”——苍天遥遥，白云悠悠，行走黄土高原，行走泾河，使人想了许多许多……

后　记

写完这部书稿的最后一章，停止了键盘的敲击，不由得长长地舒出一口气。从 2018 年的春天开始到现在，全部的心思都集中在这部书稿上——而写这部书稿，不但要搜集大量的关于洛河方面的地理与历史资料，还要搜集有关宗教文化以及其他方面的资料，这是一个漫长的工作过程，并非能顺利地完成所需要的参考资料搜集，有的资料甚至在四处搜集不到的时候，只能转而从另外领域的资料里边摘录或者寻找新的线索，为此花费了极大的工夫。尽管这样努力，然而，有的重要的资料还是付之阙如，只好放弃了寻找的念头。要写洛河，没有现成的关于洛河的专题书籍供给阅读，如果有这样的专题书籍阅读，至少可以在写作的过程里，少走一些弯路，少花费一些力气。然而，没有这样的专题书籍，一切只能靠自己摸索着写作，犹如垦荒一样，心里大致有个规略，就开始劳作，至于能写到什么地步，也只好边写边调整思路，好在没有大的缺憾，也就放下心来继续开垦这块荒地。

写作，尤其是文学性写作，需要储备丰富的感性知识，或者说，需要身临其境才能触发写作的兴趣，这就需要进行田野考察。为了考察洛河，我曾经三次驱车深入陕北黄土高原，沿着洛河流经的路线走，从关中平原到白于山脉，这是一条甚为艰难的考察线路。洛河在上游和中游，大部分都在深沟大壑里流淌，不过，尽管洛河是在深沟大壑里流淌，但是，黄土高原的路线大多是沿河而行，这就带来了不少的方便。比起惯常行走的平原上的道路来说，黄土高原里的路径，确实曲折坎坷，而且，岔路也非常多，就是有导航仪，往往也寻找不到正确的路线。在第一次深入白于山，寻找洛河的源头的时候，就差点掉入深沟。幸亏遇见了定边的民警开车路过，得到他们的帮助，才摆脱了困境，现在回想起来，还感觉到后怕不已。不管路途怎样的曲折坎坷，心里总觉得只要你专心致志地做一件事情，老天总会垂怜于你，不会遇到多大的风险，确实是这样，后边的两次跋涉黄土高原，两次在白于山腹地沿着洛河行走，也再没有遇到类似的危险。

在黄土高原上行走，特别是在白于山腹地的行走，使我领略了黄土高原和白于山壮美与多彩的风景，且不说高远的湛蓝的天空和洁白的云朵，也不说满目的青山绿树和斑驳的庄稼地，就是一路异于关中平原的绵长而广袤的雄壮的高原和大山的自然风光，就足以使人陶醉。秋天的白于山脉，简直太美了，满山满塬喷吐着血色的鲜艳的荞麦花以及雪白犹如白玉兰似的马铃薯花，就像花海一样遍地盛开……还有沙漠边缘地区的红柳、银翘等树丛，摇曳着生命的绿云，给大地涂抹上动人的色彩，驱车行走在这里，空气是那样的新鲜，真是令人心旷神怡。白于山脉再向北部伸展，就是沙漠地带了，平平漠漠的空旷，天是那样的低垂，地是那样的辽远，偶尔看见远处原野里的小村庄，绿树四合，阴凉满地，竟然是那么的亲切，犹如多少年前曾经在这里居住过的熟悉感油然而生——人类，大概诞生于黄土，诞生于这荒远而壮阔的天地间，这大自然的印记成为心底永远不能消失的痕迹，所以，才会产生这种久违的熟悉感吧。也许，当世界文明发展到一定程度的时候，可能会有天地翻覆，人类又从荒远的大自然重生……这只是我在黄土高原和沙漠地带产生的丝丝微微的想法，自然当不得真。在追寻唐代大诗人杜甫在鄜州的故居的时候，从羌村走到南边不远的小河流岸边，早春的天气里，竟然在河畔生长出来丛丛嫩绿的兰花，细长剑似的叶子，黄色的花蕊和如玉般的花瓣，散发着淡淡的幽香，真是应了古人的话，“道是深林种，还怜出谷香”——从来没有看见过这么大片大片的兰花自然地生长着，河岸边，土埝上，林子旁，甚至在道路畔，都是一丛丛兰花，盛开的兰花。而在白水县的雁门山探望洛河的身姿的时候，则见到了漫山遍野的山桃花，就像绛色的云彩落满了山川，这比“一枝红杏出墙来”更觉春色撩人。在大荔县沙苑，洛河迂回蜿蜒，两岸柳色如幛，河滩上生长着密密丛丛的菖蒲，水鸟不时掠过天空，恍惚间觉得来到了江南水乡，一望无际的萱草，也就是黄花菜，金灿灿的，在阳光下，碎碎地闪着满地的光……这些大自然的景物，坐在书斋里是决然想象不出来的，也只有在身临其境后，才能领略到这无限的风光无限的美。

搜集好资料和做了一定的田野考察之后，接下来就转入了写作。写作的过程愉悦而兴奋，也是一种愉悦的精神操练过程。虽然常常有因为资料的缺少而带来的苦恼和难以下笔的困窘情况，然而，更多的是舒畅地敲击着键盘。为了顺利地动笔，先试一下笔，企图寻找到书写的最佳感觉。于是，写了《黄土高原与河流》，以董志塬与泾河流域为主题，大约有万把字。没有想到的是，得到了一位极为优秀而负责的编辑老师的青睐，其本人就是当代著名的以游历散文见长的散文家，文字优美且蕴含着极其丰富的历史文化内涵而令人折服。这篇文章几经修改后，刊发在2019年第10期《人民文学》上，这对我是极大的鼓舞，也给了我极大的写作力量。写作，是需要耐心的，没有耐心肯定不会有整齐或者参差不齐的文字出现在眼前的计算机屏幕上。从进入秋季到现在，一直蜗居在书房里，偶尔实在支持不住疲倦至极的时候，便会停止工作，整理整理案头的书籍或者出去透透风，也好，在闲散的情况下，说不定会冒出新的想法或者产生新的思路，这对写作是非常有益的事情。一部书稿完成的时候，却突然不自信起来，这样写能行吗？心里忐忑不安，好在有读者诸君，或者批评，或者一笑而过，在我也就只能这样了。感谢关心支持我写这部书稿的各位朋友，感谢我的妻子和女儿，他们给了极大的帮助，在这里表示我的感激与祝福！

二〇一九年十一月十五日